El largo camino a casa

ParaSiempre

WILL NORTH

El largo camino a casa

VERGARA
GRUPO ZETA

Barcelona • Bogotá • Buenos Aires • Caracas • Madrid • México D.F. • Montevideo • Quito • Santiago de Chile

Título original: *The Long Walk Home*

Traducción: Albert Solé

1.ª edición: septiembre 2007

© Will North, 2007
© Ediciones B, S. A., 2007
  para el sello Javier Vergara Editor
  Bailén, 84 - 08009 Barcelona (España)
  www.edicionesb.com

Printed in Spain
ISBN: 978-84-666-3471-7
Depósito legal: B. 34.300-2007

Impreso por LIMPERGRAF, S.L.
Mogoda, 29-31 Polígon Can Salvatella
08210 - Barberà del Vallès (Barcelona)

Prólogo

18 de diciembre de 2005

Fiona estaba acabando de ordenar la última de las tres habitaciones para huéspedes del piso de arriba cuando oyó crujir unos neumáticos en la grava del patio delantero. Aquello la sorprendió. Los huéspedes que había recibido aquel fin de semana ya se habían marchado, y todavía era demasiado pronto para recibir nuevos; de momento Fiona no esperaba a nadie, ya que no tenía hecha ninguna reserva. Con las Navidades a la vuelta de la esquina y las tempestades de invierno rugiendo en el mar de Irlanda, por esas fechas casi nadie acudía a aquel remoto valle del noroeste de Gales. Pero el descanso era bienvenido, ya que tanto el verano como el otoño habían sido bastante ajetreados. Recién entrada en la mediana edad (ese mismo día cumplía cincuenta años), a Fiona le gustaba disfrutar de un poco de calma para variar. De hecho, si la casa había estado tan llena ese fin de semana era porque el viejo Bryn Thomas, un hacendado local que le había dado la lata para que le vendiera la granja cuando su marido David murió, acababa de fallecer inesperadamente. Thomas se había casado tres veces y el pueblo de Dolgellau no disponía de camas suficientes

7

para acomodar a todos los familiares que habían asistido a su funeral; probablemente, pensó Fiona con cierta malicia, para saber qué les había correspondido en el testamento. A decir verdad, Thomas iba detrás de algo más que la granja de Fiona, pero ese segundo objetivo tampoco figuraba en los planes de futuro de ella. Fiona no necesitaba el dinero de Brian Thomas, y no le apetecía nada que el hacendado la hiciera objeto de sus atenciones. Ella sabía muy bien lo que era el amor, aunque lo hubiera descubierto ya bastante tarde en la vida, y nunca se conformaría con ningún sucedáneo.

Fue a toda prisa por el pasillo del piso de arriba hasta la habitación de huéspedes que daba al patio y miró por la ventana. Hacía muy mal día, y el viento del noroeste impulsaba ráfagas de lluvia y granizo contra los cristales. Abajo, un coche plateado con aspecto de nuevo —Fiona nunca había sabido distinguir un modelo de otro— acababa de detenerse frente a la casa. La puerta del conductor se abrió y un hombre de anorak con capucha se apeó, arqueando la espalda como si le doliese por llevar demasiado rato al volante, y luego inclinó medio cuerpo dentro del coche para coger un bastón. La lluvia que resbalaba por los cristales no dejaba ver gran cosa, pero a Fiona le pareció que era un caballero de edad madura. El hombre cerró el coche y, empuñando el bastón con la mano derecha, encorvó los hombros contra el viento y se dirigió a la puerta principal.

Fiona recogió las sábanas sucias que había dejado amontonadas en el pasillo, alegrándose de haber preparado ya las habitaciones. A continuación bajó por la escalera de atrás, dejó las sábanas en la vieja mesa de pino que ocupaba el centro de su espaciosa cocina, y por fin corrió a la entrada. Cuando llegó allí, oyó cómo el visitante se sacudía el agua en el porche.

—No pierda el tiempo con eso y póngase a cubierto, por el amor de Dios —lo riñó jovialmente en cuanto hubo abierto la puerta—. ¡Va a pillar usted un buen catarro!

El hombre estaba inclinado y un poco vuelto de lado, concentrado en sacudirse el agua de los hombros. Se irguió y se quitó la capucha del anorak, volviéndose hacia ella para revelar una espesa cabellera plateada, algunos de cuyos mechones tuvo que apartarse de la frente.

Fiona se quedó inmóvil cuando el hombre posó sus límpidos ojos azules en ella. Una amplia sonrisa arrugó las facciones de su rostro, curtido por muchas horas pasadas a la intemperie, y con una voz que ella había creído que no volvería a oír nunca, le dijo:

—Feliz cumpleaños, Fiona.

Ella se llevó la mano a la boca. Retrocedió con paso inseguro, tan alterada que tuvo que buscar la pared a tientas con la otra mano. Cuando la encontró, se agarró al respaldo de la vieja silla que tenía puesta allí para que los huéspedes se sentaran mientras se quitaban las botas embarradas, se dejó caer en ella y cerró los ojos.

1

10 de abril de 1999

En una vida que haya sido vivida lo suficiente existen extrañas simetrías que sólo reconocemos después de su manifestación, si es que llegamos a reconocerlas; momentos en los que una experiencia o una percepción resultan tener su complemento paralelo en otra época, momentos en los que uno siente que un círculo se cierra de golpe, abarcando y completando algo infinitamente precioso.

A menudo este círculo empieza, o termina, o a veces incluso vuelve a iniciarse, con una pequeña vibración de los sentidos: un sonido, un olor, un fugaz vislumbre de algo, un cosquilleo casi imperceptible que vibra justo por debajo del nivel de la conciencia. Las personas civilizadas hemos aprendido a pasar por alto este mundo. Cuando el filósofo francés René Descartes escribió «*Cogito, ergo sum*» en 1637, esas tres palabras latinas —«Pienso, luego existo»— abrieron las puertas a una era que los historiadores llaman la Ilustración. En cierto sentido, actualmente todavía vivimos en ella; en el mundo de la Ilustración la mente prevalece sobre los sentidos, el pensamiento racional está considerado superior a los sentimientos.

Sin embargo, en nuestras vidas siempre ocurren cosas que invalidan este concepto: pequeñas alteraciones en el firmamento de la existencia cotidiana, imperceptibles vacilaciones en la rotación del mundo, parpadeos inexplicables en las constelaciones conocidas de la experiencia, y entonces todo cambia. Son momentos que no se prestan al pensamiento racional; son enteramente sensuales.

Para Fiona Edwards, el círculo empezó de la siguiente manera: una tarde de sábado a principios de primavera, cuando estaba delante del fregadero de su cocina, entrevió por el rabillo del ojo un destello azul marino carretera abajo, junto a la puerta del cercado por el que se accedía al largo y sinuoso sendero que serpenteaba colina arriba en dirección a la granja Tan y Gadair. La granja había recibido su nombre, siglos antes, por la montaña que alzaba sus riscos desde los pastos que quedaban detrás de ella: Cadair Idris, «la silla de Idris», un gigante de la mitología galesa. La ventana encima del fregadero ofrecía una vista panorámica del bucólico valle que se extendía bajo la granja. Ese atardecer de abril, a la hora en que el sol iniciaba su descenso por el oeste, los campos brillaban con un verdor casi de neón, y los antiguos muretes de piedra que flanqueaban el sendero de la granja parecían de oro bruñido. Era su época favorita del año, el largamente esperado final de los lóbregos y lluviosos días de invierno y otoño que la habían precedido, un tiempo de posibilidades. Aparte de la vista, lo que más le gustaba de aquella ventana era que le permitía ver venir a sus huéspedes y salir a tiempo de darles la bienvenida en la puerta.

«Ah —se dijo—, deben de ser los Bryce-Wetherall, por fin.» Año tras año, la granja edificada con piedra a finales del siglo XVI en la que Fiona Edwards ofrecía el servicio de *bed and breakfast*, alojamiento y desayuno, había ganado varios premios del Patronato de Turismo Galés, el Real Automóvil Club y la Asociación de Automovilistas, y una de las razones para ello era lo caluroso de la acogida que se dispensaba en ella. Quienes acudían a la granja Tan y Gadair solían escribir en el libro de huéspedes que su estancia allí los había hecho sentir como si hubieran «vuelto a casa», aunque se tratase de un lugar donde nunca habían estado antes.

Los Bryce-Wetherall eran un matrimonio de Manchester ya entrado en años. Hacía un rato habían llamado a la granja para decirle a Fiona que tenían problemas con el coche y quizá llegaran con un poco de retraso sobre el horario previsto. Sus otros huéspedes ya se habían inscrito en el registro, tomado el té y bajado a cenar al pueblo. Un tiempo desusadamente cálido para finales de marzo había hecho que la temporada turística de aquel año empezase un poco antes de lo habitual.

Fiona no se dio ninguna prisa. El camino que llevaba a su granja tenía casi un kilómetro de largo. Serpenteaba en una tortuosa serie de subidas y bajadas alrededor de promontorios de granito y a través de robledales, y la mayor parte de su trazado no era visible desde la granja. Acabó de recoger las cosas del té de la tarde, se quitó el delantal y atravesó la vieja casa en dirección a la entrada principal. Se examinó en el espejo colgado sobre la cómoda del comedor y frunció el ceño. Menuda y esbelta, todavía tenía muy buen aspecto a sus cuarenta y cuatro años, pero ya le habían salido algunas arrugas; sobre todo desde la enfermedad de David, que había traído consigo pequeñas patas de gallo y dos líneas de preocupación encima de las cejas. Y también había unas cuantas vetas grises medio escondidas en el pelo rubio natural que le llegaba hasta la base del cuello. Fiona siempre lo llevaba con la raya en el centro y se lo había hecho cortar de tal modo que ahora se le curvaba hacia la barbilla a cada lado, un pequeño truco de peluquera para disimular que su mandíbula ya no era tan definida como antes. Esa tarde llevaba una sencilla blusa blanca de algodón remetida en unos tejanos azules bastante apretados que su hija la había convencido de comprar. El marido de

Fiona los detestaba; la hacían parecer una fulana, había dicho. «Mejor —había pensado ella—, quizás así mostrarás un poco más de interés por mí.»

Cuando llegó a la entrada principal, cogió unas tijeras de podar de la cesta que tenía en el suelo al lado del paragüero, se echó un chal de lana sobre los hombros, y salió a la tenue luz del atardecer para cortar unos cuantos narcisos y jacintos en el pequeño jardín mientras esperaba a los huéspedes retrasados. El jardín era su orgullo y alegría. La casa se alzaba sobre una suave pendiente, encarada hacia el oeste. En la lejanía, entre dos estribaciones rocosas, se veía una línea del mar de Irlanda, así como los cañaverales y las playas de arena del estuario que formaba la desembocadura del Mawddach. Fiona había hecho rellenar de tierra la antigua explanada para crear un patio delantero nivelado, que luego mandó cubrir con una gravilla muy fina para que los huéspedes pudieran aparcar sus coches junto a la casa. El nuevo patio delantero estaba circundado por un murete, y bastaba con bajar tres escalones para caminar por la pradera y los jardines que Fiona había creado a partir de un antiguo pastizal para ovejas. Un viejo manzano de tronco nudoso ocupaba una esquina. Hubiese sido mejor que no estuviera orientado hacia el oeste, pero en verano el sol se elevaba lo suficiente para que a media mañana ya hubiera asomado por detrás de la mole del Cadair Idris, y Fiona no podía quejarse de las flores de su jardín. Con aquella primavera adelantada, el azafrán ya había florecido y empezaba a mustiarse, pero los narcisos estaban magníficos, los jacintos habían crecido y los tulipanes no tardarían en asomar del suelo. Al cabo de unas semanas, si seguía haciendo aquel tiempo, el jardín sería una masa de flores herbáceas: delfinios en distintos tonos de blanco y azul, columbinas color pastel; lupinos multicolores; margaritas orientales de un rosa pálido, sus flores como pequeñas guirnaldas de papel en una fiesta; masas de alyssum y dianthus; parterres de amapolas escarlata;

nubes enteras de lavanda, y mucho más. Detrás de todas ellas, donde ahora sólo había unas cañas desnudas, pronto se hallaría el rosado marfileño de las vigorosas rosas de la antigua variedad «Nuevo Amanecer», entrelazado con el azul de las flores grandes como platillos de las clemátides, que treparían sobre el murete de piedra que circundaba el jardín y protegerían a las plantas más delicadas de las tormentas procedentes del mar de Irlanda.

Sólo tardó unos instantes en recoger un buen ramo para la mesa. Mientras esperaba a los Bryce-Wetherall en el jardín, volvió la mirada hacia la casa. Cuando ella y David se instalaron allí —vaya, ya casi hacía un cuarto de siglo de eso—, descubrieron que el padre de él apenas se había ocupado del lugar. Realmente, para un anciano era bastante difícil encargarse del mantenimiento de una granja situada en las colinas. La casa original había sido edificada con enormes vigas de roble. Las que sostenían el techo en la planta baja medían casi medio metro de grosor y se habían ennegrecido por el transcurso del tiempo. El exterior era de enormes bloques de roca ígnea, traídos de las laderas del Cadair Idris. El segundo piso parecía acurrucarse bajo un tejado de pizarra en pendiente puntuado por tres gabletes. Robustas chimeneas de piedra estaban unidas a las caras sur y norte de la construcción original como un par de sujetalibros. La chimenea del comedor era tan enorme que podías permanecer de pie dentro de ella —al menos Fiona podía hacerlo—, e incluso con los brazos completamente extendidos no tocabas sus lados. El sol de la tarde entraba por los ventanales incrustados en las gruesas paredes de piedra de las habitaciones delanteras, y ventanas más pequeñas asomaban por debajo de los tres gabletes en el piso de arriba.

Lo de ofrecer el servicio de alojamiento y desayuno había sido una buena idea. David tenía la granja, y Fiona quería tener algo propio de lo que ocuparse. Al principio su marido se mostró bastante remiso, pero criar ovejas en las colinas te con-

15

dena a llevar una existencia marginal, incluso contando con los subsidios del gobierno, y la nueva actividad de Fiona empezó a dar dinero prácticamente desde el primer día. Lo primero que hizo fue sustituir todas las ventanas viejas que no ajustaban bien por otras provistas de cristales dobles, con lo que todas aquellas habitaciones llenas de corrientes de aire por fin adquirieron una atmósfera verdaderamente acogedora. Acto seguido modernizó los cuartos de baño y se las ingenió para remodelar el piso de arriba, de forma que los dos dormitorios que ellos no utilizaban dispusieran de cuartos de baño independientes. Hacía unos años habían conseguido edificar un anexo de dos pisos en el extremo norte de la casa, creando una suite —dormitorio con cuarto de baño— arriba y una nueva sala de estar para los huéspedes abajo. Entonces, como la reforma les permitía acoger más huéspedes y cobrar un poco más gracias a lo lujoso de los alojamientos, Fiona mandó construir la nueva cocina en un anexo de un piso desde el que se divisaban tanto el valle como el camino que conducía a la casa. Hizo que los albañiles utilizaran piedra vieja para las paredes de ambos anexos y madera de roble para los dinteles encima de las ventanas, porque quería que hicieran juego con la parte antigua de la casa. Uno o dos inviernos más de exposición a las inclemencias del tiempo y ya no se podría distinguir lo viejo de lo nuevo.

Fiona llevaba unos minutos de pie allí, sintiéndose orgullosa de su casa, pero aún no había llegado ningún coche. «Qué raro», pensó; probablemente alguien había hecho un giro indebido. La gente siempre equivocaba la dirección al salir de Dolgellau, el pueblo con mercado que había unos kilómetros valle abajo. Dolgellau estaba situado justo donde los ríos Mawddach y Wnion unían sus cauces antes de iniciar un tortuoso camino hacia el estuario y el mar. En 1638 se había construido un puente de piedra de siete arcos sobre el Wnion, y el crecimiento del pueblo se vio impulsado primero por la industria lanar en el siglo XVIII y luego por una breve fiebre del oro en el XIX. El pueblo volvió a revivir en la época victoriana cuando los veraneantes acudieron a las montañas siguiendo los dictados de una nueva moda, las excursiones por las colinas.

El que el pueblo se llamara Dolgellau, un típico trabalenguas galés, era algo que siempre desconcertaba a los ingleses. «¿Cómo diablos se pronuncia el nombre de este sitio?», preguntaban. La respuesta, aproximadamente, era «Dol-geth-lie», aunque ni siquiera así llegabas a decirlo del todo bien. El galés es una lengua celta repleta de parejas de consonantes y combinaciones que pronunciadas suenan muy distintas a lo que parecen escritas. Con todo lo complicado que parece en una página, el galés oral es muy melodioso; suena un poco como el agua corriendo sobre las rocas en un torrente de montaña. Fiona, que era inglesa, había tardado años en llegar a dominarlo después de casarse con David, nacido y criado en aquel valle. Incluso ahora, a veces necesitaba esforzarse lo suyo para entender a los hablantes nativos.

Casi tan tortuosas como el nombre del pueblo eran sus angostas callejas de un solo sentido, apretujadas entre viejas casas, comercios y hoteles de piedra construidos mucho antes de que nadie imaginara la existencia de los coches o los autobuses. Los forasteros solían acabar subiendo hacia el oeste por la carretera del Cadair en dirección a la granja de Fiona cuando lo que pretendían era ir en dirección este, hacia Inglaterra.

Recogió las flores cortadas en el jardín y volvió al fregadero de la cocina para hacer un ramo con ellas; y fue entonces cuando el destello azul marino reapareció más allá de la ventana, no como un coche sino con forma de enorme mochila sujeta a la espalda de un hombre de mediana edad que estaba subiendo por el sendero que conducía a la granja. Fiona estaba acostumbrada a ver gente que iba a pie, ya que uno de los caminos que llevaban hasta la cima de la montaña pasaba justo al lado de la granja. Pero la mayoría de los excursionistas y escaladores británicos no llevaban mochilas tan grandes, y en cualquier caso ir al Cadair Idris era una excursión de un día. Además, si bien la montaña quedaba dentro de los límites del Parque Nacional de Snowdonia, realmente no se hallaba en el camino a ninguna parte, así que Fiona no creía que aquel hombre hubiera salido de excursión. La razón por la que podía haber subido hasta allí arriba era un auténtico misterio, tanto más cuando el hombre hizo caso omiso del letrero que indicaba el camino a la montaña y siguió adelante para entrar en el patio de la granja.

Fiona acabó de arreglar el ramo de flores, puso el jarrón encima de la mesa en el comedor y fue a la entrada principal. Llegó allí cuando el caminante llamaba a la puerta. Le franqueó la entrada a un hombre que llenaba todo el umbral y aún le sobraba un poco de estatura. Medía más de metro ochenta, era delgado y estaba en muy buena forma. Fiona lo supo nada más verlo porque, aunque no hacía nada de frío, el hombre llevaba unas robustas y curtidas botas de excursionista, unos pantalones cortos caqui y una camiseta negra sin mangas. El sol había aclarado su largo cabello castaño y bronceado la piel. Su camiseta estaba húmeda de sudor, y parecía llevar varios días sin afeitarse. A pesar de eso, era muy apuesto.

El hombre se inclinó ligeramente por la cintura apoyándose en su bastón, cuyo puño curvado era de cuerno de carnero, le sonrió tímidamente y dijo:

—Hola. ¿Es usted la señora Edwards?

—La misma.

—He visto una foto de su granja en el Centro de Información Turística de Dolgellau, y me preguntaba si por casualidad tendría libre alguna habitación individual para esta noche. Bueno, en realidad sería para dos noches.

—Me temo que no. ¿No se lo dijeron?

—El Centro de Información estaba cerrado cuando llegué

allí. Aunque no se suponía que tuviera que estarlo, según el horario que tienen expuesto.

—¡Esa Bronwen! —dijo Fiona al tiempo que sacudía la cabeza—. Siempre que tiene que ir a comprar algo, cierra la oficina más temprano y corre a las tiendas. Es una vergüenza. —Y realmente lo era; eso le había causado problemas a Fiona en más de una ocasión. A causa de todos los premios que había ganado, el Centro de Información Turística tenía una foto de su granja expuesta en la ventana, pero en cuanto empezaba la temporada, casi siempre estaba al completo. Fiona se veía obligada a rechazar a mucha gente.

Estaba intentando situar el acento de aquel hombre. Desde luego no era británico. Norteamericano, supuso, pero ¿de qué parte?

—¿Es usted canadiense? —preguntó.

—Soy de Estados Unidos.

—¡No me diga! No vemos muchos estadounidenses por estos parajes.

—He estado aquí antes. Me alojé al otro lado del río, en Ty Isaf.

—¿Con Graham y Diana? Pues ya no viven aquí.

—Sí, ya me he enterado.

—Y encima nuestro querido Centro de Información Turística ha acabado de desorientarlo. Mire, me encantaría alojarlo, pero el caso es que estoy hasta los topes. Tendré una habitación disponible mañana por la noche (los domingos la cosa suele bajar un poco), pero esta noche estamos completos.

—Comprendo —dijo el caminante.

—Oiga, ¿por qué no entra un momento? Telefonearé a Janet, en Rockledge. Puede que ella disponga de alguna habitación para esta noche, y así usted podría venir aquí por la mañana.

—Muy amable de su parte.

—No es problema; sólo será un momento.

El hombre la siguió con la mirada mientras ella entraba en la casa. Fiona medía casi un palmo menos que él, pero su porte la hacía parecer más alta. El pelo se le mecía sobre la nuca como una cortina de seda cuando andaba. Supuso que sería varios años más joven que él, y reparó, con una súbita punzada de deseo que lo sorprendió, en lo bien que le sentaban aquellos tejanos tan ceñidos que llevaba.

Fiona fue a la cocina y marcó el número de su vecina, que vivía un kilómetro y medio camino abajo. Después de varios timbrazos, Janet por fin contestó.

—Dolgellau quinientos treinta y uno —contestó a la vieja usanza. Janet empezaba a hacerse mayor y no había conseguido acostumbrarse a los números de teléfono sólo de cifras. También era un poco dura de oído.

—¡Janet! —exclamó Fiona—. Soy Fi. Mira, tengo en la puerta a un excursionista americano que necesita habitación, pero estoy a tope. ¿Te queda alguna libre? ¿No? Bueno, sí, ya lo sé; este año la temporada ha empezado más temprano de lo habitual. Sí, yo tampoco doy abasto. No, Bronwen se ha ido de compras y este hombre ha recorrido toda la distancia hasta aquí a pie. Lo sé, lo sé; no es justo, ¿verdad? Vale, Janet, ahora tengo que dejarte. Muchas gracias. ¡Adiós!

Volvió a la entrada.

—Me temo que Janet también está completa. No sabe cuánto lo lamento.

—Gracias de todas maneras. Siento haberla molestado.

—Ninguna molestia, de verdad. Oiga, ¿puedo ofrecerle una taza de té al menos? —Era consciente de que estaba intentando prolongar la conversación. Aunque parecía hombre de pocas palabras, tenía una suave voz de barítono; Fiona experimentaba la curiosa sensación de que le daba calor cuando hablaba.

—No, gracias. Se está haciendo tarde. Será mejor que encuentre algún sitio donde pernoctar.

Empezó a darse la vuelta, pero se volvió nuevamente hacia ella con la misma sonrisa tímida de antes.

—Encantado de conocerla —dijo. Y se fue.

Fiona volvió a la cocina y lo observó alejarse sendero abajo. Tenía unas piernas preciosas: largas, firmes y musculosas, como de bailarín, no demasiado gruesas. Como muchos granjeros galeses, el marido de Fiona era más bien bajito y de huesos grandes: un hombre fuerte y corpulento hecho para criar ovejas en las colinas, pero también, había pensado ella a menudo, bastante tosco. David parecía tirar de un arado cuando caminaba; aquel excursionista americano, en cambio, se movía con gestos llenos de gracia. No, eso sonaba demasiado femenino, se corrigió: agilidad, eso era lo que tenía aquel hombre. Se movía con fluidez, como si no necesitara esforzarse para cargar con aquella pesada mochila.

Mientras lo veía marchar, cayó en la cuenta de que había algo más que la había afectado, algo que no lograba precisar. Aunque el americano parecía alegre y jovial, Fiona había notado la presencia de algo más tras aquella sonrisa que acudía a sus labios con tanta facilidad. Tristeza, eso era. Había sido una sensación fugaz, apenas perceptible, pero lo impregnaba como una fragancia.

2

Alec Hudson se encontraba muy cansado. Sentía el cansancio en los huesos y en el alma. Estaba cansado de esa forma en que se está cuando uno cree haber llegado por fin al sitio al que iba y descubre que todavía le queda otra colina por superar. Llevaba todo el día caminando. De hecho, no había parado en casi tres semanas, durante las cuales había ido desde el aeropuerto londinense de Heathrow hasta ese remoto valle en el norte de Gales.

Lo consideraba una especie de peregrinación, todo ese caminar; cada día como una plegaria, cada paso una especie de sortilegio. Un horizonte hacia el que había decidido encaminarse y que no dejaba de avanzar por delante de él, como un ideal que Alec se esforzaba por alcanzar pero que nunca conseguiría atrapar. No estaba seguro de cuál era el ideal representado por ese horizonte, pero le parecía que tenía relación con el amor, con las obligaciones que uno asume, con no faltar a la palabra dada. Quizás estaba haciendo penitencia.

Desde Heathrow había andado unos kilómetros en dirección sur hasta el Támesis y luego había seguido la ruta que discurría a lo largo de sus orillas, río arriba en dirección oeste, a través de media Inglaterra. Cuando el río torció en dirección norte hacia Oxford, Alec continuó adelante, subiendo hasta alcanzar las primeras estribaciones de las colinas de Berkshire. Allí siguió por el Ridgeway, un camino abierto en la blancura de los suelos de pizarra por antiguos pies hacía más de cinco mil años; antes de Roma, antes de Grecia, en el amanecer de la historia escrita. Al final de la primera semana se hallaba en el sur de los Cotswolds, a medio camino entre las otrora ciudades romanas de Cirencester y Bath. En el enlace de Tormartin sobre la M4, un camionero lo había recogido y llevado a través del más antiguo de los dos puentes que atravesaban la caudalosa desembocadura del río Severn. Alec había estado de pie al sol con un letrero escrito a mano donde ponía «Sólo a través del puente».

—Se supone que no debería hacerlo —dijo el camionero—, pero me he dicho: qué diablos, ese tipo las pasará canutas para atravesar el río con esa cosa tan enorme cargada a la espalda, ¿verdad?

Alec intentó pagar el peaje del puente, pero el camionero le dijo que ni hablar. Lo dejó al otro lado del Severn, cerca de Chepstow Castle, antes de seguir hacia Cardiff para entregar el cargamento de armarios de cocina que llevaba en el camión. Alec enfiló rumbo norte para seguir el tortuoso valle del río Wye, que en una parte de su cauce cumple la función de frontera entre Inglaterra y Gales. Hizo un breve alto en la abadía de Tintern, la pintoresca ruina inmortalizada por el poema de Wordsworth, y luego prosiguió hacia Monmouth. Desde allí fue en dirección oeste hasta llegar al estrecho y apacible valle de Llanthony, y siguió una carretera de un solo sentido hacia el norte hasta la cima de Hay Bluff, en lo alto de las montañas Negras de Gales. Unos cuantos kilómetros más adelante, volvió a encontrarse con el tortuoso cauce del Wye y siguió su curso hasta Builth Wells, llegando a la población al final de su segunda semana de caminata para asombrarse ante la cantidad de paisaje que uno podía llegar a cubrir con sólo poner un pie delante del otro, kilómetro tras kilómetro, día tras día. Alec había calculado que hacía un promedio de entre cuatro y cinco kilómetros por hora, dependiendo de cuál fuese el estado del terreno. La mayoría de los días se levantaba con la salida del sol y luego recorría trece o quince kilómetros antes de almorzar y otro tanto, a veces incluso más, antes de dar la jornada por concluida. Después de haber salido de Builth Wells, siguió en dirección noroeste hasta adentrarse en los páramos montañosos de los Cambrianos y llegar a Machynlleth, junto al río Dovey, cerca de la costa galesa, hacia el final de la tercera semana. La suerte parecía estar de su lado; con la excepción de unas cuantas mañanas de niebla, siempre había disfrutado de un tiempo despejado y excepcionalmente cálido. A medida que progresaba hacia el norte, la primavera avanzaba con él. Los narcisos florecían en los jardines de las casitas y a los lados del camino. Los ajos silvestres alzaban sus penachos de delicados estambres blancos. Las prímulas florecían en una explosión de amarillo limón desde las resquebrajaduras en los muros de piedra. Notó que en muchas especies de plantas, las variedades que daban flores amarillas parecían florecer primero, como para añadir más luz al paisaje de tonos ocres y aportar más calor al todavía tenue sol primaveral.

Cuando se hacía de noche, Alec alternaba entre los sitios que ofrecían alojamiento y desayuno y la acampada al aire libre. Lo habitual era que no necesitara molestarse en elegir. Si llevaba diez horas caminando, se detenía allí donde estuviese cuando sus pies se negaban a proseguir. A veces se trataba de un pueblecito en alguna de cuyas casas podía alojarse; otras veces no había nada, y entonces plantaba su tienda allí mismo. Durante el día, hacía un alto en algún pueblo para comprar unas cuantas cosas para improvisar una cena si no le quedaba más remedio: un poco de salami, un trozo de queso cheddar de granja, una pequeña barra de pan integral, una manzana, a veces hasta una botella de tinto.

La gente con que se encontraba le preguntaba adónde se dirigía. Responder a eso era fácil: al norte de Gales. Luego le preguntaban por qué iba a pie, y esa pregunta ya no era tan fácil de responder. «Me pareció que era lo más correcto, dadas las circunstancias», les decía, y cuando les contaba la historia, parecían entenderlo.

—Hay algo que necesito que leas —le había anunciado su ex desde su cama en el hospital hacía un año.

Alec llevaba varios años divorciado de Gwynne, y de hecho vivían en extremos opuestos del país —él en Seattle, ella en Boston—, pero nunca habían llegado a desenamorarse del todo. Él lo había intentado, en vano: Gwynne Davis era la clase de mujer que iluminaba las habitaciones cuando entraba. En parte debido a su mera presencia física, claro, puesto que medía un metro ochenta descalza y diez centímetros más con los tacones de aguja que la distinguían. Y en parte debido a una cuestión espiritual. Gwynne irradiaba una alegría de vivir casi infantil. Más que animada, era efervescente. En los primeros tiempos, al menos, estar con ella había sido mágico, como recibir una lluvia de finas partículas de deleite.

Se conocieron a mediados de los años setenta, en Nueva York, la ciudad donde él había nacido y se había criado. Su amiga Karen, a la que Alec conocía desde el instituto y que, le parecía a él, no había dejado de hacerle de casamentera desde entonces, había decidido que pasaba demasiado tiempo a solas escribiendo sus libros y un día le anunció que había concertado una cita doble. Karen era de las que no admiten una negativa por respuesta, y siempre daba por sentado que acabarías capitulando. Había conocido a Gwynne un día que fue de compras a Bergdorf's en la Quinta Avenida, donde la señorita Davis, como se la conocía, trabajaba en el departamento de moda. «Bueno —había pensado Alec con resignación—, al menos irá bien vestida.»

«Te gustará —había dicho Karen. Y recurriendo a su aparentemente inacabable suministro de aclaraciones no pedidas, había añadido—: Es alta.»

Entonces llegó el día y Alec tuvo que esperar de pie, un tanto incómodo, en la sección de lencería de marca, justo al lado del departamento de moda. Karen lo había dejado allí mientras iba en busca de la cita con que lo había emparejado. Alec estaba examinando distraídamente uno de los expositores, preguntándose cómo podía ser que algo tan etéreo tuviera precios tan exorbitantes, cuando una voz femenina ligeramente grave dijo detrás de él:

—¿No le parecen un poco pequeños para usted?

Alec se volvió para responder, inclinando la cabeza hacia abajo, donde solía encontrar las caras de las mujeres, pero se encontró contemplando los pechos de la que acababa de hablarle. Fue levantando la cabeza muy despacio, sintiendo que se le aflojaba la mandíbula, hasta los ojos color avellana de la mujer. Se había quedado sin habla, algo que no le ocurría nunca.

—Alec —oyó la voz de Karen—, te presento a Gwynne.

Anticipándose a la pregunta habitual, ella se puso las manos en las caderas y dijo:

—La respuesta es metro ochenta. Metro noventa cuando llevo tacones. —Y le dirigió una sonrisa deslumbrante.

Todavía tratando de recuperarse, Alec farfulló:

—Verás, es que yo nunca...

—No, ya imagino que no —dijo ella. Y abriendo una ventanita al interior de sí misma, se inclinó unos centímetros hacia él. Alec pudo oler su perfume, intenso y voluptuoso, cuando le susurró—: Tranquilo, es agradable conocer a un hombre alto para variar, incluso si no es muy buen orador.

Entonces se volvió hacia Karen y dijo:

—¿Vamos a ir a cenar o nos quedaremos aquí hasta morirnos de hambre en la sección de lencería?

Mientras Karen y Gwynne planificaban la velada, Alec fue tomando nota de lo que llevaba su cita: sobre unos apretados tejanos negros, que a él le costaba creer que algún fabricante pudiera haber puesto a la venta con unas perneras tan largas, una vieja camisa militar adornada con galones que dijo haber encontrado en una tienda de segunda mano del Lower East Side. Le había cosido unas hombreras espectaculares y había sustituido los botones caqui originales por unos rojos para que hicieran juego con algunos de los galones. Un fino cinturón de cuero rojo ceñía a su esbelta cintura la camisa, que le quedaba demasiado grande. Un par de botones estaban desabrochados y debajo llevaba una púdica camiseta de seda negra. Pasado unas cuantas veces alrededor de su cuello de cisne, y luego echado como al descuido por los hombros, un largo pañuelo de seda tan negra como los tejanos. Los zapatos de tacón hacían juego con el cinturón rojo. Su largo y ondulado cabello castaño claro tenía reflejos rojizos y le llegaba hasta los hombros. No lucía ni una sola joya, cosa que sorprendió a Alec, visto el trabajo que ella desempeñaba en Bergdorf's. El único maquillaje que pudo detectar fue una sombra de color en los labios y, posiblemente, un poco de brillo que le realzaba los pómulos.

Luego comprendería que el atuendo que llevaba aquella noche era puro Gwynne: creativo, travieso, exento de pretensiones y sin embargo —en ella, al menos— impresionante. El que fuera capaz de combinar cosas tan dispares para crear un conjunto que quedaba fabuloso pero apenas costaba dinero sacaba de quicio a las otras mujeres del departamento de moda y deleitaba al presidente de Bergdorf's. Gwynne era su «chica del cabello dorado» y tenía grandes proyectos profesionales para ella.

Alec se enamoró de Gwynne apenas conocerla. Unas semanas después, su madre le preguntó, como acostumbran hacer las madres, si Gwynne era guapa. Él se lo pensó unos instantes y luego respondió: «No, mamá, Gwynne no es guapa, es impresionante. Es hermosa del modo en que lo es Katharine Hepburn, esa clase de belleza que te deja sin aliento en cuanto la ves.» Lo que había de cautivador en ella, lo que galvanizaba a casi todos tan pronto la conocían, era la energía que irradiaba. Gwynne era pura luminiscencia.

Ahora, casi veinte años después, Gwynne se estaba muriendo y Alec estaba junto a su cama. En un primer momento los médicos le detectaron un cáncer de mama, pero las metástasis se le habían extendido por todo el cuerpo. Alec había venido al Este para cuidar de ella. Gwynne llevaba dos meses sin comer nada sólido. Hacía una semana que no retenía nada de lo que bebía. Las venas de sus brazos, manos y piernas, a través de las que había estado recibiendo fluidos, se habían colapsado. La piel se le había cubierto de manchas; una señal inequívoca, le había dicho la enfermera, de que se estaba muriendo. Sin embargo, su espíritu no parecía haber disminuido en nada, aunque su cuerpo se marchitaba. Cada mañana despertaba, dirigía a Alec aquella sonrisa que era como una candileja y decía: «¡Bueno, supongo que todavía no estoy muerta!» Las enfermeras la adoraban. Una de ellas le dijo a Alec: «Esa mujer es increíble. Entramos ahí para cuidar de ella, y al final siempre es ella la que nos hace sentir mejor.»

Aquella mañana, Gwynne señaló con un gesto de la mano un sobre de papel manila que había sobre la bandeja de su mesa. La etiqueta rezaba «Últimas voluntades y testamento».

—Ah —dijo Alec tomándoselo a la ligera, tal como hacían siempre—, las instrucciones para distribuir tu vasta fortuna, ¿verdad? —Era una broma; Gwynne no era rica.

—Léelo con mucha atención, cariño —dijo ella—. Vas a ser mi albacea.

Alec leyó el testamento. Los términos del legado eran puro Gwynne: generosos y traviesos al mismo tiempo. Sus modestos recursos deberían ser divididos a partes iguales entre los miembros de su familia y la un tanto extravagante familia de él, que Gwynne siempre había dicho sentía como más propia que la suya. Pero el testamento incluía una condición bastante curiosa: el dinero sólo podría ser usado en algo que los beneficiarios nunca se hubieran sentido capaces de permitirse hasta entonces. Y además, lo que hicieran tendría que ser divertido.

Alec se inclinó sobre la cama y la besó.

—Es un testamento perfecto —dijo—. Es puro tú.

—Continúa leyendo —ordenó ella, sonriendo como si fuera una sorpresa.

Unos cuantos párrafos más adelante venía esto: «Establezco que mi ex marido y albacea testamentario dispersará mis cenizas desde la cima del Cadair Idris en Gales.»

Él alzó la mirada, estupefacto. Cierto, Gwynne era en parte galesa, y habían subido juntos a lo alto de aquella montaña hacía unos años, pero aun así se quedó perplejo.

—¿Por qué ahí? —preguntó.

—Porque escalar esa cima fue lo más difícil que he hecho nunca físicamente y es la empresa de la que estoy más orgullosa.

Alec nunca lo había sabido. Gwynne se mostraba reservada acerca de muchas cosas.

Al día siguiente, cuando los médicos reconocieron que no podían hacer nada más por ella, Gwynne pidió a Alec que la llevara a casa, a su propia cama. Una semana después, tras un aterrador descenso a la confusión y la paranoia inducidas por la deshidratación, Gwynne se sumió en el estupor de la morfina y murió calladamente en los brazos de él. Tenía cincuenta años, uno más que Alec. Solían bromear diciendo que él era su «chico de juguete».

Alec había tardado un año en sentirse capaz de coger un vuelo con destino a Inglaterra para cumplir la petición de Gwynne. Le parecía que Inglaterra quedaba lejísimos. Tenía la sensación de que al llevar allí a Gwynne de alguna manera la estaría abandonando. Eso era puro egoísmo por su parte, y él lo sabía: quería tenerla lo más cerca posible incluso en la muerte. La urna que contenía sus cenizas estaba depositada en un estante de su dormitorio, riñéndolo silenciosamente con su presencia.

—Ya lo sé —le decía él de vez en cuando—. Lo haré pronto. Te lo prometo.

Cuando volvió la primavera, Alec supo que había llegado el momento. Gwynne siempre había adorado la primavera en el Reino Unido; la gama de verdes esparcida a través del paisaje, las flores silvestres que empezaban a llenar los campos, los matorrales espinosos que parecían cubrirse de encajes, el exuberante trino de los pájaros, los corderos recién nacidos que aprendían a corretear por las praderas salpicadas de margaritas.

Gwynne no le había pedido que fuera hasta el Cadair Idris a pie; eso había sido idea de él. Parecía apropiado: ambos habían pasado muchos días mágicos dando largas caminatas a través de la campiña inglesa durante su matrimonio; era donde siempre habían sido más felices, un lugar en que los problemas que pudiera haber entre ellos se esfumaban, al menos durante un tiempo. Sin embargo, Alec también sabía que hubiese tenido que ahorrarse esa larguísima caminata. El divorcio ya había sido bastante duro; algo que luego ambos estuvieron de acuerdo en que deberían haberse ahorrado. Pero al menos siempre les había quedado el recurso de coger el teléfono y oír la voz del otro, escuchar los problemas del otro, reírse de las manías del otro, de todas esas rarezas y pequeñas costumbres que sólo una persona con la que has vivido durante mucho tiempo puede entender de verdad. Podían reír, y lo hacían a menudo.

Ahora ya no había risas. El carácter irrevocable de la muerte de Gwynne, su profunda injusticia, la increíble rapidez con que había tenido lugar, lo habían dejado conmocionado e incapaz de sentir nada. Claro que tampoco había que olvidar que la insensibilidad era un recurso protector que Alec había desarrollado en una etapa muy temprana de su vida. Su padre había sido la clase de alcohólico que hacía frente a sus propias incapacidades maltratando verbalmente a su familia, rebajándolos para afirmarse a sí mismo. Si permitías que eso te afectara, podía llegar a corroerte por dentro. Su madre, que se veía obligada a trabajar para mantenerlos, vivía a base de tranquilizantes para mitigar el dolor. Su hermana pequeña simplemente había buscado refugio dentro de un mundo propio. Alec, que solía ser el blanco de las furiosas peroratas de su padre, aprendió a dejar de sentir. Lo que no sientes no puede hacerte daño. También aprendió a vérselas con el caos, el estado cotidiano de su familia. En una crisis, Alec se volvía fríamente racional. Siempre se podía contar con él cuando todos los demás trataban de escurrir el bulto, huían o se derrumbaban. Pero Alec no era ningún autómata; había heredado de su madre un gran corazón, y el papel de la persona que cuida de los demás simplemente era algo natural para él. Hacía años, él y Gwynne habían estado de acuerdo en que esa característica de saber cuidar de los demás era una de las cosas que la habían atraído de Alec, como una flor que se vuelve hacia el sol. Pero también había supuesto una pesada carga para ellos; la necesidad de ser cuidada que tenía ella y el hecho de que él siempre estuviera dispuesto a satisfacer esa necesidad fueron lo que acabó separándolos. Cuando el cáncer atacó y Gwynne se estaba muriendo, solía bromear diciendo que ahora su vieja necesidad de que Alec cuidara de ella por fin se había vuelto legítima.

—No, Gwynne —decía él—, eso es un regalo que tú me has hecho.

En el año transcurrido desde el deceso, Alec se había sentido a la deriva. Fue sólo con su ausencia cuando comprendió hasta qué punto —pese a su divorcio hacía una década— ella había sido un ancla en su vida. Ahora tenía que forcejear con los tiempos verbales cada vez que pensaba en Gwynne o hablaba de ella: Gwynne es, Gwynne era; ella será, ella habría sido.

Ella lo había nombrado beneficiario de un pequeño estipendio anual y ahora Alec vivía de eso mientras escribía poemas, ninguno de los cuales lo satisfacía completamente. Su corazón, su estado emocional, parecían estar controlados por el cambio de las estaciones, con la oscuridad aumentando poco a poco a medida que el verano era sucedido por el otoño y el otoño por el siempre cruel invierno de Seattle. Las semanas se convertían en meses y sus amistades le insistían, amable y afectuosamente, en que ya iba siendo hora de que siguiera adelante. Alec no sabía cómo hacerlo. Pensar en ello racionalmente no servía de nada.

Y entonces un día se le ocurrió: necesitaba hacerlo físicamente. Necesitaba llevar a Gwynne a casa, en Gales, como un portador del féretro. Necesitaba caminar. El esfuerzo, el cansancio, las semanas dedicadas a avanzar hacia la montaña al paso del caminante serían la cura. Cuando llegara allí, sabía que por fin podría renunciar a Gwynne.

Llegó al final del largo sendero que venía de la granja Tan y Gadair y se detuvo allí donde el camino de tierra se unía con la carretera asfaltada. Se apoyó en su bastón; «Avellano», lo llamaba, porque ésa era la madera de la que había sido hecho, hacía mucho tiempo, por un artesano en el Distrito de los Lagos, en Inglaterra, un hombre que también había muerto de cáncer. Pensó en el largo camino de regreso a Dolgellau. Entonces lo comprendió: no era que el trayecto de vuelta al pueblo fuese largo, sino que no había ninguna necesidad de hacerlo. Había llegado al final de su peregrinación. Lo había sabido en cuanto llegó al Centro de Información Turística y vio la foto de la granja Tan y Gadair, con la montaña al fondo. Era allí donde tenía que alojarse durante la noche.

Dio media vuelta e inició la subida hacia la granja bajo la montaña. Tenía una propuesta que hacerle a la señora Fiona Edwards.

3

Fiona estaba de pie ante la ventana de su cocina, como si mirar el punto donde el sendero se perdía de vista en la lejanía fuera a hacer reaparecer al caminante americano. Cuando le abrió la puerta a aquel forastero había experimentado una extraña sensación de familiaridad, como si lo conociese de toda la vida.

Era ridículo, claro. Y además, ella era una mujer de mediana edad que tenía marido, por el amor de Dios. Nunca había mirado a otros hombres. En primer lugar, estaba demasiado ocupada para eso. Llevar un negocio que ofrecía alojamiento y desayuno —lo que implicaba atender a los huéspedes, cocinar, cocer el pan, lavar la ropa de cama, preparar las habitaciones, mantenerlas aseadas, ocuparse de todo el papeleo con el Patronato de Turismo galés y estar pendiente de la declaración trimestral de la renta— le ocupaba la mayor parte del día. El tiempo y la energía que le quedaban eran invertidos en ayudar a David con la granja. Fiona ni siquiera iba mucho al pueblo, salvo a hacer las compras para aprovisionar la nevera.

El trabajo no le importaba; llenaba su vida. Cierto, desde que David enfermó, la vida con él se había vuelto mucho más difícil. Su marido nunca había sido el hombre más atento o romántico, hasta tal punto que a Fiona le bastaba con imaginarlo teniendo algún pequeño detalle con ella para que le entraran ganas de reír. Con todo, incluso después de que David hubiese enfermado y tuviera que dejar la casa principal y los graneros para mudarse a un edificio aislado en una parte alejada de la granja, Fiona pasaba muchas noches con él, como marido y mujer. Pero conforme progresaba la enfermedad, David se volvió distante y luego malhumorado e impredecible. Cualquier insignificancia bastaba para provocarle un estallido de furia. El médico ya la había prevenido de que David podía experimentar bruscos cambios de humor y Fiona se había resignado a afrontarlos. Pero cada vez le resultaba más difícil hacerlo. Ahora había momentos en los que le tenía auténtico miedo a su marido. Había surgido poco a poco, ese miedo, del mismo modo en que a veces los áfidos atacaban las flores en su jardín: los cambios eran tan pequeños que al principio no reparabas en ellos y un día, de pronto, las plantas empezaban a perder la vitalidad. Así era como sentía el miedo ella: como si le estuviese sorbiendo la vida a su matrimonio.

Pese a todo, Fiona sabía que David era un buen hombre. Eso importaba, ciertamente. Era un buen padre, también. Él y su hija, Meaghan, compartían una intimidad que a veces la llenaba de envidia. Eso la sorprendía, porque David solía decir que no entendía a las mujeres. A veces Fiona pensaba que eso era una mera excusa para no tratar de entenderlas siquiera, pero David, después de todo, había crecido sin una madre o unas hermanas. Su madre había muerto al dar a luz a su hermano Thomas, y los dos habían sido criados en esa misma granja de las colinas por su padre; también un buen hombre, decía la gente, hasta que la muerte de su esposa lo había amargado como una lechuga que se echa a perder. Cuando los chicos hubieron crecido un poco, David padre les dejó claro que esperaba que uno de ellos se hiciera cargo de la granja en el futuro. Thomas le dejó igual de claro que él no quería tener nada que ver con la propiedad. Había destacado en los estudios, especialmente en las matemáticas, y se fue a la universidad. Ahora era arquitecto en Londres y diseñaba complejos de edificios de oficinas por todo el mundo, siempre lo más lejos posible de Tan y Gadair.

David, en cambio, había tenido serias dificultades con los estudios. Hubieron de pasar años antes de que las autoridades escolares determinaran que era disléxico, y para entonces la pauta ya había quedado establecida: David odiaba leer. Las palabras nadaban en la página y carecían de sentido. Le costaba horrores deletrear incluso las palabras más simples. Conforme crecía, sin embargo, quedó claro que tenía una empatía especial con los animales. La vaca lechera de su padre lo seguía a todas partes como una mascota. David podía sentarse en el suelo del patio y las gallinas enseguida hacían corro a su alrededor, cacareando suavemente, y comían de su mano. Parecía saber instintivamente adónde había que ir por las ovejas cuando llegaba el momento de bajarlas de las colinas a los pastos de invierno. Cuando tenían que dar a luz, siempre podía decir qué oveja tendría un parto difícil. Y se las arreglaba muy bien con la perra collie de su padre, recurriendo a los más sutiles silbidos y llamadas en voz baja para guiarla a la hora de reunir a las siempre asustadizas ovejas. De chico ganó tantas cintas en las pruebas anuales de perros ovejeros que las autoridades lo trasladaron a la categoría adulta para que otros muchachos tuvieran ocasión de hacerse con algún galardón.

Y amaba las colinas. Cualquiera habría pensado que estaría harto de las montañas porque tenía que trabajar en ellas cada día, pero incluso antes de casarse con Fiona ya había empezado a practicar la carrera por los riscos, una forma de carrera a pie particularmente ardua en la que hombres que por lo demás parecían estar en su sano juicio competían corriendo por los traicioneros riscos y sierras del norte de Gales. Era miembro fundador de los Incursores de Eryri, un club de carreras por los riscos, y había competido en otros lugares del Reino Unido: en el Distrito de los Lagos, en Yorkshire, incluso en Escocia. Fiona siempre había pensado que aquella actividad era un disparate y temía que se rompiera una pierna o se despeñara de un risco en cualquier rincón perdido de las montañas, pero David tenía buenos músculos y no paraba de ganar un trofeo tras otro en aquella curiosa modalidad deportiva. Finalmente, sus rodillas sucumbieron al continuo castigo y se vio obligado a dejar las competiciones.

Aunque Fiona sabía que su marido era inteligente —eso saltaba a la vista por lo bien que estaba yendo la granja—, años de continuos fracasos en los estudios le habían dejado profundas cicatrices. Él tendía a desdeñar la pasión por los libros que siempre había sentido ella, y limitaba sus lecturas a las revistas agropecuarias. Tampoco era muy dado a la conversación. Lo habitual antes de que enfermase —ahora los pensamientos de Fiona casi siempre empezaban con esas cuatro palabras—, era que David regresara de las colinas al anochecer, se diera un baño en su gran bañera con patas en forma de garras, se llenara rápidamente el estómago con la cena que hubiera y luego se dejase caer en el sillón delante del televisor, mientras ella leía sus libros en la cocina. Fiona era consciente de lo agotador que resultaba llevar una granja en las colinas, pero aun así había esperado algo más. De jovencita soñaba con un matrimonio donde los aspectos cotidianos de la existencia fueran compartidos entre los esposos al anochecer, alrededor de la mesa o enfrente del fuego. Fiona había creído que casándose con un granjero, alguien que no tendría que salir de casa cada día para ir a trabajar como hacía su padre, ella tendría esa clase de dicha doméstica. Pero las cosas no habían salido así. En cuanto a formas más físicas de intimidad, bueno, aunque David la había cortejado como un enamorado cuando se conocieron, después de la boda su interés por el acto amoroso se había desvanecido mucho más deprisa que el de ella. Desde su enfermedad parecía haberse esfumado por completo. No obstante, el sexo no era algo que Fiona echara demasiado de menos; incluso al principio había sido superficial en el mejor de los casos. Y a partir de que su médico le había dicho que ya no podría tener más hijos, David se había mostrado todavía menos interesado, como si, privado de la oportunidad de procrear un heredero varón para que se hiciera cargo de la granja, el sexo hubiese perdido toda razón de ser. Fiona pensaba en su hija, en cómo Meaghan tenía toda la vida por delante, y se preguntaba qué forma estarían adquiriendo sus pequeños sueños privados. Meaghan se había convertido en una hermosa joven de pelo negro azabache y las facciones de su padre, pero con las delicadas proporciones de su madre. Incluso en un pueblo tan pequeño como Dolgellau, nunca le habían faltado pretendientes. Ahora que estudiaba en la universidad, Fiona prefería no imaginar lo que podía andar haciendo su hija. «Ése es el problema —pensó, sintiendo algo parecido a la añoranza—, que sólo puedo imaginarlo.»

Ordenándose dejar de soñar despierta, se apartó de la ventana de la cocina y fue al piso de arriba para hacer las camas de sus huéspedes. Había cogido la costumbre de dejar una cestita de papel con las pequeñas trufas de chocolate locales encima de cada almohada, y los huéspedes parecían agradecerlo, como también todos los jaboncitos y artículos de tocador envueltos individualmente que ella ponía en los cuartos de baño. Esos pequeños detalles incrementaban los gastos del negocio, pero la cantidad de huéspedes que repetían lo compensaba con creces.

En el curso de los años Fiona había redecorado todas las habitaciones de huéspedes. Una de ellas contaba con una vieja cama de roble de cuatro postes, y en las otras dos había camas de matrimonio rodeadas por preciosas cortinas que caían del techo y quedaban recogidas a ambos extremos de los cabezales de madera labrada. Siguiendo un consejo de la revista *Country Living*, Fiona se había librado de las alfombras de motivos recargados y colores tirando a chillones, habituales en las casas galesas, para sustituirlas por una moqueta verde claro de pared a pared. Las ventanas tenían cortinas de terciopelo rosa apagado, y las colchas con motivos florales combinaban ambos colores. Hizo pintar las paredes de color crema y las ventanas y los marcos de esmalte blanco brillante. Hizo que le mandasen de Londres sábanas de buena calidad y fundas de almohada del mismo crema que las paredes. Y porque a ella le encantaba leer y daba por hecho que otras personas también disfrutaban con la lectura, cada habitación disponía de sillones tapizados, libros alineados a lo largo de las repisas de las ventanas, y antiguas mesas de lectura con lámparas que proyectaban una suave luz que las hacía aún más acogedoras. También había velas y cerillas, para animar a los huéspedes a que hicieran uso de ellas. Encima de la cómoda en cada habitación, siempre dejaba una bandeja con una licorera llena de jerez seco y dos copitas. Un ambiente romántico, le parecía, era importante, cualquiera que fuese la edad de los huéspedes.

Estaba acabando de hacer la última cama cuando oyó que llamaban a la puerta.

«Por fin», pensó.

Pero no eran los Bryce-Wetherall. Era el americano otra vez. Detrás de él, a la última luz del día, Fiona vio oscuros nubarrones que empezaban a crecer sobre el mar.

—¡Oh! ¡Ha vuelto! —dijo. Verlo la puso ligeramente nerviosa, y también la llenó de un secreto deleite.

—Se me ha ocurrido una idea —dijo él, como si su conversación anterior no hubiera concluido—. Usted tiene muchos pastizales y yo tengo una tienda. ¿Qué le parece si inventamos una nueva manera de alojamiento? Podríamos llamarla «tienda y desayuno». Usted gana un huésped extra que paga su estancia en la granja y yo gano poder dejar de caminar.

Fiona pensó que sólo a un americano se le podía ocurrir algo tan poco convencional. Lo miró sin saber qué decir, y luego soltó una risita con una alegría que a él le pareció salida de algún lugar tan profundo que no podía caber en aquella menuda mujer.

—¡Brillante! —dijo finalmente.

El americano la miró a los ojos, y lo que Fiona vio de pronto en los suyos fue el más absoluto cansancio.

—No sabe usted cuánto me alegra oírselo decir —murmuró él.

—Pero mire —dijo ella mientras lo llevaba al jardín—, no hace falta que vaya a esconderse en un pastizal; ¿por qué no elige un sitio plano aquí en el césped..., al lado del manzano, quizá? Sí, creo que ahí estaría usted bien. Es muy recogido y nadie podrá verlo desde la casa. ¿Qué le parece?

—Claro. Gracias.

Fiona siguió hablando como si no pudiera estarse callada.

—Bueno, entonces hecho. Plante usted su tienda o lo que tenga que hacer y yo iré a preparar el té. Entre cuando haya puesto en orden sus cosas. Querrá darse un baño, también, imagino.

—Eso sería estupendo —dijo Alec con un leve gemido mientras dejaba caer al suelo la pesada mochila.

Fiona se dio la vuelta para irse y entonces se detuvo.

—No tengo ni idea de quién es usted —dijo, volviendo la mirada hacia el sitio donde él seguía de pie.

—Me llamo Alexander Hudson. Alec.

—Fiona —dijo ella, echando a andar hacia la casa—. Mis amigos me llaman Fi.

Y un instante después había desaparecido. Alec se quedó mirando la entrada de la granja de piedra a través del jardín. La idea de volver a subir por el sendero y sugerir aquel arreglo tan curioso había salido de él, y sin embargo de pronto parecía como si aquella mujer se hubiera hecho cargo de todo. Después de todas aquellas semanas de tener que tomar decisiones en solitario, era agradable sentir que por fin alguien iba a cuidar de él.

Sacó la tienda de la mochila y conectó los dos postes telescópicos ultraligeros a sus arandelas y sujeciones, y en cuestión de segundos la tienda dejó de ser una superficie plana de nailon para convertirse en una tensa cúpula. Luego le adosó la protección a prueba de agua que se arqueaba sobre la tienda. Alec lo había hecho tantas veces que sólo necesitó unos instantes. Arrojó la mochila dentro de la tienda y entró tras ella. Unos minutos después ya había hinchado su colchón neumático y dispuesto su saco de dormir. Sacó algo de ropa limpia de la mochila, se arrastró fuera de la tienda y fue hacia la casa. Dejando sus botas en la puerta, entró en el vestíbulo.

—¿Hola? —llamó.

—¡Estoy aquí dentro!

Alec atravesó el elegante comedor, reparando en que ya estaba puesto para el desayuno, y se detuvo en la entrada de la cocina.

—Bueno, pase, pase —dijo Fiona—. Ahora mismo pongo a hervir la pava eléctrica. —Había estado cocinando.

—Tal vez antes podría darme esa ducha —le dijo Alec.

—Pues claro que puede —dijo ella—. Pero tendrá que conformarse con un baño. Las habitaciones de huéspedes tienen unos preciosos cuartos de baño nuevos con ducha, pero naturalmente ahora están todas reservadas, así que me temo que tendrá que usar la vieja bañera de mi cuarto de baño.

Lo llevó de vuelta a través del comedor, hasta el vestíbulo de la entrada, y luego a través de una puerta de roble de dintel bastante bajo con un cartelito en el que ponía «Privado».

—Cuidado con la cabeza. Ésta es la parte más antigua de la casa y entonces no hacían hombres tan altos como usted.

Habían entrado en una sala de estar pequeña pero acogedora que disponía de chimenea. Dos sillones de orejas flanqueaban el hogar, y la pared de enfrente estaba repleta de libros. Una alfombra persa gastada pero todavía hermosa cubría el suelo de tablones de roble, y había una piel de oveja delante de la chimenea. Hecho un ovillo sobre la piel de oveja, como si esperara que el fuego fuera a ser encendido en cualquier momento, había un gato negro. Levantó la cabeza hacia ellos.

—Éste es *Hollín* —dijo Fiona—. Se cree que la casa es suya. No es el gato más amistoso del mundo, pero hace compañía.

Como para demostrarle que estaba muy equivocada, *Hollín* se levantó de la piel de oveja, se desperezó, bostezó, fue hacia Alec y empezó a restregársele contra los tobillos, serpenteando alrededor de sus piernas.

—Ay, caramba —dijo Fiona, sorprendida—. Es la primera vez que hace eso.

—No sé por qué —comentó Alec, al tiempo que se inclinaba para acariciar al animal—, pero les caigo bien a los gatos.

Cuando volvió a incorporarse, ella lo estaba mirando con una expresión un tanto perpleja.

—¿El baño? —dijo él.

—Oh. Claro. Por aquí.

Lo condujo a través de un dormitorio con una enorme, antigua y magníficamente tallada cama de cuatro postes con cortinas de terciopelo verde bosque en cada esquina, al interior de un pequeño cuarto de baño con una vieja bañera de patas en forma de garra. Sacó toallas limpias de un armario en el rincón.

—Espero que no le importe; todavía no he encontrado un momento para modernizar este cuarto de baño. Un poco como los hijos del zapatero que siempre iban descalzos, supongo.

Alec sonrió. No se había metido en una bañera desde que era niño.

—Me irá estupendamente.

Por un segundo, Fiona lo visualizó intentando embutir su largo cuerpo desnudo dentro de su bañera. Se apresuró a borrar la imagen.

—Bueno, pues en ese caso lo dejo. Ahora voy a llevarle la cena a David, así que cuando haya acabado de bañarse, sólo tiene que ir a la cocina.

—¿David?

—Mi marido. Y se me está haciendo tarde. Tómese todo el tiempo que quiera.

—Gracias —dijo él mientras abría los grifos del agua.

Las dos noches anteriores había acampado al aire libre, y ahora, mientras se deslizaba dentro de la bañera humeante, pensó en lo curativa que era el agua caliente y lo sorprendente que era que después de la caída de Roma la magia de la terapia con agua caliente, que los romanos habían desarrollado hasta convertir en una forma de arte, hubiera quedado olvidada en la Europa Occidental durante siglos. Era casi inconcebible.

Cuando salió de la bañera un rato después, se sentía como un recién nacido. Sacó de su estuche de afeitar la vieja navaja con mango de madera que le había regalado Gwynne hacía años, le puso una hoja nueva, se embadurnó con su espuma de afeitar, y se libró de sus tres días de barba, consternado al ver lo grises que eran los pelos. Cuando se miró en el espejo vio que las tres semanas de caminar habían derretido el poco sobrante que le había aparecido alrededor de la cintura, como un comensal que se cuela en una fiesta, después de haber cumplido los cuarenta.

«Para ser un vejestorio tampoco estoy tan mal», se dijo, pero su rostro curtido contaba otra clase de historia; la terrible prueba de la muerte de Gwynne lo había envejecido visiblemente.

Estaba guardando sus útiles del afeitado cuando se percató de algo raro en el cuarto de baño: era excesivamente femenino. Había jaboncitos redondos al estilo francés, polvos, sales de baño, una vela puesta en una antigua palmatoria de plata deslustrada, y encima de la repisa de la ventana dos botellitas de perfume: Amarige de Givenchy, sin abrir, y otra medio llena llamada —como un guiño para esa región, pensó— Lluvia.

Pero no había navaja ni espuma de afeitar, ningún jabón lo bastante grande para limpiar las manos ensuciadas por el trabajo de un granjero. Había un único cepillo de dientes, colocado en posición vertical dentro de un vaso de fino cristal al lado de la pila. Fiona estaba casada. Pero al menos en ese cuarto de baño no había nada que evidenciara la presencia del marido.

Alec se puso una camisa blanca limpia, unos pantalones negros que no necesitaban plancha y unos mocasines negros, y luego se echó sobre los hombros un suéter de lana gris. Después volvió al vestíbulo de la entrada y llevó sus botas, la ropa que usaba para caminar y los utensilios de afeitarse a la tienda. El viento soplaba con más fuerza que antes y había bajado la temperatura. Ya casi estaba oscuro.

Fiona estaba echando agua caliente en la tetera cuando él volvió a la cocina. Se dio la vuelta y exclamó:

—¡Madre de Dios! ¡No cabe duda de que está usted mucho mejor cuando se ha aseado un poco! —Quiso tragarse las palabras apenas salieron de sus labios, pero ya era demasiado tarde.

Alec sonrió.

—He de admitir que me sorprendió que me dejara pernoctar en el patio. Debía de parecer un vagabundo.

No era eso, naturalmente, y Fiona lo sabía. Con las mejillas libres de aquella incipiente barba que empezaba a encanecer, Alec Hudson parecía diez años más joven. Con su camisa blanca y su piel bronceada por el sol, Alec era —al menos en opinión de Fiona—, bueno, un hombre al que realmente daba gusto mirar. Y aunque su indumentaria no podía ser más sencilla, había una especie de elegancia natural en cómo había combinado las distintas prendas. Todo eso había requerido sólo unos milisegundos para ser percibido, y Fiona no pudo evitar la sensación de que aún estaba intentando no acabar tendida en el suelo después de haber tropezado con algo que no había sido capaz de ver.

—¡Té! ¿Cómo le gusta? ¿Crema? ¿Azúcar?

—Sí, por favor.

—Sí, por favor, ¿qué?

Alec rió suavemente.

—Sí, por favor ambas cosas.

Apartó una silla de la mesa de pino frotada a conciencia y se sentó. Apoyándose en las tiras del respaldo, estiró sus largas piernas y las cruzó por los tobillos. Qué alivio sentarse.

—Espero que le guste el té negro de China —dijo ella mientras iba y venía por la cocina—, porque es el que he preparado. No aguanto esas mezclas de hierbas que utilizan ahora. Esta variedad es mitad Kemun y mitad Yuanan, con una pizca de Earl Grey, un buen añadido para el anochecer. Me tomo muy en serio mi té, no crea; sólo utilizo hojas sueltas, nunca bolsitas. Lo lógico sería pensar que en un país que funciona a base de té, la gente tendría un poco más de cuidado con lo que echa dentro de la tetera, pero no es así. Hoy en día, la mayoría de las personas se conforma con meter un par de bolsitas de lo que tengan de oferta esa semana en el supermercado y luego lo llaman té, pero yo lo considero una vergüenza. Por no mencionar que el contenido de esas bolsitas parece lo que acaba en el recogedor cuando barres el suelo, y sabe igual.

Fiona sabía que estaba parloteando sin ton ni son. Quería parar, pero no podía. Las palabras le salían a borbotones, como le ocurría siempre que se encontraba alterada por algo. Mientras hablaba sin parar, otra voz, un murmullo interior, la reñía: «¡Eres una mujer adulta! ¡Estás casada! ¡Esto es ridículo!»

Fue Alec quien la refrenó, tuteándola.

—Fiona, ¿por qué no te sientas y tomas una taza de té conmigo?

Y eso hizo ella, con gran alivio.

Alec había estado contemplando con asombro su frenética actividad. Tenía ante él a una mujer que irradiaba eficiencia. Pero también podía percibir un profundo pozo de algo volátil encerrado dentro de ella; era pasión, comprendió, pero permanecía a raya, oculta como las ascuas en el fuego de una chimenea ya entrada la noche.

Y Fiona era hermosa, también, aunque de una forma nada estudiada. Sus facciones eran delicadas, pero más atléticas que frágiles. No había ni rastro de ese aspecto regordete que solía verse en las mujeres británicas de su edad. Su nariz era firme y sus pómulos estaban muy bien definidos. Reparó en que uno de sus ojos verdigrises tenía una diminuta cuña marrón y esa pequeña imperfección le pareció muy interesante. Sus labios no eran demasiado carnosos, pero el superior era ligeramente felino, curvado grácilmente hacia abajo para luego elevarse un poco en las comisuras. Era una boca a la que no le costaba sonreír, y cuando lo hacía le aparecían unas arruguitas minúsculas en los rabillos de los ojos. Tenía el hábito de ladear la cabeza cuando estaba pensando en algo, y a Alec le encantó ese pequeño tic.

La observó servir el té. Sus manos eran esbeltas pero fuertes, con venas prominentes, las uñas cortas y sin pintar. Eran manos acostumbradas a trabajar duro, y Alec tuvo la extraña sensación de que le gustaría tomarlas entre las suyas.

Por primera vez desde la muerte de Gwynne sintió que empezaba a dejar de estar tenso. Era como si llevara mucho tiempo conteniendo el aliento y ahora, por fin, volviese a respirar.

Ella le preguntó a qué se dedicaba y pareció intrigada cuando él le dijo que era escritor. Preguntó si cabía esperar que ella conociera su obra y él sólo dijo:

—No, no lo creo.

Estuvieron callados unos instantes, y luego ella comentó:

—Menuda mochila llevas a cuestas. ¿Has recorrido mucha distancia?

«Más de la que puedas imaginar», pensó Alec, y dijo:

—Hoy sólo llevo andado desde Machynlleth; anoche acampé en los páramos que hay al este del pueblo.

—No; me refería a tu punto de partida.

—Londres. El aeropuerto de Heathrow, quiero decir.

—¡Heathrow! —Fiona enarcó las cejas—. ¿Vienes andando desde allí? ¡Madre de Dios, tú no estás en tus cabales! ¿Hasta dónde piensas ir?

—Sólo hasta aquí. Éste es mi destino.

—¿Aquí? ¿Este valle, quieres decir?

—Sí. Tengo que subir a la cima del Cadair Idris; le prometí a alguien que lo haría.

Fiona esperó a que él se explicara, pero se limitó a mirar la pared, aparentemente sumido en sus pensamientos. Ella no insistió.

De pronto Alec se sintió muy cansado. Quizá fuera por el baño caliente. Quizá los días y semanas de caminar empezaban a pasarle factura. Quizá fuera la calidez de la cocina. O la de la mujer sentada al otro lado de la mesa.

Fiona estaba sonriendo. La dulzura que había en su mirada fue como un bálsamo para él.

—Lo siento, Fiona, pero estoy rendido. Ya es hora de que me vaya a dormir. Te agradezco mucho el baño y el té.

—No hay de qué... ¡Pero espera un momento, no has comido nada! Me ha sobrado un poco de la cena de David, un sabroso estofado vegetariano. Puedo calentártelo en un minuto.

—Gracias, pero llevo provisiones en la mochila por si me entra hambre.

Fiona sonrió.

—Bueno, ya sospechaba que eres de esos hombres a los que les va la carne; yo tampoco soy demasiado aficionada a la comida vegetariana.

—No lo decía por eso, de verdad. Es sólo que estoy que me caigo.

Fiona se levantó.

—Bueno, pues en ese caso a descansar.

Alec empezó a llevar las cosas del té al fregadero, pero ella le dijo que ni hablar.

—Anda, vete de una vez. Me pagas para que me ocupe de esas cosas, ¿recuerdas?

Cuando llegaron a la entrada principal él se dio la vuelta y le tendió la mano. Ella la tomó y él puso la otra mano sobre la suya, apretándosela por un instante.

—Gracias.

—No hay de qué.

Él abrió la puerta y fueron azotados por una ráfaga de viento helado y una cortina de lluvia.

—Oh, cielos, me temo que tendremos una noche pasada por agua —dijo Fiona—. ¿Seguro que estarás bien ahí fuera?

Él ya había empezado a cruzar el patio.

—La tienda es impermeable y el saco de dormir abriga mucho —le explicó por encima del hombro—. Estaré bien, de verdad. Buenas noches, Fiona.

—¡El desayuno se sirve entre las siete y las nueve!

Alec se metió en la tienda, se desnudó y se deslizó en su saco de dormir forrado de plumón. No comió nada. No oyó a los Bryce-Wetherall cuando llegaron, ni a los otros huéspedes cuando regresaron del pueblo. Se durmió enseguida.

Fiona Edwards se quedó sentada un rato en la vieja silla de su vestíbulo. Aún podía sentir el calor de las manos de Alec cubriendo las suyas. Sólo había sido un sencillo gesto de agradecimiento, una expresión de gratitud, pero la sensación le había resultado deliciosamente íntima. No hubiese sabido decir si eso la reconfortaba o la inquietaba. O ambas cosas.

4

11 de abril de 1999

Fue el ruido de puertas de coche y motores que se ponían en marcha lo que despertó a Alec a la mañana siguiente. Incluso así le costó despabilarse del todo; se sentía como si estuviera ascendiendo hacia la superficie del océano después de haber buceado un buen rato en las profundidades.

Había hecho muy mal tiempo toda la noche. El viento no había dejado de arreciar y Alec despertó a media noche por el tableteo de la lluvia que sacudía la tienda. Había salido arrastrándose a la oscuridad para comprobar las sujeciones de la tienda, mojándose. De regreso en su saco de dormir, le había costado volver a conciliar el sueño. Cada vez que cerraba los ojos su mente empezaba a repasar imágenes inconexas: lugares por los que había pasado en las semanas anteriores, Gwynne animada y bromeando en el hospital, el cuerpo inerte de Gwynne después de que el alma lo hubiera abandonado, los riscos del Cadair Idris, Fiona Edwards. Finalmente el sueño se impuso, pero su descanso no fue demasiado tranquilo.

Ahora el viento había cesado. Alec abrió la cremallera de la tienda y vio un cielo en el que hilachas de nubes corrían rápidamente bajo una bóveda intensamente azul. Por la posición del sol, supuso que eran más de las nueve. Se sentó en el suelo y sacó de la mochila la última ropa limpia que le quedaba: unos pantalones grises de safari con cremalleras en las perneras y su otra camisa *sport*, ésta de color aceituna. Luego se calzó las botas, agradeciendo que estuvieran secas, y salió de la tienda.

La puerta principal no estaba cerrada con llave y Alec entró, dejando sus botas en el vestíbulo. La sala de desayunos ya había sido recogida y oyó a Fiona en la cocina. Encima de un bargueño había una foto con marco de plata y se detuvo a examinarla. Un hombre de mediana edad, corpulento y no muy alto, con el pelo que empezaba a encanecer cortado al uno, de pie junto a un Volkswagen Golf rojo. Con el brazo extendido, le ofrecía lo que parecían las llaves del coche a una hermosa joven que tenía el mismo tipo que Fiona y sonreía con cara de felicidad. David, supuso, y una hija. Alec volvió a poner la foto en su sitio y entró en la cocina. Fiona llevaba un vestido con estampado de flores que le llegaba a los tobillos y un cárdigan con un motivo de trenzas. Alzó la mirada en cuanto él entró por la puerta.

—Vaya, buenas tardes, señor Hudson. ¡Es usted muy amable al obsequiarnos con su presencia!

—¿Tardes?

Ella se echó a reír.

—Sólo bromeaba. Acaban de dar las diez.

—Siento haberme saltado el desayuno.

—¡Bobadas! Te he guardado un poco en el horno para que no se enfriara. Siéntate a la mesa de la cocina; no voy a volver a prepararte un sitio en la sala de desayunos. Hay tortilla francesa con setas, tomate y orégano; salchichas locales de la carnicería de Lewis y por las que ha llegado a ser justamente famoso; fruta fresca, yogur, bollos, mermelada y unas cositas más. ¿Café?

—Sólo té, por favor.

—¡Creía que los americanos necesitabais empezar el día con un tazón de café!

—Yo no.

Fiona puso sobre la mesa una pesada tetera de barro cocido y luego sacó del horno el desayuno prometido.

—Eres muy amable. Gracias.

—No me des las gracias a mí, dáselas a *Jack*. Si no hubieras aparecido, se lo habría comido él.

—¿Tienes un hijo?

Ella lo miró con la cabeza ladeada.

—*Jack* es nuestro perro ovejero, al que no le gusta cuidar de las ovejas. David piensa que es un inútil y un vago, pero a mí me gusta su compañía. Lo más curioso es que sabe llevar de maravilla las ovejas cuando trabaja con Owen.

—Owen.

—Nuestro jornalero, un chico de por aquí. Acaba de terminar la carrera de ciencias agrícolas y quiere tener su propia granja, aunque no entiendo por qué. Te matas a trabajar y apenas obtienes beneficios. Mientras tanto, ayuda a David. Tenemos suerte de contar con él.

Entonces hubo un ruido en la puerta de atrás y Alec se volvió para ver entrar a un perro de largo pelaje blanco y negro.

—No te esfuerces, *Jackie*, me temo que has dormido demasiado —lo riñó Fiona.

—Ni hablar —dijo Alec—. Ven aquí, *Jack*.

El perro lo miró, olisqueó el aire y se sentó junto a él. Alec le ofreció un trozo de salchicha y el chucho lo tomó de sus dedos con mucho cuidado. Fiona se sorprendió. Normalmente *Jack* siempre tardaba un rato en aceptar a alguien nuevo, con o sin salchicha. Recordó cómo había reaccionado *Hollín* la noche pasada. Aunque Alec parecía casi retraído y como encerrado en sí mismo, irradiaba una calidez que ambos animales habían percibido instintivamente y que sólo ahora empezaba a captar ella.

—¿La chica de la foto que hay en la sala de los desayunos es hija tuya?

—Sí. Ésa es Meaghan, y mi marido. Acababa de sacarse el permiso de conducir. No paraba de presumir de ello, por cierto. Ahora está en la universidad, en Leeds, estudiando diseño gráfico.

—Es muy guapa.

—Sí, me temo que sí lo es. —Fiona suspiró, la mirada perdida—. Lo que no deja de tener sus pros y sus contras.

—¿A qué te refieres?

—A los chicos. Meaghan los atrae igual que la miel a las moscas.

—No me extraña. Dejando aparte el color del pelo, Meaghan es clavadita a ti.

Fiona rió.

—¿Debo tomármelo como un cumplido?

Alec la miró.

—Sí, deberías.

Ella volvió a ladear la cabeza y sonrió.

—El último agraciado se llama Gerald, un chico de ciudad. Meaghan dice que es más sofisticado que los demás. No estoy segura de que eso sea lo que quiere oír una madre.

—Hay que tener cuidado con esos chicos de ciudad.

—A eso me refería. ¿Dónde creciste?

—En Nueva York.

Fiona soltó una carcajada. Alec sonrió.

—¿Subirás a la montaña hoy? —preguntó ella, cambiando de tema.

—Sí.

—¿Subiste la última vez que estuviste aquí?

—Subí.

—¿Qué mes era?

—Junio, creo. O julio.

—En ese caso, he de avisarte que en esta época del año el

tiempo suele ser bastante peor en la cima que por aquí abajo. Se debe a que la montaña queda justo encima del mar de Irlanda. El tiempo puede llegar a ponerse realmente feo en pocos segundos.

Alec miró por la ventana.

—No soy ningún novato en las escaladas.

—En el Cadair Idris, hasta los del Servicio de Rescate en Alta Montaña son unos novatos. Uno de ellos murió allí arriba el año pasado. El Cadair es impredecible, y puede tener bastante mal genio...

Alec sonrió.

—Gracias por la advertencia. Dime una cosa: ¿todavía hay un autobús que da la vuelta a la montaña hasta el otro lado, en dirección a Tal y Llyn?

—Hay un pequeño autobús local, sí. ¿Por qué?

—Me gustaría empezar la escalada por ahí. Así luego podría bajar por este lado.

—Ese autobús sale de Dolgellau cada dos horas. Va a Machynlleth. Podría coger el coche y dejarte en el pueblo; de todas maneras, tengo que ir allí. —Consultó un horario clavado con una chincheta en la pared junto a la puerta de atrás—. Hay uno que sale dentro de una hora. Ve a traer tus cosas. Tu habitación es la de la derecha al final de la escalera. Puedes colgar tu tienda en el cuarto de las botas detrás de la cocina para que se seque; ahí dentro nunca hace frío. Oh, y seguro que tienes algo de ropa para lavar; déjala allí, también.

—Normalmente la lavo en el cuarto de baño.

—Vamos, hombre; tengo un montón de sábanas que lavar. Tampoco me supondrá ninguna molestia.

—Humm... De acuerdo. Gracias.

Alec parecía un poco desconcertado y Fiona se dio cuenta de que no estaba acostumbrado a que nadie hiciera nada por él, que era la clase de hombre que siempre cuidaba de los demás. Pero ¿quién cuidaba de él, entonces?

—¿Te preparo un almuerzo para llevar?

—Tengo un poco de queso y algo de pan en la mochila. Ya me las apañaré.

—Seguro que será pan del día —ironizó ella—. De acuerdo, como quieras. Iré a hacer las camas mientras tú recoges tus cosas.

Y se fue.

Jack se había tumbado en el suelo a los pies de Alec, y él bajó la mano y le rascó distraídamente la cabeza, a lo que el perro correspondió con ruiditos de apreciación. Fuera, el único sonido era el lejano balar de las ovejas.

Alec llevó los platos de su desayuno al fregadero de porcelana y decidió que los lavaría, junto con la fuente de hornear y las sartenes que Fiona había utilizado para servir el desayuno a sus huéspedes.

Cuando atravesó la cocina para ir a su tienda, *Jack* lo miró como considerando si acompañarlo. Al parecer no le entusiasmaba y volvió a apoyar la cabeza en el suelo con un suspiro.

Cuando hubo acabado de llevar al cuarto de las botas el equipo de acampada mojado por la lluvia y la ropa para lavar, Alec subió por la escalera hasta su habitación y se encontró con que Fiona ya la había arreglado. Se quedó un poco sorprendido de lo lujosa que era. La moqueta era gruesa, agradablemente mullida bajo sus calcetines. Clavado en el techo encima del cabezal había un soporte semicircular de madera del que unas cortinas que hacían juego con la colcha colgaban hasta el suelo, esparciéndose sobre la moqueta. Unos gruesos cordones de satén las recogían hacia la pared a ambos lados. Dos puertas vidrieras daban a un pequeño balcón con una vista al Cadair Idris. Dos sillones flanqueaban las puertas. Pero el plato fuerte de la habitación era la pared situada enfrente de la cama: toda ella era de roble oscuro elegantemente tallado, y muy antiguo. Alec pensó que quizá formara parte de la antigua casa, pero cuando vio los ángeles esculpidos en ella decidió que tenía que haber sido algún tipo de mamparo divisorio recuperado de alguna capilla abandonada hacía mucho tiempo. La pared estaba adornada con hermosos paneles de cristal y una puertecita en el centro del mamparo daba a un cuarto de baño, pequeño pero muy bien aprovisionado. El cuarto de baño contenía una larga bañera provista de unos complicados grifos de estaño y un soporte para el teléfono de la ducha, con la grifería también de estaño, una pileta sostenida por un pedestal y un bidé. Las gruesas toallas de algodón egipcio hacían juego con el color crema de la porcelana.

Alec pensó que a Gwynne le habría encantado.

Abrió la parte superior de su mochila, que disponía de unas correas ocultas y podía utilizarse independientemente, y la colocó encima de la cama. Se puso una camiseta sin mangas de fibra sintética que hacía juego con la negra y metió la camisa color aceituna en el fondo de la mochila, junto con su botiquín de primeros auxilios y una botella de plástico que había llenado de agua en el fregadero. Luego rebuscó en el interior de la mochila y sacó la caja sellada envuelta en un plástico gris que contenía las cenizas de Gwynne y la puso entre la botella y el botiquín de primeros auxilios.

—Pronto, Gwynne —murmuró a la caja.

Cuando hubo acabado de arreglar la última habitación, Fiona recogió las sábanas sucias y volvió a la cocina para poner la colada. Por el camino vio a Alec sentado en la sala de estar de los huéspedes, escribiendo en un pequeño cuaderno. Cuando puso en marcha la lavadora, *Jack* se levantó del suelo, se encaminó hacia la puerta de atrás y salió por la portilla.

Fue entonces cuando Fiona reparó en que Alec había lavado los platos del desayuno. Los guardó y fue a la sala de estar. Él levantó la vista hacia ella en cuanto la oyó entrar.

—Veo que eres un hombre de muchos talentos —dijo—, lavar la vajilla entre ellos. ¡Me parece que ningún huésped me había tratado tan bien antes!

—¿Debo tomármelo como un cumplido? —le preguntó Alec, repitiendo lo que le había dicho ella hacía un rato.

—Sí, deberías —le siguió el juego Fiona, invirtiendo los papeles de hacía un rato.

Alec sonrió.

—Voy a sacar el coche del granero y lo traeré aquí —dijo ella—. Nos vemos en la puerta de atrás.

Alec se ató las botas y salió por la puerta indicada justo a tiempo de ver llegar a Fiona. Conducía el coche rojo que había visto en la fotografía del comedor.

—¿Echo la llave a la puerta?

Ella rió.

—No, chico de ciudad, aquí no hacemos eso.

Él subió al coche y se puso la mochila pequeña entre los pies.

Ella arrancó, salió rápidamente por la portilla de la granja y bajó por el tortuoso camino hacia la carretera. Alec quedó impresionado; Fiona conducía como una profesional.

Ninguno de los dos habló mientras dejaban atrás un lago rodeado de cañaverales, un pub aislado y varias granjas, con algunos tramos de carretera de un solo carril que luego se ensanchaban súbitamente. Los ingenieros parecían haber buscado los árboles antiguos y los promontorios de piedra a la hora de trazar uno de los tramos más largos y rectos, y Alec pensó que habían hecho bien.

Cuando metió el coche en la plaza de Dolgellau, Fiona exclamó:

—¡Corre! ¡Es tu autobús! —Giró el volante a la izquierda y detuvo el coche delante del autobús estacionado para impedir que pudiera arrancar.

—Bravo —dijo él mientras se apresuraba a bajar—. Calculo que tardaré dos horas y media en subir la montaña y una para bajar. Nos vemos esta tarde. Estaré de regreso sobre las tres o las cuatro.

—¡Ve con cuidado! —le gritó ella mientras quitaba de en medio el coche.

Él le dijo adiós con la mano y subió al autobús.

—Supongo que va a Minffordd —le dijo el conductor, un hombre flaco y nervudo de unos sesenta años.

—Supone usted bien —dijo Alec, sorprendido.

—Lo he dicho por las botas. —El conductor sonrió mientras ponía la primera y sacaba el autobús de la plaza—. Veo a muchos excursionistas que van ahí. Escaladores, también. Pero por lo general no tan a principios de año.

Alec se sentó detrás de él para ver a través del parabrisas. Sólo había otro pasajero, unas cuantas filas más atrás: una anciana que le sonrió dulcemente cuando él la saludó con una inclinación de la cabeza.

El pequeño autobús salió de Dolgellau e inició el tortuoso ascenso por la montaña hasta la A470, donde giró en dirección sur. La carretera fue subiendo poco a poco varios kilómetros, dejando atrás el verdor del valle atravesado por el río. A medida que ascendían, Alec vio que el paisaje cambiaba de los pulcros jardines de las casitas de campo a las grandes praderas en pendiente salpicadas de margaritas, con sus muretes de piedra cuidadosamente edificados y, gradualmente, a un terreno cada vez más escarpado puntuado por retazos de hierba y pequeños brezales de un verde pálido. Finalmente el autobús se detuvo en un remoto cruce en lo alto de las colinas, marcado por la mole solitaria del albergue Cross Foxes. La anciana bajó allí.

—¿A la misma hora, señora Thomas? —le preguntó el conductor.

—A la misma hora, Fred —gorjeó ella.

El conductor cerró la puerta y se volvió hacia Alec.

—Es limpiadora en el albergue —dijo—. Una mujer de su edad no debería tener que hacer esa clase de trabajo, pero la vida es así.

A continuación el autobús se adentró en la A487 y siguió subiendo; el paisaje se hallaba se hallaba cada vez más desnudo y expuesto a las inclemencias del tiempo. Tres kilómetros después del albergue, el autobús llegó a lo alto del paso y empezó a descender por una brecha entre las montañas. Imponentes farallones se alzaban sobre la estrecha carretera a ambos lados, ocultándolo todo salvo una rendija de cielo. La carretera se mantenía pegada a un risco casi vertical a la izquierda. Enormes bloques de piedra salpicaban el suelo de la cañada que se extendía muy por debajo de ella. En un punto del trayecto un arroyo de montaña se precipitaba al vacío desde lo alto de los farallones que se elevaban a la derecha, con el agua convirtiéndose en neblina mientras caía allá abajo, formando un torrente que corría colina abajo a través de la hendidura del valle. La carretera era tan empinada que el conductor había puesto la segunda y la transmisión gemía contra la fuerza de la gravedad. Unos minutos después, las laderas del valle se abrieron a ambos lados. Alec pudo ver en la lejanía un lago delgado como un dedo.

Cuando la carretera volvió a nivelarse, el autobús torció a la derecha hacia una parada protegida por una pequeña marquesina. Alec reconoció el lugar y se levantó del asiento antes de que el conductor detuviera el vehículo.

—Usted ha estado aquí antes, ¿verdad?

—Hace mucho tiempo.

—Entonces ya sabe que va a subir por el lado más difícil.

—Sí, pero es la ruta más hermosa.

—Eso sí —coincidió el conductor—, pero no se le ocurra tumbarse a echar una cabezada junto al Llyn Cau.

—¿Por qué lo dice?

—Según leyenda, si te quedas dormido en el Llyn Cau despertarás ciego, loco o poeta.

Alec rió.

—¡Lo segundo está asegurado!

El conductor sacó la cabeza por la ventanilla para observar la montaña.

—Vuelve a haber nubes, así que puede que hoy acabe haciendo mal tiempo aquí arriba.

Alec siguió su mirada. Cierto, aunque hacia el sur el cielo estaba despejado y el sol caía a raudales sobre el valle, un turbante de nubes envolvía la cima del Cadair Idris.

—Gracias por traerme —dijo mientras se apeaba.

—Suerte —dijo el conductor mientras cerraba la puerta.

El autobús lo despidió con un alegre bocinazo y Alec salió de la carretera para adentrarse por un camino de tierra flanqueado por viejos castaños, obviamente plantados allí para que condujeran al caminante hacia la casa de alguien. Después de haber recorrido unos centenares de metros, Alec llegó a un letrero de madera que señalaba colina arriba. «Sendero de Minffordd», decía.

El sendero empezaba a subir de nivel casi inmediatamente, trepando por encima de promontorios rocosos junto a un caudaloso salto de agua para luego adentrarse en un robledal que sin duda era un vestigio de los frondosos bosques que habían cubierto toda aquella parte de Gales durante milenios. Los árboles habían sido deformados por la fuerza del viento, que había llenado de nudos sus troncos retorcidos impidiendo que pudieran crecer demasiado. Sus raíces serpenteaban a través del suelo entre los promontorios rocosos, en busca de algún punto más blando para abrirse paso hacia el interior de la tierra. Algunos árboles parecían crecidos directamente del granito. La ladera y los peñascos estaban alfombrados por retazos de musgo de todas las variedades del verde. Alec se detuvo a mirarlos y le parecieron bosques liliputienses. Los rayos de sol atravesaban el dosel de hojas aquí y allá, creando haces de una intensa iridiscencia en el aire saturado de humedad.

Después de haber subido durante unos cuarenta y cinco minutos, Alec cruzó una puerta de madera de un viejo muro de piedra. Los árboles dieron paso a una ladera llena de tojo, brezales, las flores amarillas de la aulaga, hierba y pequeños matorrales espinosos. Un poco más adelante, el sendero torcía a la derecha para seguir la curva de la falda de una colina llamada Craig Lwyd.

Tras otra media hora de ascensión, Alec se detuvo a recuperar el aliento y beber un poco de agua. El panorama que se extendía a sus espaldas ya era espectacular: las planicies del valle de Tal y Llyn desplegadas allá abajo como una colcha circundada por pequeños muros de piedra. El lago centelleaba bajo el intenso sol de mediodía. A través del valle, los riscos del Craig Goch se elevaban tan súbitamente sobre la orilla sur del lago que Alec se preguntó si el suelo de aquella parte vería la luz del sol alguna vez.

Más adelante, el sendero y el arroyo se decían adiós; el arroyo para precipitarse ruidosamente ladera abajo a la derecha, el sendero para seguir ascendiendo a la izquierda. Aquí y allá, las ovejas deambulaban cautelosamente entre peñascos del tamaño de coches incrustados de líquenes e intercambiaban balidos quejumbrosos, como abuelas ingresadas en una residencia de la tercera edad.

Ahora que el estrépito del arroyo había quedado atrás, el mundo estaba extrañamente silencioso y el tenue zumbido de los abejorros llenaba el aire perfumado por el aroma de las flores. Más adelante, un risco de unos centenares de metros de anchura cortaba el paso hacia la montaña. Diez minutos de caminata después, Alec llegó a lo alto del risco y ante él vio un vasto y silencioso anfiteatro montañoso con un lago azul zafiro de aguas lisas como un espejo por escenario: Llyn Cau. El lago quedaba aprisionado entre unos acantilados casi verticales que en algunos puntos se elevaban hasta los trescientos metros. Las caras de los acantilados estaban surcadas por una serie de fisuras y cañadas y adornadas con un fino encaje de saltos de agua, algunos de los cuales se precipitaban al vacío en una caída de cientos de metros. Trozos desprendidos de la montaña estaban esparcidos por las laderas de grava junto al lago; las armas del invierno, arrancadas y propulsadas hacia abajo por las insidiosas fuerzas de la helada. Alec sabía que muy por encima de él, invisible más allá del borde del acantilado, estaba la cima.

Se quitó la mochila de la espalda y tomó asiento en una cornisa junto al lago. Él y Gwynne habían almorzado allí una cálida tarde hacía muchos años. Comieron demasiado y luego no pararon de reír y quejarse durante toda la ascensión a la cima, con Alec caminando detrás de Gwynne con las manos preparadas para empujarla por el trasero cuando ella protestaba que no podía dar un solo paso más.

Bebió un sorbo de agua y sonrió.

Poco después de casarse, a Alec le ofrecieron un puesto como redactor de discursos para Jimmy Carter. El presidente había leído los artículos políticos de opinión que Alec había escrito cuando daba clases en la Universidad de Columbia. A Carter le había gustado su estilo, directo y lleno de franqueza. Cuando el jefe de personal del presidente telefoneó para ofrecerle el puesto, dijo que Carter había preferido contar con Alec en su equipo a tener que hacerle frente. La oferta suponía una ocasión magnífica y tanto Alec como Gwynne no vacilaron, mudándose a un apartamento en Washington D.C. tan próximo a la Casa Blanca que se podía ir caminando. Gwynne se fue de Bergdorf's y encontró trabajo en Washington como encargada de una lujosa *boutique* entre cuya clientela figuraban muchas diplomáticas. Ambos sabían que eso suponía bajar un peldaño, pero Gwynne le aseguró que quería precisamente eso; estaba harta de la presión que había en Nueva York.

Los tres años siguientes fueron un torbellino de días agotadores y noches rutilantes en las recepciones de la Casa Blanca y los desfiles de moda con fines benéficos que Gwynne organizaba en embajadas extranjeras y en el Centro Kennedy. Alec incluso llegó a comprarse un frac. Cuando Reagan venció a Carter en las elecciones de 1980, Alec no tardó en perder el puesto, pero se quedaron en Washington. Gwynne obtenía un triunfo profesional tras otro y, como él había sido la causa de que dejara Nueva York, Alec decidió que era justo que pasara a ocupar un segundo plano y dejase que ella se encargara de llevar el timón. Negoció con una editorial un contrato para escribir un libro sobre sus experiencias en la Casa Blanca de Carter, pasaba los días en casa trabajando en el libro, y tenía lista la cena para Gwynne cuando ella llegaba. Cuando Gwynne podía encontrar algún hueco en su apretado programa de trabajo, viajaban; con frecuencia a Inglaterra, un lugar que ambos adoraban. Nunca se alojaban en Londres, preferían conducir de pueblo en pueblo, hacer excursiones por el campo, y soñar con tener una casa allí algún día. En uno de aquellos viajes trajeron consigo a los padres de Gwynne, para que su padre pudiera visitar los valles mineros del sur de Gales donde había nacido. Pero las minas de carbón llevaban mucho tiempo cerradas y los valles parecían eriales desiertos, así que se dirigieron hacia el norte de Gales en busca de sus magníficos paisajes. Fue durante ese viaje, mientras los ya ancianos padres de ella descansaban en la fonda donde se habían alojado, cuando él y Gwynne subieron a la cima del Cadair Idris, un cálido y soleado día de verano.

Alec guardó la botella de agua, se levantó de la roca en que estaba sentado y se echó la mochila a la espalda. No por primera vez, pensó que la persona a la que se le había ocurrido llamar «cenizas» a los restos de una incineración hubiera tenido que ser fusilada. Aquello no eran cenizas. Tenían la consistencia de la arena de grano fino. Los restos de Gwynne no eran ligeros y esponjosos, como podía sugerir la palabra «cenizas»; eran asombrosamente pesados. Ya le dolía la espalda de cargar con ellos.

En Washington, la gente hablaba de la pareja tan encantadora que formaban. Alec tenía el ingenio agudo propio de los neoyorquinos y, pese a haber crecido en el seno de una familia pobre, se sentía a sus anchas entre diplomáticos. Con su belleza, imponente presencia física, irresistible sentido del humor y facilidad para reír, Gwynne atraía a las personas como una luz atrae a las mariposas nocturnas. Y el afecto que se tenían enseguida resultaba evidente. Su compenetración en los actos públicos era tal que en una ocasión alguien los describió, en tono admirativo, como «El Show de Gwynne y Alec».

Pero lo cierto era que había problemas entre bastidores. Nadie sabía que Gwynne, a pesar de todos sus obvios talentos y su radiante fachada, era terriblemente insegura. Cada mañana le temblaban las manos mientras se aplicaba el maquillaje. Solía estar enferma. No era que Gwynne estuviese fallando en el trabajo o en ningún otro aspecto de su vida. Era que temía llegar a fallar en algo. Y cuanto más triunfaba, más miedo le tenía al fracaso. Con el paso del tiempo, Alec fue asumiendo cada vez más responsabilidades dentro del matrimonio. Al principio no le importó. Dada la clase de familia que había tenido, Alec estaba acostumbrado a que se dependiera de él: si había que hacer algo, lo hacía; si había un vacío, lo llenaba. Siempre había sido así; era su manera de ser. Le parecía que, si seguía repitiéndole a Gwynne que la amaba y creía en ella, al final su mujer llegaría a creer en sí misma.

Pero las cosas no salieron así. En vez de eso, la fe que él tenía en ella, su continuo darle ánimos y alentarla de todas las maneras posibles, no hicieron sino incrementar las presiones que sentía ella. Y añadieron un nuevo miedo a su lista: el miedo a decepcionarlo. Gwynne nunca hablaba de ello, y él no lo percibía.

Pasaron los años y Alec empezó a acusar el peso de todos aquellos cuidados. Habló con Gwynne para decirle que debía asumir alguna responsabilidad en lo referente a su vida, pero la respuesta de ella fue volverse todavía más dependiente, creando situaciones de las que luego él tendría que «salvarla». Todo empezó con pequeñas cosas, como no poder salir del trabajo porque no se acordaba de dónde había dejado las llaves del coche. Con el tiempo, creció hasta actos de autosabotaje: «olvidar» citas importantes, dejar para más adelante hablar con los empleados que creaban problemas, no entregar informes importantes a los propietarios de la *boutique*. En un momento dado, Alec comprendió que ya no podía confiar en que su esposa le dijera la verdad ni siquiera acerca de los asuntos más insignificantes; en lugar de sincerarse, Gwynne decía, tanto a él como a los demás, lo que pensaba que querían oír.

Entonces ella empezó a abusar de la bebida y la frustración de Alec se convirtió en miedo. Quería mostrarse comprensivo y paciente, y quería amar a Gwynne en la totalidad de su ser, pero empezó a volverse malhumorado y tremendamente crítico. Y entonces un día se dio cuenta de que ya no le quedaba nada. Estaba vacío. Eso lo dejó estupefacto. Había creído que la energía que él podía llegar a insuflar en su relación sería inagotable. Estaba equivocado.

Se separaron. Las memorias de la Casa Blanca escritas por Alec se vendieron muy bien y se fue a vivir al Noroeste para escribir poesía, pensando que poner las cosas sobre el papel podría aclararle lo que les estaba sucediendo. Unos meses después de su marcha, Gwynne fue despedida de la *boutique*. Nunca llegó a darle una explicación clara del motivo, pero Alec sospechaba que el motivo había sido la bebida. Entonces, milagrosamente, un diseñador neoyorquino con mucho futuro que había decidido abrir su propia cadena de establecimientos le pidió que se encargara de dirigirlos. Alec regresó a Washington. Volverían a vivir en Manhattan, donde Gwynne decía haber encontrado un apartamento «fabuloso» en un edificio de piedra marrón del Upper East Side. Empezarían de nuevo.

Cuando llegó, se encontró con que Gwynne ni siquiera había empezado a organizar la mudanza, paralizada como estaba por el miedo a tener que ocuparse de todo. Alec la envió a Nueva York y, en dos días de furioso trabajo, recogió sus pertenencias, las cargó en un camión alquilado y las llevó a la Gran Manzana. Se reunió con Gwynne en el nuevo apartamento.

Era oscuro y estaba lleno de suciedad.

—Esto es Nueva York —dijo ella cuando vio la cara que ponía Alec—. ¿Qué esperabas?

—No lo sé. ¿Un lugar habitable, quizá? —Ni siquiera estaba furioso; sólo sentía tristeza.

En las semanas siguientes, después de haber llegado a un acuerdo con el propietario para repartirse el coste, Alec renovó el apartamento, sustituyendo los viejos electrodomésticos y haciendo instalar encimeras y armarios de cocina prácticamente nuevos que consiguió muy baratos en una empresa de demoliciones de Nueva Jersey. Un par de meses después, el apartamento parecía un sitio en el que alguien podía querer vivir.

Pero Alec no era ese alguien. Un día se fue de casa; había llegado a sentir que estaba enloqueciendo, que necesitaba irse para salvar su propia cordura... y quizá también la de Gwynne. Alec sabía que él era parte del problema, que el fracaso era cosa de dos. Pensó que si él se iba Gwynne tendría que hacerse cargo de su propia vida. Condujo hasta Seattle, encontró un pequeño apartamento que daba a Puget Sound, contempló las puestas de sol y escribió poemas que nunca llegaría a publicar. Acordaron divorciarse. También acordaron seguir siendo amigos.

Continuó ascendiendo por la montaña, con aquellos recuerdos todavía más pesados que el recipiente que llevaba en la mochila. Ahora el sendero seguía la línea, afilada como una navaja, del extremo sur del anfiteatro. La ruta a seguir se había convertido en una serie de cornisas pedregosas y cañadas erosionadas. En un momento de la subida, se detuvo junto al borde de aquel precipicio vertiginoso y miró abajo. El Llyn Cau se extendía a trescientos metros por debajo. La superficie del lago había pasado del azul al negro. Parecía una pequeña gema, un ónice diminuto incrustado en un broche de plata opaco. Entonces miró hacia arriba y lo que vio lo llenó de consternación. El turbante que envolvía la cumbre se había desprendido, y ahora toda la altiplanicie superior se hallaba envuelta en espesas masas de nubes.

Llegó a lo alto del Craig Cau, un pico secundario, descendió por una estrecha pendiente, y se disponía a reiniciar la ascensión cuando las nubes lo engulleron de golpe. La temperatura cayó en picado pero el frío era tonificante. La ruta que debía tomar subía a través de un mundo tenebroso de granito erosionado por la exposición a la intemperie. Ahora no había ningún sendero que seguir; una serie de mojones —pirámides de piedras apiladas dejadas allí por anteriores escaladores— indicaban el camino hacia arriba, eso suponiendo que pudieras distinguirlos del resto de la roca en la niebla que se espesaba rápidamente.

Alec se alegró de conocer aquella montaña y ser una de

esas personas nacidas con la suerte de llevar una brújula incorporada. Era como si dentro de su cerebro hubiese limaduras de hierro que se alineaban con el campo magnético del planeta. Había nacido así, por lo que no estaba preocupado; siguió ascendiendo a través de la nube. Cuando llegaba al siguiente mojón, le añadía otra piedra; era una tradición de los escaladores, concebida para asegurar que el mojón nunca dejase de estar presente. Sus brazos y piernas iban recogiendo una parte de la humedad acumulada en la niebla, y Alec no tardó en verse perlado por una fina capa de gotitas. Tenía una chaqueta impermeable en la mochila, pero aún no sentía suficiente frío para ponérsela.

Los peñascos por los que iba trepando estaban mojados y muy resbaladizos. A cada momento tenía que usar las manos además de los pies. Cuanto más alto subía, más empeoraba la visibilidad. Alec nunca había escalado por el interior de una nube, y aquélla era más espesa que ninguna de las nieblas con que había topado anteriormente. Había momentos en los que sólo veía a medio metro por delante. Encontrar el próximo mojón resultaba cada vez más difícil.

También tenía hambre y supuso que ya sería más de mediodía. Se sentó a la sombra de un enorme bloque de granito, puso la mochila en el suelo y sacó el trozo de queso que había comprado.

—Esto no es ningún paseíto por el parque, ¿verdad, señorita Davis? —le dijo a la caja de cenizas. Siempre la había llamado así; Gwynne no había tomado su apellido cuando se casaron.

Después de la separación y el divorcio, Alec llevó una vida bastante retirada. Descubrió que la soledad le sentaba bien. Se acordó de unos versos de un poema de Wordsworth que siempre le había gustado: «Cuando de lo mejor de nosotros mismos / hemos estado demasiado tiempo separados / cuán deliciosa, cuán benigna es la soledad.»

Transcurrió un año, y una noche Gwynne telefoneó para decirle que una pequeña pero imaginativa firma de confección de Boston la había contratado para que se hiciera cargo de la sección de diseño. Alec siempre había creído que Gwynne había nacido para diseñar ropa, no para venderla, y se alegró mucho por ella. No le sorprendió que destacara rápidamente en ese nuevo empleo, diseñando ropa que hacía que la firma doblara el volumen de pedidos a cada nueva temporada. Tampoco se sorprendió cuando, dos años después, volvieron a despedirla.

Esta vez, sin embargo, Gwynne rompió la pauta que había seguido hasta entonces: se apuntó en un programa de rehabilitación para alcohólicos y en adelante se mantuvo sobria. Luego empezó a trabajar por su cuenta como decoradora de interiores. No tardó en tener una numerosa clientela y fue feliz con su recién descubierta independencia. Había encontrado su lugar en la vida. Las cosas por fin le iban sobre ruedas. Por eso Alec quedó tan conmocionado cuando ella telefoneó —¿hacía sólo dos años de eso?— para decirle que acababa de salir del hospital después de que le hubieran extirpado dos bultos malignos de los pechos. Alec nunca se hubiese imaginado que Gwynne tuviera cáncer. Ella no se lo había contado.

Después de la operación, Gwynne pasó por los ciclos habituales de quimioterapia y radiación. El diagnóstico no podía ser mejor, por muy brutal que fuera el tratamiento, aunque la quimioterapia le sentaba muy mal. Se le cayó el pelo. Estaban en contacto cada día. Alec no dejaba de preguntarle si necesitaba que él fuera a Boston, y Gwynne siempre le decía que no. «Si te necesito te llamaré», prometía. Alec estaba orgulloso de ella. Por fin había decidido hacerse cargo de su vida.

Se acabó el queso, se echó la mochila a la espalda y siguió subiendo hasta un punto dentro de aquella niebla cada vez más espesa en que todas las direcciones iban cuesta abajo. Parecía que fuese la cima, pero Alec supo instintivamente que no lo era. La cima debería haber tenido un pequeño mojón de cemento —uno de esos puntos trigonométricos utilizados por los topógrafos—, pero éste no se veía por ninguna parte. También debería haber habido un pequeño refugio de piedra, pero Alec no consiguió dar con él. El entorno que lo rodeaba había perdido la mayor parte de sus coordenadas habituales; izquierda, derecha y arriba se habían esfumado en un miasma gris. Sólo había el abajo; Alec podía distinguir sus pies y un poco del suelo alrededor. Nada más.

Sacó de la mochila su mapa del Servicio Cartográfico, pero, sin tener una idea clara de dónde se hallaba, el mapa era inútil. Cerró los ojos y puso en funcionamiento su brújula interna. Cuando volvió a abrirlos, caminó unos cincuenta metros y encontró una escalera que subía por encima de un cercado para el ganado hecho con alambre de espino. Más allá encontró un mojón de piedras apiladas. De momento iba bien. Descendió siguiendo una sucesión de mojones. Entonces los indicadores parecieron acabarse de pronto. Regresó al último que había visto y empezó a moverse en círculos cada vez más grandes alrededor de él, como si su cuerpo fuese el barrido de luz verde en una pantalla de radar y estuviera buscando el punto luminoso que indicaría la posición del siguiente mojón.

De pronto, la bota izquierda le resbaló sobre un peñasco mojado y por una fracción de segundo se encontró suspendido en el aire. Aterrizó sobre las rocas. El impacto de la caída lo dejó sin respiración y con punzadas de dolor en las costillas. Se quedó quieto y respiró hondo. El dolor no empeoraba con la respiración. «Bien. Me saldrán unos cuantos moretones, pero no me he roto nada.» Se dio la vuelta sobre el suelo... y se encontró contemplando el vacío de la caída de trescientos metros hasta el Llyn Cau junto a la que había pasado antes. Se apartó cautelosamente del borde del precipicio y se quedó sentado en el suelo, esperando a que la adrenalina dejara de palpitarle en los oídos. De pronto las costillas doloridas parecieron una insignificancia. Unos cuantos pasos más y se habría reunido con Gwynne en lo que sea que haya después de la existencia terrenal. Pasados unos instantes, recuperó su bastón y volvió a rastras hasta el último mojón, se puso en pie, y desanduvo lo andado hasta la escalera.

Estaba furioso. En todos sus años de excursionista nunca se había equivocado de camino, jamás se había perdido. Le dolía todo y estaba rendido. Tenía un deber que cumplir, y no estaba siendo capaz de hacerlo. Como si no hubiera bastante con eso, el tiempo se había complicado; la niebla se había convertido en una lluvia helada y el viento no dejaba de arreciar. Alec volvió a cerrar los ojos para establecer contacto con su brújula interior.

—Abajo —oyó una voz.

Los ojos se le abrieron de golpe y miró alrededor.

—¿Hola?

Nada. Quizás había sido el graznido de un cuervo, distorsionado por la niebla. Quizá no.

—Tengo que salir de esta montaña —dijo en voz alta. Se echó a la espalda la mochila, cogió su bastón y echó a andar en una nueva dirección, resuelto a descender hasta dondequiera que lo llevase ésta.

5

Alec no llegó a encontrar otro mojón. En lugar de guiarse por ellos, lo que hizo fue seguir el curso de un sendero que iba descendiendo gradualmente a través de la nube. Se sentía como una embarcación que navega por aguas oscuras, la proa de su cuerpo separando las aguas para que luego volvieran a cerrarse tras él. Qué distinta esta ascensión de la del día en que él y Gwynne habían llegado a la cima del Cadair Idris; un día de cielo azul cobalto, viento cálido y cúmulos aislados que derivaban lentamente por las alturas como bolas de algodón. «Y sin embargo, puede que todas estas tinieblas resulten apropiadas —pensó—. No pueden ser más fúnebres.»

Gwynne lo llamó por última vez sólo dos meses después de su último tratamiento de quimioterapia.

—Hola, tesoro, soy yo. ¿Te parece que habría alguna posibilidad de que vinieras a visitarme? He tenido que volver unos días al hospital —le dijo con una jovialidad que él sabía muy bien que era artificial. Es lo bueno que tienen las relaciones que duran mucho tiempo: aprendes a oír el significado, no únicamente lo que se dice.

Alec sintió que le daba un vuelco el corazón.

—¿Qué ha pasado?

—Oh, ya me conoces; cuantas más veces meto la pata más contenta me pongo. Parece que han surgido complicaciones. Creo que no me vendría mal que alguien me echara una mano.

—Estaré allí mañana por la noche —dijo Alec—. Cuenta con ello.

Cuando ella respondió, Alec oyó que se le quebraba la voz.

—Sabía que lo dirías.

Él lo dejó todo, cogió un avión hacia el Este, y pasó los dos meses siguientes junto a la cabecera de su ex esposa. Aunque en un primer momento los médicos habían confiado en que se recuperaría, el cáncer se había extendido al cerebro de Gwynne. Vivía a sólo una manzana del hospital; la distancia era corta, y ambos caminaban hasta allí juntos, cada día, para más sesiones de quimioterapia.

Alec dormía en una cama individual en la habitación de invitados del apartamento que Gwynne alquilaba en un bloque de pisos. Trató de cocinar para ella, como años atrás, pero a Gwynne le entraban náuseas con sólo olfatear los platos.

—Es por la quimio —le explicaba ella—. Hace que el olor de la comida te resulte asqueroso.

Con todo, nunca le flaqueaba el ánimo.

—Comamos algo para llevar —decía alegremente, y él iba a un restaurante mexicano por el que Gwynne tenía auténtica devoción.

Cuando regresaba, ella comía un bocado y luego perdía interés por el plato.

—¡Una ensalada! Necesito una ensalada —sugirió otro día—. Así no tendrás que preparar nada en la cocina. —Pero apenas llegó a probarla.

Lo siguiente fue el sushi, porque no tenía aroma. Y naturalmente Alec fue a buscarlo, pero acabó teniendo que comérselo todo.

Después de un par de semanas de aquello, mientras iban calle abajo hacia el hospital para otra sesión de quimioterapia, Gwynne se detuvo de pronto y dijo que se encontraba mareada. Luego cayó redonda sobre la acera. Alec y un transeúnte la levantaron del suelo y la llevaron casi en volandas hasta el servicio de urgencias. Una enfermera le tomó la presión, y se la volvió a tomar porque no daba crédito al resultado: tenía sólo 7 de máxima y 2 de mínima.

—Diablos —bromeó Gwynne—, he conocido melones con la presión más alta que yo.

Después el celador la llevó en una silla de ruedas a una habitación privada en el piso de arriba. Los cirujanos le pusieron una válvula directamente en el cráneo y empezaron a introducir por ella sustancias químicas de un verde neón en días alternos. Alec permanecía sentado a su lado desde la mañana hasta la noche, salía del hospital para tomar una cena rápida, y luego regresaba y se quedaba hasta pasada la medianoche. Se contaban las historias favoritas de su vida conyugal. Nadie del hospital le decía que se fuera, lo que Alec interpretó como una mala señal. Y de hecho no tardó en ser evidente que la nueva quimioterapia no estaba surtiendo ningún efecto. La jefa del departamento de oncología, una doctora joven que hablaba con un leve acento alemán, se mostró considerada y al mismo tiempo naturalmente sincera: podían mantener la quimioterapia, pero era improbable que fuese a servir de nada. Gwynne había entrado en la fase terminal de su enfermedad. Ella escuchó el nuevo diagnóstico sin perder la calma y Alec comprendió que ya había llegado a la misma conclusión por su cuenta.

—Bueno, doctora —dijo Gwynne—, le diré cómo lo veo yo: me parece que deberían librarse de mí e invertir su tiempo en alguien que todavía pueda salir adelante. Si voy a morir, quiero que sea en mi propia cama. Además, antes tengo un montón de cosas que hacer si quiero que mi casa esté en condiciones de ser vendida. ¿Sabe qué fue lo último que dijo Oscar Wilde antes de morir?

La doctora sacudió la cabeza.

—O se va este papel de pared, o me voy yo.

Gwynne soltó una risita. Entonces Alec rió también. Era una historia que siempre les había encantado. La doctora asintió en silencio y se fue; Alec la encontró en el pasillo, llorando.

—Siempre intento mantener cierta distancia emocional con mis pacientes terminales —dijo—, pero con Gwynne no puedo. Ella es muy distinta de cuanto he experimentado antes.

Alec se encargó de hacer los arreglos para que una enfermera viniese a casa cada dos días. El declive fue rápido. Alec se asombraba de que sin haber comido o bebido nada en semanas, Gwynne todavía tuviese funciones corporales, pero la limpiaba con esmero cuando éstas se presentaban, y ella aceptaba su ayuda de buena gana. Era, comprendió él, quizá la cosa más íntima que hubieran hecho juntos nunca. Le leía libros divertidos. Le daba masajes con crema hidratante a la piel reseca y llena de manchas de sus brazos y piernas. A medida que aumentaba la deshidratación, el mundo de Gwynne se llenó de delirios y miedo. Consciente ya sólo a medias pero anhelando lo inevitable, se incorporaba de pronto en la cama, lo miraba y preguntaba con voz suplicante: «¿Qué más tengo que hacer?» La enfermera domiciliaria incrementó la dosis de morfina y Gwynne se hundió apaciblemente en un coma. Alec compró un equipo de seguimiento infantil para oírla cuando él estaba en la cocina. Gwynne respiraba como alguien que padece apnea del sueño: bruscas inhalaciones, exhalaciones muy lentas, y luego períodos de silencio terriblemente prolongados. Alec pasaba horas al lado de su cama, escuchando, diciéndole que no hacía falta que continuara resistiendo. Finalmente, la enfermera domiciliaria se lo llevó a otra habitación y sugirió que, aunque estaba inconsciente, Gwynne se obligaba a seguir con vida para no decepcionarlo. Era algo habitual en los agonizantes, dijo; ella lo veía asiduamente. Esa noche, Alec se quedó sentado en la cocina escuchando la respiración entrecortada de Gwynne. Las pausas entre cada inhalación se iban haciendo cada vez más largas. Alec fue al dormitorio, se sentó en la cama y la tomó entre sus brazos, diciéndole, como sabía que ella sabía ya, que nunca había dejado de quererla. Unos instantes después, Gwynne dejó de respirar. Alec le cerró los párpados, besó su frente y le cubrió el cuerpo con la sábana. Luego telefoneó a la funeraria.

Después de quizás una hora de ir colina abajo, finalmente se encontró por debajo del nivel de la nube que envolvía la cima de la montaña. En la lejanía, el sol brillaba sobre los pastizales del valle y las sombras de las nubes corrían a través de las colinas. Capaz de distinguir nuevamente los accidentes del terreno, Alec consultó el mapa y descubrió que había ido muy hacia el oeste de donde quería. Siguió una estribación de la montaña que bajaba lentamente y llegó a una altiplanicie que iba de sur a norte. Allí encontró un viejo sendero de campesinos y lo siguió en dirección norte, dando rodeos a través del esponjoso suelo mojado lleno de brezo. Aquí y allá se encontraba con las ruinas de viejas granjas. Alec se asombró de la habilidad con que habían sido edificadas aquellas paredes hechas de gruesas piedras, todavía intactas y sólidas mucho tiempo después de que sus techos se hubieran derrumbado. Se asombró también del optimismo —o la desesperación— de quienes habían sido capaces de esforzarse hasta semejante punto para arañar el sustento de un terreno tan inhóspito.

Continuó avanzando en dirección norte, describiendo una lenta curva alrededor de los flancos de la gran montaña hasta que llegó al inicio de la meseta cenagosa. A su izquierda, el sol empezaba a descender hacia el mar de Irlanda, y directamente enfrente reconoció las delicadas planicies del valle donde estaba la granja Tan y Gadair. Aún estaba descendiendo cuando llegó a unos pastos llenos de ovejas y vio a un joven que trataba de controlar a una de ellas.

Alec pasó por la puerta del cercado que rodeaba los pastos y gritó:

—¿Necesita que le echen una mano?

El joven levantó la vista hacia él con un respingo; estaba tan concentrado en ayudar a parir a la oveja que ni siquiera había visto a Alec mientras éste bajaba de la montaña.

—¿Entiende usted algo de la cría de ovejas?

—Absolutamente nada —dijo Alec mientras llegaba hasta él.

La oveja estaba arrodillada con el cuello arqueado hacia atrás, en una obvia actitud de esfuerzo. El joven permanecía apoyado en su flanco, apretándola suavemente contra un murete de piedra para mantenerla en pie. Tendría veintipocos años y era de estatura mediana, hombros anchos y constitución robusta. Llevaba muy corto el pelo rizado, casi negro, y sus ojos eran verdes con destellos ámbar, como si se los hubieran espolvoreado con polvo de oro. En el suelo había una bolsa de viaje llena de herramientas y botellas.

—Bueno, ya verá cómo enseguida aprende —le dijo con una sonrisa—. Hace más de una hora que expulsó la bolsa de aguas y está completamente dilatada. Pero de momento todavía no ha pasado nada. Sospecho que se le ha atascado.

»Normalmente, a estas alturas las pezuñas delanteras ya tendrían que haber aparecido y, después de que la madre empuje un poco, aparece la cabeza y luego el resto del cordero se escurre fuera por sí solo. Eso no ha sucedido. ¿Podría mantener en pie a la madre mientras yo meto la mano dentro del útero para darle la vuelta al cordero? Póngase a horcajadas sobre ella y sujétela con las rodillas.

—Humm, vale —dijo Alec, asumiendo la posición indicada.

78

El joven desinfectó y lubricó su antebrazo derecho, se arrodilló junto a la oveja y miró a Alec.

—¿Listo?

—Todo lo listo que pueda estar.

Alec vio cómo el joven juntaba el pulgar y el meñique y estiraba la palma de la mano para que ésta abultara lo menos posible y luego la introducía con mucho cuidado, seguida del brazo, en el canal del parto de la oveja. Tenía la mirada perdida en la lejanía, y Alec comprendió que el pastor estaba «viendo» con la mano. La oveja había dejado de debatirse; a saber si en señal de gratitud o de agotamiento.

—Vaya —dijo el joven, sacando la mano y sentándose en el suelo.

—¿Qué ocurre?

—Gemelos. Hoy en día crían a las ovejas para que tengan partos múltiples. Eso es bueno para el granjero, pero resulta un poco duro para las ovejas, me parece a mí. Sobre todo cuando son tan jóvenes como ésta. Los corderos están encarados hacia atrás, lo que es bueno. Pero quedan atrapados detrás del hueso pélvico, lo que no es nada bueno. Tendré que sacar uno tirando, y entonces veremos si la pobre puede dar a luz al segundo por su cuenta.

Metió la mano en su bolsa y sacó una cuerda corta con un lazo en cada extremo. Se pasó un lazo por el dedo índice y mantuvo el resto del lazo en la palma de la mano. Luego volvió a introducir la mano en el canal del parto.

—Ahora voy a pasar este lazo por la cabeza del primer cordero. Tiene las patas vueltas hacia delante, así que no debería haber demasiados problemas. Ahí es donde entra usted —le dijo a Alec—. Necesito que levante a la oveja sujetándola por detrás hasta que sus cuartos traseros queden a medio metro del suelo.

Alec así lo hizo y gimió a causa del esfuerzo.

—¿Se encuentra usted bien?

—Tranquilo, no pasa nada —mintió Alec mientras sentía quejarse sus doloridas costillas—. ¿Por qué estoy haciendo esto?

—Con la madre en esta posición, el otro cordero resbalará hacia abajo dentro del útero. Bueno, vamos allá —dijo.

Tras unos instantes de búsqueda, su mano encontró las patas delanteras del cordero y el lazo de la cuerda le rodeó la cabeza. Con firmeza pero sin apresurarse, el joven tiró. La oveja no se resistió. Después de lo que Alec supuso unos tres minutos, dos diminutas pezuñas aparecieron, seguidas por una cabecita mojada. El joven dejó de tirar, sacó un paño de la bolsa y limpió la mucosidad del hocico del recién nacido. Luego fue sacando poco a poco el cordero jadeante hasta dejarlo en el mundo. La criatura era muy pequeña y parecía en extremo vulnerable, sus ojos permanecían cerrados para protegerse de la luz. Instintivamente, trató de incorporarse.

—Bueno, ya puede bajar la oveja —le dijo el joven.

Con delicadeza, limpió el ombligo del recién nacido con lo que a Alec le pareció tintura de yodo, y luego depositó el cordero en el suelo junto a la cabeza de la oveja.

Finalmente, se sentó sobre los talones y sonrió. Nubecitas de vapor emanaban del cordero en el aire frío. La oveja emitió suaves balidos y lamió la sangre del cuerpecito de su cría.

—Ahora esperaremos unos minutos —dijo el joven—, y veremos si puede con el siguiente por sí sola. Depende de la posición en que se encuentre el cordero y de lo cansada que esté ella.

Alec se sentó a su lado, apoyó la espalda contra el murete y contempló a los corderos de pelaje mojado que daban traspiés a su alrededor.

—¿Cuánto tiempo llevas haciendo esto?

—Desde que tengo memoria; desde que cumplí diez años, supongo, en la granja de mi padre.

—Me refería a hoy.

—Oh. —El joven rió—. Desde las tres y media de esta madrugada.

—Dios mío, has de estar agotado.

—Es parte del trabajo en esta época del año. Ya nos hemos ocupado de la mitad de ellas. El primer pico de partos fue hace poco más de una semana; éste es el segundo. La mayoría de las ovejas dan a luz a primeras horas del día; algunas, como ésta, a finales de la tarde. No hay forma de saberlo.

—Tú eres Owen, ¿verdad?

—Pues sí. ¿Cómo lo ha sabido? Porque usted no es de aquí.

—Me alojo en la granja; Fiona dijo que estabas ayudando a David. Soy Alec.

—Me alegro de que pasara por aquí, Alec. Hoy apenas he visto a David. ¿Ha ido de excursión?

—Sí, a lo alto del Cadair.

Owen alzó la mirada hacia la montaña, invisible en su capa de nubes.

—No es el mejor día para subir allí.

—Ya lo he comprobado.

—Había un poco de niebla, ¿verdad?

—Espesa como la leche e igual de mojada. Me perdí.

—Ah —dijo Owen asintiendo con la cabeza—. Habrá sido cosa de Brenin Llwyd, que quería embrujarlo.

—¿Quién?

—Brenin Llwyd, el Señor de las Nieblas, también conocido como el Rey Gris. La gente de por aquí cree que se alza de la montaña para llevarse a los incautos.

Alec levantó una ceja.

—Sí, bueno, eso es lo que cuentan. No sabría decirle. Será que no soy demasiado supersticioso. Pero como ha visto, incluso cuando hace buen tiempo aquí abajo, esa montaña puede crear su propio clima y envolverse en un manto de nubes.

Alec pensó en la desorientación que había hecho presa en

él cuando estaba entre las nubes, y en el miedo que había sentido. Pensó en aquella voz —había hablado dentro de su cabeza, de eso estaba seguro— que le decía que descendiera. También pensó en el Rey Gris y en cómo, con la edad, había empezado a aceptar que una gran parte de la experiencia del ser humano parece tener lugar lejos de lo racional. Quizás era eso lo que le había resultado tan inquietante; por unos instantes había estado más allá del reino de lo racional, fuera de la zona en que se sentía seguro.

Owen se levantó del suelo.

—La pobre está demasiado cansada para dar a luz; tendremos que ayudarla con el otro.

Alec volvió al presente.

—¿Qué hacemos esta vez? —preguntó.

—Lo mismo que antes, sólo que esta vez será más fácil. ¿Quiere intentarlo usted?

Alec lo miró y pensó en las cenizas que llevaba en la mochila y en toda la nueva vida que había a su alrededor.

—Sí —dijo finalmente—. Sí, me parece que lo intentaré.

Owen señaló el desinfectante con un movimiento de la cabeza y Alec se limpió las manos y los brazos. Se arrodilló junto a la oveja, y entonces titubeó.

—Adelante —dijo Owen.

Alec formó una pirámide con los dedos, tal como había hecho Owen, y metió la mano dentro de la oveja, asombrándose de lo ancho que era el canal del parto y lo fácil que resultaba avanzar por él. Buscó cautelosamente con la mano por unos instantes y al final tocó la cabeza del cordero.

—Lo tengo.

—Bien. Ahora vaya siguiendo cuello abajo hasta llegar a las patas delanteras y asegúrese de que están enfiladas hacia atrás como la cabeza.

—Sí, vale, ahí es donde están.

—Perfecto. Ponga el pulgar a lo largo de la carrillera derecha del cordero, el dedo meñique a la izquierda y el corazón tres dedos a lo largo del extremo de arriba del cuello, detrás de las orejas. Luego empiece a tirar suavemente.

—¿No necesito la cuerda?

—Sólo si las patas no están bien enfiladas.

Alec soltó la cabeza por un instante y comprobó la posición de las patas.

—Una está dirigida hacia delante, la otra parece estar metida debajo.

—Use la cuerda. Pásasela por la cabeza como hice yo, enderece la pata atrapada, y luego tire de ambas patas y de la cuerda.

—¿El lazo no estrangulará al cordero?

—Tiene un nudo que impide que se apriete hasta cerrarse del todo. Funciona más bien como un cepo.

—No tengo ni idea de si el cordero está vivo —dijo Alec.

—No tardaremos en saberlo.

Un último tirón y el cordero salió; más pequeño que el primero, le pareció a Alec. Owen le pasó el paño y Alec le limpió el hocico. Pero el cordero no respiraba. Owen se levantó del suelo, se inclinó sobre el murete de piedra, y arrancó una fronda del matorral de brezo que crecía al otro lado. Le quitó las hojas y después, con mucho cuidado, introdujo la punta de la fronda en el hocico del recién nacido. El cordero se estremeció, estornudó ruidosamente y su diminuto pecho empezó a subir y bajar tragando grandes bocanadas de aire. En cuestión de segundos estaba intentando incorporarse, igual que su hermano.

Alec le limpió el ombligo con tintura de yodo y lo puso al lado de la oveja.

—Usted sería un buen pastor —dijo el joven sonriendo.

Alec se levantó del suelo, torciendo el gesto ante la punzada de dolor que sintió en las costillas.

—Sospecho que soy demasiado viejo para empezar.

Owen rió y acercó los corderos a la ubre de la oveja, poniendo una teta en cada boquita y animándolos a chupar.

—Aparte de las enfermedades —dijo—, lo que suele matarlos es la exposición a la intemperie. Necesitan la mayor cantidad posible de calostro de la leche materna durante las primeras horas. El calostro es tan espeso como la nata y está lleno de anticuerpos. Su alto contenido en grasas les proporciona la energía que necesitan para secarse y entrar en calor. Sin el calostro morirían durante las veinticuatro horas siguientes al parto. A veces, si la madre no le da de mamar, la ordeñamos y le metemos la leche en la boca al cordero a través de un tubo.

Alec contempló fascinado cómo los instintos entraban en acción para crear el vínculo que uniría a la oveja con sus corderos: dar de mamar, lamer, aprenderse los respectivos olores.

Luego miró a la oveja, visiblemente agotada.

—¿Qué pasa con la placenta? —preguntó.

—La expulsará dentro de una hora. La mayoría de las ovejas se la comen inmediatamente. Es una reacción instintiva. La placenta contiene hormonas que ayudan al útero a encogerse hasta recuperar las dimensiones normales. Si no se las comen, entonces las recogemos y enterramos para mantener alejados a los depredadores.

—¿Depredadores?

—Los zorros. Hay montones de ellos. Pueden oler una placenta a mucha distancia y vienen a por los recién nacidos. El cordero les gusta tanto como a nosotros.

Alec asintió.

—¿Y ahora qué?

—Ahora nada. De momento ya hemos acabado el trabajo. Probablemente habrá unas cuantas ovejas a punto de dar a luz en los pastos de abajo, pero ahora me muero de hambre.

—Ya somos dos.

Se lavaron en un cubo de agua. El sol casi se había puesto y el cielo sobre el mar de Irlanda parecía envuelto en llamas.

—Cielo rojo por la mañana, pastores cuidado —exclamó Owen—; cielo rojo al anochecer, un regalo para el pastor. —Se volvió hacia Alec y soltó una carcajada—. ¡Claro que por aquí nunca se sabe!

Alec recogió el equipo mientras Owen llevaba a cabo una última inspección de los corderos y las ovejas. Luego los dos fueron colina abajo a través de la verde hierba primaveral.

6

Con sólo una de las tres habitaciones de huéspedes ocupada, Fiona había dedicado el día a ponerse al corriente del trabajo atrasado en el horno. Se enorgullecía de hacer su propia repostería para el té de la tarde que servía a los huéspedes: bollos de azafrán con sultanas, pan dulce hecho con manteca de cerdo y pastelitos galeses, una especie de minitortas aromatizadas con canela y adornadas con pasas de Corinto que había aprendido a hacer cuando se instaló en Gales.

Pero aunque a esas alturas mezclar los ingredientes casi era un acto instintivo para ella, tenía que esforzarse para permanecer concentrada en lo que hacía. Sus pensamientos volvían una y otra vez al americano. Desde su llegada, Fiona había sentido que el suelo se le movía bajo los pies. Las certezas de su vida, las pautas y rutinas que le habían dado dimensión y definición, se habían alterado sutilmente. Ahora había un latir, una especie de armónico de fondo, que no estaba ahí antes. Fiona podía sentirlo del mismo modo en que algunos animales pueden sentir los terremotos antes de que se produzcan.

Cuando Alec había tomado el té en su cocina la noche anterior, cuando lo había visto sentado en la sala de estar de los huéspedes esa mañana, su presencia en aquellos lugares le había parecido tan natural como si él formara parte del mobiliario. Con la pequeña diferencia, admitió sintiéndose un poco culpable, de que a una no se le iban los ojos hacia el mobiliario. No podía negar que le encantaba mirar a Alec.

Él no era como los otros americanos que había conocido: vocingleros, exigentes y demasiado dados a intimar, capaces de contarte toda su vida en el curso del desayuno. No, Alec era más reservado. Pensaba las cosas antes de hacerlas. Fiona no creía que estuviera ocultando nada; simplemente tenía un gran control de sí mismo. ¿Qué era lo que necesitaba ser controlado?, se preguntó. No los demás, ciertamente; parecía que a Alec no le costaba nada relacionarse con la gente. ¿Algo que había en su interior, quizá? ¿Sería ira? No, en aquellos brillantes ojos azules sólo había bondad. La sonrisa de Alec, aunque tímida, era realmente afectuosa y contenía una chispa traviesa, también mantenida a raya. Al mismo tiempo, tenía una forma muy rara de estar completamente contigo en un momento dado y muy lejos de allí al siguiente. Fiona había reparado en ello la noche anterior al preguntarle cómo se le había ocurrido ir allí. «Por algo que prometí hacer en la cima del Cadair», había dicho él. Y luego fue como si desapareciera súbitamente; su cuerpo seguía sentado en la silla, pero su esencia estaba en otra parte. Era como cuando se apaga una bombilla; el bulbo sigue allí pero la iluminación desaparece. Lo notas inmediatamente porque la luz es intensa. Sí, tal vez fuera eso lo que estaba controlando él, esa intensidad. Si hubiera sido pintor en vez de escritor, Fiona podía imaginárselo pintando grandes paisajes, como los de Turner, con la luz y la oscuridad y los colores girando en un frenético torbellino alrededor de un centro inmóvil. Tenía que ser eso, decidió, lo que Alec mantenía atrapado en su interior: la misma llama imaginativa que lo había llevado a sugerir el insólito arreglo de «tienda y desayuno». Rió quedamente al recordarlo de pie en la puerta con su propuesta. Cualquier otra persona habría aceptado que no había habitaciones libres y habría seguido su camino. Pero la intensidad y la certeza lo habían traído de regreso, y ahora, como entonces, Fiona se alegraba de que hubiese vuelto. Pero ¿por qué se mantenía tan confinado dentro de sí mismo?

Pensó que no sabía qué edad tenía. Alec podía tener la de ella. Probablemente no era más joven, incluso quizá mucho mayor; no había forma de saberlo con seguridad. Si era mayor que ella, sin embargo, ni lo aparentaba ni se comportaba como hubiese correspondido a sus años.

Y en cuanto a su apariencia, bueno, eso era fácil: esbelto, en muy buena forma, apuesto, fuerte de una manera controlada. Había algo en él que la hacía sentir lo mismo que una criatura marina cuando la gravedad de la luna tira de ella, una fuerza como la de las mareas. Sacó del horno una fuente llena de bollos dorados y fue colocándolos en una parrilla para enfriar al lado del fregadero. Vio su reflejo en la ventana encima del fregadero y se preguntó si de verdad se reconocía.

A eso de las tres, Fiona salió al jardín para cortar unas flores con las que adornar la casa. Siempre lo hacía para los huéspedes, pero fue consciente de que esta vez ponía un cuidado especial en la tarea. El jardín brillaba al sol de la tarde y olía a fertilidad y tierra llena de vida, como si respirara suavemente. Con un ramillete de flores en la mano, se dispuso a regresar a la casa, pero alzó la mirada hacia la montaña y se detuvo en seco. Una nube tan oscura que parecía hecha de carbón circundaba los primeros ciento cincuenta metros de la mole del Cadair Idris. La preocupación tembló con un suave aleteo en su garganta, pero no permitió que hiciera presa en ella: a esas horas Alec ya habría iniciado el descenso. Ahora estaría bajando por las laderas inferiores, muy por debajo de la nube. Casi de vuelta en casa.

Casa. ¿Por qué no se había limitado a pensar que estaba a punto de llegar? ¿Por qué pensaba en él, prácticamente un desconocido, como si perteneciera a aquel lugar? ¿Como si su hogar fuera la granja? ¿Como si su hogar estuviera junto a ella?

A las cinco, ya había acabado de hornear y Alec aún no había llegado. Fiona sabía lo que se tardaba en la ascensión del Cair Idris: subías y bajabas en cuatro horas, cinco como máximo. Y él no era ningún aficionado al montañismo. Ya habían transcurrido seis horas. ¿Dónde estaba? Fiona pasó un rato dando vueltas sin rumbo por la casa y finalmente hizo lo que hacen muchas personas presas del nerviosismo: se puso a cocinar. Alec estaría exhausto cuando volviera, razonó, y no se encontraría en condiciones de ir a cenar al pueblo. Prepararía una buena cena para los dos. Fiona nunca había hecho aquello para un huésped antes, pero de alguna manera que no hubiese sabido explicar le parecía perfectamente natural hacerlo para Alec. Y la ayudó a tranquilizarse. Espolvoreó con harina dos piernas de cordero, las untó con mantequilla, las puso en una cacerola de barro cocido, añadió hierbas y una buena cantidad de apio, chirivías y zanahorias cortadas en rodajas, y metió la cacerola en el horno con el fuego bajo. Era la clase de plato que quedaba mejor cuanto más tiempo pasara en el horno.

A las seis y media, después de las noticias en Radio Cuatro de la BBC, le llevó su cena a David. Al bajar, vio a Owen yendo hacia su Land Rover en el patio ya oscurecido.

—¡Owen! Uno de mis huéspedes ha desaparecido. ¿Has visto a alguien en la montaña?

—No, señora Edwards, pero si es a Alec a quien está buscando, supongo que ya estará en la casa. Me ha ayudado a traer al mundo dos corderos.

Fiona hubiese querido abrazar al joven, pero lo que hizo fue hablar atropelladamente:

—¿Me estás diciendo que a ninguno de los dos se os ocurrió venir a contarme que estabais trabajando juntos?

—No, señora, supongo que no caímos en ello. El parto fue bastante complicado y Alec se ofreció a echarme una mano. Me alegro de haber contado con su ayuda. Habríamos perdido a los corderos y la oveja si él no hubiese aparecido.

Ella lo miró un instante, sacudió la cabeza con una mueca de incredulidad y luego se volvió hacia la casa.

—Tiene buena mano con los animales —añadió Owen mientras la veía marcharse.

Cuando entró en la cocina, Fiona oyó el ruido de la bañera de Alec llenándose. Decidió que no le diría nada en cuanto bajara. ¿Qué podía decir? ¿Que el pánico la había embargado al pensar que él podía haber tenido un accidente? ¿Que temía que hubiera desaparecido de su vida tan abruptamente como había aparecido?

Media hora después estaba añadiendo un poco de vino tinto a las piernas de cordero cuando él bajó, llamó con los nudillos a la puerta de la cocina, y asomó la cabeza.

—Hola —dijo.

Ella se irguió y se encaró con él. No pudo contenerse.

—¿Llegas con tres horas de retraso y lo único que tienes que decir es hola? —le espetó.

Alec entró en la cocina y parpadeó un par de veces.

—Bueno...

—Oh —dijo ella, agitando las manos como para indicar que no tenía importancia—. Es sólo que suelo preocuparme cuando mis huéspedes se volatilizan.

—¿Estabas preocupada?

—¿Preocupada? ¡Iba a llamar al Servicio de Rescate en Alta Montaña!

—Lo siento, Fiona, pero me... he entretenido un poco. —No quería contarle que había faltado poco para que no lograse bajar del Cair Idris. Le avergonzaba. Y además no estaba acostumbrado a que alguien se preocupara por él; preocuparse por la gente era cosa suya. Le ponía un poco nervioso.

Fiona se disponía a seguir riñéndolo cuando se dio cuenta de que él llevaba puesta la chaqueta.

—¿Y adónde crees que vas a estas horas de la noche?

—Pensaba bajar a ese pub enfrente del que pasamos esta mañana, carretera abajo, y cenar allí. El que hay junto al lago, quiero decir.

—¿El Griffin? ¡Tonterías! La cerveza de barril es buena, pero lo que sirven de comer no tiene nombre. Ni siquiera saben hacer un huevo en escabeche como Dios manda.

Alec intentó imaginarse un huevo en escabeche hecho como Dios manda o de otra manera.

—He preparado un par de piernas de cordero para cenar —continuó ella—. A menos que traer corderos al mundo con Owen te haya quitado el apetito para esa clase de platos.

Alec rió.

—Tengo tanta hambre que me comería lo que fuese. Pero no, Fiona, no quiero imponeros mi presencia a ti y a tu marido.

—No es ninguna imposición; David ya ha cenado.

Una vez más, el invisible David.

—Pero te haré trabajar para ganarte la cena. Cuando estas patatas empiecen a estar tiernas —dijo señalando una olla de agua que burbujeaba encima del fuego—, escúrrelas, échalas encima de esta harina y luego ponlas en esa sartén con un poco de mantequilla, y métilas en el horno. Voy a darme un baño. ¿Crees que podrás ocuparte de esa tarea?

—Sí, señora; creo que podré —sonrió Alec.

—Y procura que las piernas no se resequen demasiado; ve rociándolas con este vino tinto —dijo ella mientras se servía una copa.

Un instante después ya había salido de la cocina. Alec no estaba acostumbrado a recibir instrucciones, pero, al igual que cuando ella le había dicho dónde tenía que levantar su tienda, descubrió que no le molestaba en lo más mínimo que Fiona le dijera lo que tenía que hacer. En realidad lo encontraba extrañamente reconfortante. Se volvió hacia el fuego con una sonrisa de tonto.

Fiona llenó de agua la bañera de patas en forma de garra y se desnudó. Se detuvo ante la diminuta ventana incrustada en el grueso muro exterior del cuarto de baño y miró en dirección a la montaña a través de los campos oscurecidos mientras bebía un sorbo de vino. Tres horas de retraso y de pronto allí estaba él, tan tranquilo como si no hubiera pasado nada. Añadió un poco de aceite de baño al agua y la removió con las manos. Luego se metió en la bañera y cerró los ojos. Se quedó recostada allí durante un rato, dejando que el calor la fuera calando lentamente. ¿De verdad sólo había transcurrido un día desde que él había llegado por el sendero con aquella mochila condenadamente enorme a la espalda? Fiona sonrió. Estaba sudado y sin afeitar, pero aun así ella se había estremecido en cuanto lo había visto.

¿Creía ella en el amor a primera vista? No lo sabía. ¿Cómo iba uno a saber algo así? Quizá fuera como con las grandes obras de arte: las reconocías en cuanto las veías. Lo único que sabía era que se sentía extrañamente viva cuando Alec estaba cerca, y también ligeramente descontrolada, como cuando conducía demasiado deprisa: asustaba un poco pero era emocionante.

Ciertamente las cosas no habían sido así con David. Fiona era una chica más bien delgaducha de veintidós años que estudiaba en la Universidad en Chester cuando David apareció en su vida, un amigo de un amigo. Era apuesto, con sus duras facciones masculinas, reservado y muy educado. Nadie más había mostrado demasiado interés por ella en aquellos tiempos. Pero David conducía su maltrecho Land Rover los casi cien kilómetros a través de Gales hasta Inglaterra para visitarla, y luego daba media vuelta y recorría el trayecto de regreso la misma noche. Un día le dijo que la amaba. Ningún hombre se lo había dicho antes. Fiona decidió que ella también tenía que estar enamorada de él. Entonces un fin de semana David la llevó a Dolgellau, para que viera la granja Tan y Gadair. Ella había quedado impresionada por la hosca belleza de aquel lugar. Ese mismo fin de semana David le pidió que se casara con él, y Fiona aceptó.

—Y aquí estamos —se dijo a sí misma en voz alta, sentándose en la bañera y extendiendo la mano hacia la copa de vino.

La vació y sintió cómo el alcohol le calentaba el estómago. O quizá fue pensar que Alec había estado en esa misma bañera la noche pasada lo que le hizo sentir ese calorcito interior. Mientras se enjabonaba, imaginó que la pastilla de jabón eran las manos de Alec deslizándose por su piel y sus pechos. Se preguntó qué clase de amante sería él. Atento, supuso. ¿Bajaba alguna vez la guardia de esa extraña reserva suya? Fue consciente de que debería sentirse escandalizada por pensar en esas cosas, pero se persuadió de que sólo era curiosidad. Inofensiva, realmente.

Se levantó y se secó, disfrutando con el contacto un poco rugoso de su toalla favorita, mezcla de lino y algodón. Hacía que sintiera viva la piel. Entró en el dormitorio y se detuvo ante el gran espejo ovalado que había cerca de la ventana.

—Ya no estamos tan flacuchas, ¿verdad, Fiona? —le dijo a su reflejo.

Había ganado un poco de peso a lo largo de los años. No mucho —con lo de atender la posada y echar una mano en la granja, hacía ejercicio de sobra—, pero aun así más de lo que hubiese querido. Por otra parte, aunque había dado de mamar a Meaghan hacía cosa de veinte años, sus pechos, generosos y con unos contornos bonitos, aunque no se pudieran calificar de impresionantes, aún se mantenían firmes y hasta el momento habían sabido resistir el tirón de la gravedad. Pero su estómago y sus caderas habían perdido un poco de definición. Había una leve sombra de hoyuelos en la cara posterior de sus muslos, pero básicamente sus piernas habían conservado la forma. Fiona pensó en las otras esposas de granjeros del valle y decidió que no lo estaba haciendo tan mal, después de todo. Y por mucho que le disgustara admitirlo, la dieta vegetariana de David estaba ayudando.

El problema ahora era qué ponerse. Abrió el armario ropero y examinó su contenido con expresión consternada: el típico guardarropa de la esposa de un granjero. Pensó que debería llevar algo bonito, aunque no demasiado. Ni excesivamente sugerente, tampoco. Rió, ¡como si ella tuviera esa clase de prendas! Empezó a sacar perchas y fue rechazando una indumentaria tras otra: demasiado seria, demasiado aparatosa, no pegaba con la estación.

Al final se puso los tejanos y un pulóver negro con el cuello en V que combinaba lana de oveja merina con lana de Angora y le daba un aspecto femenino. Se lo arremangó hasta la mitad de los antebrazos. Luego se calzó unos sencillos zapatos negros bajos. Añadió unos aretes de ónice negro. Volvió al cuarto de baño, donde se cepilló el pelo de manera que le enmarcase la cara y aplicó una sombra de pintalabios rosa. Tenía la piel demasiado clara para permitirse algo más atrevido. Cuando ya se daba la vuelta para irse, se detuvo y se puso una gotita de perfume Lluvia detrás de cada oreja.

Lista, se dijo, y un instante después oyó una vocecita interior: «¿Lista para qué?»

Alec estaba fascinado por la enorme cocina que dominaba la estancia. Después de su divorcio, cocinar se había convertido en una pasión; a veces pensaba que era la única pasión que le quedaba. La enorme Aga —Fiona la llamaba «el cocinador»— no se parecía a nada de cuanto Alec había visto antes. Con su metro y medio de anchura, estaba hecha de hierro forjado y tenía un reluciente acabado de esmalte marfileño. El horno disponía de cuatro puertas independientes, y la parte de arriba estaba provista de una gran superficie de hierro para calentar y dos fuegos redondos con tapas de acero inoxidable sujetas por gruesas bisagras, presumiblemente para retener el calor. El resto era igualmente impresionante. Los armarios y las encimeras parecían hechos a mano y estaban pintados del mismo tono marfil que la Aga. Los estantes eran una mezcla de gris pizarra y tablas de roble. Las paredes eran color mostaza de Dijon. El techo mostraba las vigas de roble y los travesaños que sostenían el tejado en pendiente. De color marrón oscuro, hacían juego con una gran y antigua alacena de roble provista de estantes para colocar platos decorativos. Encima de la Aga, un colgador de hierro forjado contenía una gran colección de cazos y sartenes de cobre y acero inoxidable con aspecto de muy usados. Aquélla era la cocina de alguien que se tomaba muy en serio lo de cocinar. También era agradablemente cálida, y Alec comprendió que el calor emanaba de la Aga, que parecía diseñada pensando en que actuara como un radiador para toda la cocina. Estaba inclinado sobre el artefacto tratando de entender sus mecanismos cuando oyó que Fiona entraba.

Se incorporó y se volvió hacia ella.

—¡Caray! —farfulló. La reacción fue involuntaria y completamente inapropiada. Entonces, acordándose de lo que había dicho ella la noche anterior, se apresuró a añadir—: No cabe duda de que estás mucho mejor cuando te has aseado un poco.

—Esa frase es mía. Y «caray», aunque te lo agradezco, sugiere que usted, señor, lleva demasiado tiempo andando solo por esos campos de Dios.

—Quizá tengas razón.

—Deberías haber tardado un poco más en admitirlo —dijo ella con una sonrisa—. ¿Hambriento?

Él guardó silencio mientras la ambigüedad quedaba suspendida en el aire entre ellos, y luego dijo:

—Desfallezco. ¿Qué puedo hacer para ayudar?

—¿Poner la mesa?

—Claro. ¿En el comedor o aquí en la cocina?

Ella recorrió la estancia con la mirada.

—Aquí. Es mi lugar favorito de la casa.

Mientras Alec ponía la cubertería de plata, Fiona sacó las piernas de cordero con verduras y las patatas asadas del horno y lo puso todo en bandejas. Apenas se habían sentado cuando ella volvió a levantarse.

—Esto no está bien —dijo.

Salió apresuradamente del comedor y poco después regresó con una palmatoria en cada mano, cogidas de las habitaciones de huéspedes. Sacó una caja de cerillas de un cajón, encendió las velas y apagó la luz del techo.

—Así está mejor —dijo.

La cocina quedó súbitamente transformada en un comedor de atmósfera íntima.

Alec percibió una tenue fragancia en el aire.

—¿Eso es Lluvia?

Fiona miró por la ventana.

—Sí, me parece que se ha puesto a llover otra vez.

—Me refería al perfume.

—¡Oh! Sí, lo es; pensaba que no lo notarías —mintió ella.

Se quedaron inmóviles en sus asientos por un momento, sin decir nada, mientras sus ojos intercambiaban mensajes: diversión, afecto, confianza, nerviosismo, deseo. Fiona sonrió. Alec bebió un sorbo de vino. Empezaron a comer. El cordero había quedado perfecto, la carne tan en su punto que se desprendía del hueso casi por sí sola. Las patatas asadas estaban doradas, crujientes por fuera y esponjosas por dentro; las zanahorias y chirivías, tiernas y realmente deliciosas.

Alec hizo ruiditos de apreciación y dijo:

—Deberías abrir un restaurante.

Fiona rió.

—¡No digas disparates! Demasiado trabajo para una mujer de mi edad.

Alec la miró, sonrió y sacudió la cabeza.

—¿Tu edad? Eso sí que es un disparate. —Y cambió de tema—: Antes me has dicho que eres inglesa, no de Gales. ¿De dónde exactamente?

Ella se quedó mirándolo. La pregunta podría haber sido impertinente viniendo de otra persona, pero los americanos eran así: ingenuamente directos. En cualquier caso, se sentía muy a gusto con Alec.

Había nacido y se había criado en un pueblecito llamado Nantwich, en Cheshire, dijo entre bocado y bocado, al sureste de la antigua ciudad fortificada romana de Chester. La familia de su madre era de allí, y su padre, que era marino, decidió que Nantwich sería un sitio tan bueno como cualquier otro para establecerse. Arthur Armstrong había entrado en la Royal Navy durante la guerra, como ingeniero, y se las había arreglado para sobrevivir sirviendo en los barcos que protegían las rutas de tráfico por el Atlántico, que estaban infestadas de submarinos alemanes. Después de la guerra empezó a trabajar en uno de los grandes consignatarios navales cuyos mercantes zarpaban de Liverpool y había viajado por todo el mundo.

—Continuó trabajando con ellos incluso después de haberse casado con mamá y nacido yo. Se echaba su petate de lona al hombro y subía al tren en la estación de Nantwich. Pasábamos meses enteros sin verlo.

»Fui criada mayormente por mi madre (su nombre de soltera era Dorothy Potter) y su familia. Mi abuelo Potter era rector en St. Mary, una vieja iglesia anglicana del pueblo con un magnífico techo abovedado lleno de tallas.

Hizo una pausa y apartó la mirada por un momento.

—Qué curioso —dijo más para sí que para él—. La iglesia a la que voy en Dolgellau (no con demasiada frecuencia, lo confieso) también se llama St. Mary; nunca había pensado en ello antes...

Pero en los años sesenta, continuó, los empleos en las compañías consignatarias empezaron a escasear cuando los cargueros fueron reemplazados por barcos el doble de grandes pero con la mitad de tripulantes. Cuando su padre finalmente se quedó sin barco, regresó a Nantwich y encontró un empleo como encargado de las esclusas en el canal de Llangollen, que atravesaba el pueblo y luego cruzaba la frontera galesa hasta llegar a Llangollen, una población con mercado a unos sesenta kilómetros de distancia.

—Todavía hacía algo relacionado con las embarcaciones y tenía que vérselas con la maquinaria, así que era feliz. Mamá también lo era. Ella y yo plantamos elaborados jardines alrededor de nuestra casa y de las esclusas, y solíamos ganar premios concedidos por la Autoridad de Vías Fluviales.

»Mi padre se casó tarde. Mamá también, ahora que lo pienso, y los dos se estaban haciendo mayores; sobre todo papá. Un día, después de que hubiera llenado la esclusa superior de Grindley para subir una barcaza y hubiese elevado la compuerta manipulándola con las manos, se desplomó y cayó dentro de la esclusa. Nunca llegamos a saber si murió de un ataque al corazón o se ahogó. Como muchos marinos en aquellos tiempos, mi padre no sabía nadar. El piloto de la barcaza se zambulló inmediatamente para rescatarlo, pero el agua del canal es oscura y fangosa y papá se había hundido como una piedra. Entonces...

Alec la interrumpió.

—Perdona que te haya hecho recordar una cosa tan triste... Yo...

—No, tranquilo. Lo más curioso fue que mamá murió ese

mismo año. No tenía ningún problema de salud que supié-ramos. Fue como si hubiera decidido dejar de vivir. Ella y mi padre habían pasado tanto tiempo separados mientras estu-vieron casados que, cuando él por fin regresó a casa y nos mu-damos a esa casita junto a la esclusa, fue como una segunda luna de miel para ellos. Luego volvió a irse, esta vez para siem-pre. Supongo que mi madre no pudo aguantar la pérdida.

Alec volvió a llenar las copas.

—Yo estaba estudiando en Chester cuando murió mamá —continuó Fiona—. Estudiaba interiorismo y decoración en la universidad...

—Eso explica cómo ha llegado a ser tan bonita esta casa. Ella le sonrió.

—David apareció un día en la universidad para visitar a un amigo mío. Era un hombre encantador, a su manera un poco ca-llada. Me hizo la corte y nos casamos. Fin de la historia. —Ha-bía una mirada distante en sus ojos—. Quizás intentaba llenar el hueco dejado por mi padre. No lo sé.

—Un amigo mío dice que los hombres siempre se casan con mujeres que son como su madre, al menos la primera vez; así que tal vez las mujeres se casen con versiones de su padre.

—Quizá —dijo Fiona, con la mirada perdida, como si es-tuviera viendo algún país lejano. Luego volvió al presente—. En fin, David y yo nos matamos a trabajar durante un par de años para mejorar la granja y el rebaño de ovejas, y entonces llegó Meaghan. Fue una pequeña sorpresa, pero para enton-ces David ya podía llevar la granja él solo, así que me pasé unos años jugando a hacer de mamá. Cuando Meaghan em-pezó a ir a la escuela decidí ofrecer el servicio de alojamiento y desayuno. En parte lo hice para no enloquecer; aquí estás alejada de todo y así al menos tenía gente con quien hablar y a la que atender durante una buena parte del año.

—¿Y no tuvisteis más hijos?

Fiona suspiró.

—Para gran disgusto de mi marido, no. Y además tuvimos una chica. —Hizo otra pausa, como valorando si debía seguir hablando, y decidió que sí—. Planeábamos tener más hijos, pero unos años después del nacimiento de Meaghan me detectaron fibroides... ¿Sabes lo que son?

—Tumores uterinos benignos.

—¡Bravo!

—Mi hermana pequeña es ginecóloga. Es el cerebro de la familia.

Fiona titubeó, ladeando la cabeza mientras sonreía. «Y tú eres el guapo de la familia —pensó—, y mucho más que eso.»

—Bueno —prosiguió—, el caso es que en aquellos tiempos el tratamiento habitual para los fibroides era la histerectomía, así que no hubo más hijos. A veces pienso que David cree que los tuve a propósito, para frustrar su sueño de tener un hijo varón al que legar la granja. Ha optado por ignorar que hoy en día la mayoría de los hijos varones, como su propio hermano Thomas, no quieren saber nada de ninguna granja familiar.

—¿Qué tal lo llevas?

—¿Te refieres a lo de no poder tener más hijos?

Alec asintió.

—Si he ser sincera, me parece que no soy la mujer más maternal de la tierra. Tener a Meaghan fue mágico, pero también bastante duro, especialmente en cuanto puse en marcha el negocio. Meaghan se ha convertido en una joven maravillosa y estoy muy orgullosa de ella. David también, de hecho. Quizá bastaba con una hija.

«O quizá —pensó Alec— centraste tus instintos en cuidar de tus huéspedes.»

Habían acabado de cenar. Alec se levantó y empezó a recoger los platos.

—¡Ni se te ocurra! —lo riñó ella—. Ya me ocuparé de eso después. ¿Qué te parece si preparo un postre?

—Estoy lleno —replicó Alec. La verdad era que, entre la

ascensión, el traer los corderos al mundo y el vino, estaba rendido—. Además, ya va siendo hora de que me vaya a la cama.

Fiona se puso las manos en jarras y logró fusionar un fruncimiento de ceño con una sonrisa.

—¡Menudo invitado a cenar has resultado!

Alec se acercó, tomó su mano en las suyas como había hecho el día anterior y dijo:

—Nada me gustaría más que quedarme aquí toda la noche hablando contigo, pero estoy exhausto y necesito hacer otro intento con la montaña mañana. No acabé lo que había venido a hacer.

—¿Qué era?

—Es largo de contar, así que lo dejaremos para otro día.

Fiona casi pudo oír cómo la puerta que llevaba a su corazón se cerraba de golpe.

Él inclinó ligeramente la cabeza hacia ella.

—Muchas gracias por la cena. No estoy acostumbrado a que cuiden de mí de esta manera.

—Pues me parece que ya iba siendo hora de que alguien cuidara de ti —murmuró ella.

—Sí. Quizá sí —dijo él, con la mirada perdida. Luego salió de la cocina.

Fiona había querido más de él, mucho más. Casi lo había tomado, casi lo había atraído hacia sí, casi lo había rodeado con sus brazos. Era más que un mero deseo de aportar un poco de consuelo a lo que fuese que le dolía tanto por dentro. Fiona sentía un súbito anhelo en el estómago, como si algo se hubiera abierto en su interior, un abismo de necesidad que no dejaba de agrandarse.

Alec también lo sentía. Se quedó tendido en la cama pensando en lo cómodo que se había sentido con Fiona, y asimismo en el deseo que crecía poco a poco en su interior. Hacía años que no se sentía así.

7

12 de abril de 1999

Un teléfono sonaba en alguna parte. Entonces Alec oyó una voz muy tenue, una voz de mujer. Abrió los ojos y se orientó. Era de día, pero no había mucha luz. Más allá de las puertas cristaleras de su habitación, el Cadair Idris estaba envuelto en nubes y la lluvia repiqueteaba en el tejado como si los dioses se divirtiesen arrojando gravilla. Alec se volvió hacia el despertador de la mesilla de noche y torció el gesto. El cuerpo se le había quedado rígido durante la noche, sobre todo las costillas doloridas por la caída. Era lo malo que tenía el hacerse viejo: podías hacer las mismas cosas que antes, por ejemplo escalar una montaña, pero el precio que pagabas en forma de dolores se incrementaba un poco con cada año.

Eran las ocho pasadas. Se vistió con la misma ropa de la noche anterior, bostezó y se encaminó hacia la escalera. No tenía tiempo para ducharse antes del desayuno. No quería causarle molestias a Fiona volviendo a llegar con retraso.

Había una luz encendida sobre el teléfono del vestíbulo, pero el comedor estaba tan oscuro como el día en el exterior. Alec fue a la cocina iluminada pero la encontró vacía. Encima de la mesa había una tetera y dos tazones, junto con azúcar y una jarrita de leche. Alec se sirvió un té y luego rebuscó un cuenco en las alacenas. Fue al comedor, donde había varios recipientes transparentes de plástico con distintas clases de cereales para el desayuno, y lo llenó con una buena ración de copos de avena. Acababa de terminárselos y se había servido un segundo tazón de té cuando la puerta de atrás se abrió impetuosamente y Fiona entró en la cocina.

—¡Buenos días, señor Hudson; tenemos un precioso día galés!

El agua que le chorreaba de la chaqueta ya empezaba a formar un charquito en el suelo.

Fiona colgó la prenda empapada en el respaldo de una silla y miró el reloj de pared.

—Ah, justo a tiempo. —Encendió una pequeña radio atornillada debajo de uno de los armarios de pared. Alec no había reparado en ella antes.

«Pasamos a dar la previsión meteorológica hecha por el Met, a las 8.25 GMT, a petición de la Agencia de Guardacostas y del Servicio Marítimo —anunció el locutor—. Se esperan tormentas en Rockall, Malin, las Hébridas, Bailey, las islas Faroe, isla Fair, y el sureste de Islandia.

»La previsión para las próximas veinticuatro horas: sureste de Islandia, sureste 7 hasta ventisca 8, pasando a ciclónico 6 a 7, lluvia, entre moderada y débil. Isla Fair, islas Faroe, sureste 6 hasta ventisca 8, ocasionalmente galerna 9, lluvia o chubascos, moderados. Hébridas, Bailey, Rockall, Malin, sur 6 a 9 intenso, que en algunos momentos alcanzará intensidad ciclónica, lluvia, abundante o moderada...»

Fiona apagó la radio.

—¿Qué se supone que quiere decir todo eso? —preguntó Alec, fascinado por el oscuro lenguaje técnico.

—Para empezar, que hoy no vas a subir al Cadair Idris. —«Y que vas a estar aquí durante otro día por lo menos», dijo su corazón—. Los números indican la velocidad del viento, la precipitación y el estado del mar —explicó a continuación—. Los nombres son de los distintos cuadrantes marítimos enfrente de nuestra costa. Como mi padre estaba en la marina mercante, me acostumbré a escuchar el pronóstico del tiempo en alta mar. Por estas tierras, es la mejor manera de saber lo que está entrando en el mar de Irlanda procedente del Atlántico.

Alec contempló las cortinas de lluvia que caían más allá de las ventanas de la cocina.

—Bueno, supongo que les basta con mirar fuera para hacer el pronóstico.

Fiona lo miró.

—Vale, señor listillo, ¿qué te dice la ventana acerca del tiempo que hará mañana?

—Humm... Nada.

—Exactamente. Mientras que gracias al pronóstico meteorológico yo sé que mañana podría hacer un tiempo casi tan pésimo como el de hoy: una gran área de bajas presiones está haciendo retroceder el frente de altas presiones de la tarde de ayer.

—¿De veras?

—Bueno, esto es Gales —repuso ella—. Aquí nunca puedes estar seguro del todo.

—Ajá.

—¿Ajá qué? ¡A ver si intentas desayunar como es debido!

—En realidad, me basta con los cereales. Creo que hoy no voy a hacer demasiado ejercicio.

—Claro que, pensándolo bien —dijo ella—, quizá seas como esos paseantes...

—¿Paseantes?

—Una asociación nacional de entusiastas de las caminatas. Cumplen una función muy útil manteniendo abiertos los senderos públicos y contribuyendo a que sean practicables. Los senderos, después de todo, ya estaban allí mucho antes de que ninguno de nosotros rondara por aquí; a veces mucho antes de que existieran las carreteras. Pero no sé; todos los paseantes que han venido a este valle parecen cortados por el mismo patrón.

—¿Qué patrón es ése?

—Oh, ya sabes: joviales, llenos de entusiasmo; resueltos a recorrer toda la ruta que hayan elegido, tanto si llueve como si hace sol. Un día como hoy no los detendría; ellos seguirían adelante a través del diluvio con sus gruesas botas, sus anoraks y sus mapas en bolsas impermeables colgadas del cuello. ¿Qué diversión pueden encontrarle a eso? A veces pienso que sólo son un hatajo de masoquistas. Además, no entienden de qué va realmente el hecho de caminar.

—¿Y de qué se supone que va realmente?

—Lo que importa no es la montaña, sino el sitio —dijo Fiona con un ímpetu que lo sorprendió—. Es la magia de un sitio en particular, de una montaña en particular, la forma en que es distinto de cualquier otro, su antigüedad, lo impresionante que resulta; lo peligroso, incluso. A veces los paseantes me recuerdan a esos observadores de pájaros que ves en el estuario del Mawddach, que van tachando de una lista cada especie que ven, como si ésa fuera la única razón por la que han ido allí. Creo que algunos paseantes vienen a este valle sólo para poder tachar el Cadair Idris de su lista.

Alec sonrió.

—Qué manera de despotricar.

Fiona rió.

—Sí, supongo que es lo que estaba haciendo. En fin, el caso es que esta noche tendremos aquí a un par de ellos; de paseantes, quiero decir. Un matrimonio de Cardiff, los Llewellyn. También espero a un matrimonio de Birmingham, así que esta noche vamos a estar al completo. No está mal para ser un lunes. ¿Queda algo de té en esa tetera o te lo has bebido todo?

—Todavía queda. Gracias por dejarla encima de la mesa.

Fiona se sentó enfrente de él y se asombró de lo que estaba experimentando. Aquel hombre extrañamente reservado, aquel caballero tan celoso de su intimidad que a veces parecía observar cautelosamente el mundo desde su madriguera para ver si se podía salir sin peligro, había liberado en ella unas ganas de hablar y hacer cosas que llevaban mucho tiempo olvidadas. Desde el principio, Fiona se había adaptado sin excesivas dificultades al carácter reservado y parco de su marido. Pero antes de David, ella siempre había sido la chica más despierta de su grupo, dispuesta a las réplicas ingeniosas y la risa fácil. Fue una de sus amigas de la universidad la que le hizo ver que ser lista y saber contestar con una réplica ingeniosa a todo lo que te dijeran sólo servía para ahuyentar a los chicos. Ahora, sin embargo, era como si toda esa energía que llevaba acumulada dentro hubiera sido liberada de pronto. ¿Eran imaginaciones suyas o Alec, siempre tan encerrado en sí mismo, también empezaba a dejarse ir?

—Oye —dijo ella entonces—, dentro de un rato tengo que ir al pueblo a hacer unas compras antes de que lleguen los otros huéspedes. Puedes quedarte aquí y escribir o lo que sea que quieras hacer, o puedes acompañarme si te apetece. —Miró la ventana y la lluvia que caía—. Hace un día perfecto para visitar los lugares de interés de la zona.

—De acuerdo. Yo también necesito hacer un par de cosas en el pueblo. ¿Cuándo pensabas irte?

—Todavía tengo que acabar la limpieza en las habitaciones de huéspedes. ¿Una hora?

—Perfecto.

—Muy bien. Ya te daré un grito.

Alec fue a su habitación, cogió su cuaderno y volvió a bajar a la sala de los huéspedes. La mayoría de los poemas que había escrito en el curso de los años querían reflejar su existencia, pero en realidad eran una forma de aceptar cosas ocurridas hacía mucho tiempo. Siempre había un lapso entre los acontecimientos y su respuesta emocional. Pero allí, a la sombra de aquella inmensa montaña, eso parecía estar cambiando. Ahora las palabras le brotaban como el cauce de un arroyo crecido.

Estaba metido en «el túnel» —ese silencioso lugar interior al que iba cuando se ponía a escribir— cuando oyó un bocinazo. Se sobresaltó y miró por la ventana. Fiona le hacía señas desde su coche. Alec se apresuró a ir a la cocina a recoger su chaqueta en el cuarto de las botas, y corrió hacia el coche.

—Dios, lo siento; cuando estoy trabajando es como si me encontrara en otro mundo.

—Estabas tan quieto que empezaba a pensar que tendría que resucitarte —bromeó Fiona.

—Quizá no debería haberme movido tan deprisa —bromeó Alec a su vez.

Fiona rió y se pusieron en camino.

Una vez en la carretera, Alec por fin hizo la pregunta que no había dejado de rondarle por la cabeza, pero la formuló de una manera indirecta.

—¿David está muy ocupado durante esta época del año?

Fiona lo miró y volvió a centrar la vista en la carretera. Respiró hondo.

—David no está ocupado; David está enfermo.

Por un instante, Alec se quedó sin habla.

—Oye, no pretendía fisgonear —dijo después—. Es sólo que tú hablas de él a menudo, pero no se lo ve por ninguna parte.

Los hombros de Fiona se relajaron y mantuvo los ojos fijos al frente.

—No importa, Alec. Es sólo que nunca hablo de ello —dijo, y añadió—: Fue por bañar las ovejas.

—¿Cómo? Perdona, no te he oído bien.

—Bañar las ovejas lo envenenó.

Alec no tenía ni idea de qué le hablaba, y así se lo dijo. Para su sorpresa, Fiona soltó una risotada.

—¡Mira que soy tonta! ¿Cómo ibas a saberlo? Bueno, veamos: «bañar las ovejas» es aplicarles un pesticida. Aquí en el Reino Unido las ovejas enferman de algo llamado «piojo de la lana». Es una enfermedad de la piel, una especie de sarna, y puede propagarse muy deprisa en todo un rebaño. Las ovejas desfallecen y se les cae la lana a puñados. Allá por mil novecientos setenta y seis, el gobierno obligó a todos los granjeros que criaban ovejas a que bajaran sus rebaños de las colinas en cuanto llegaba septiembre para hacerlos pasar por una zanja llena de un agua mezclada con ciertas sustancias químicas: fosfatos orgánicos, las llamaban. Puede hacerse con muchas mezclas distintas, pero los granjeros siempre lo han llamado «bañar las ovejas». El ingrediente principal es algo llamado Diazinón. Cuando no está diluido, el Diazinón es una sustancia muy peligrosa, pero una vez mezclado con agua se supone que es inofensivo. Si no bañas a tus ovejas, el gobierno te pone unas multas tremendas. ¿Me sigues?

—Te sigo.

—Bien. Así que cada otoño, poco después de que las ovejas hayan pasado por su baño, muchos granjeros caen enfermos. Lo llaman «gripe de los pastores»: dolores de cabeza, molestias en las articulaciones, trastornos digestivos. Ese tipo de síntomas, ¿comprendes? No duran mucho y nadie les prestaba demasiada atención, pero David los tenía continuamente. También parecía cansarse enseguida, y lo más preocupante fue que empezó a olvidarse de las cosas.

—Bueno, todos nos hacemos más viejos con cada día que pasa.

—No, no se trataba de eso. Yo le decía algo (o él a mí) y a David se le iba de la cabeza, a veces media hora después. Entonces, hace tres años, una semana después de que hubiese bañado las ovejas, le dio un ataque al corazón. David sólo tenía cuarenta y cinco años. Nunca había mostrado señales de padecer ninguna dolencia cardíaca. No tenía exceso de peso y tampoco fumaba. El médico no se lo explicaba. David y yo simplemente lo aceptamos, aunque no lo entendimos. La gente siempre echa pestes de la sanidad pública, pero el médico de David se negó a darse por vencido. Siguió intentando desentrañar la causa y, al final, encontró una pauta de síntomas entre los granjeros de las colinas. En ciertos casos les daban mareos o no se encontraban con ánimos para hacer nada. Algunos tenían taquicardia. Otros sufrían parálisis temporal. Siempre ocurría entre cuatro días y una semana después del baño de las ovejas. La mayoría se recuperaban. Algunos no. David formaba parte del grupo de los que se recuperaban, o eso creíamos.

Habían llegado a Dolgellau y Fiona aparcó en la pequeña plaza del pueblo. Apagó el motor y siguió hablando.

—Al año siguiente volvió a suceder. Le dio otro ataque al corazón, seis días después del baño de las ovejas. Cayó redondo en el patio cuando se dirigía a la cocina para cenar. Lo encontré ahí, desplomado bajo la lluvia.

Fiona miraba al frente, como si estuviera viendo una película proyectada sobre el parabrisas. Su mano todavía apretaba la palanca del cambio. Alec puso la mano sobre la suya. Ella no la apartó.

—Tuvo que ser horrible para ti, Fiona. Para los dos.

Ella miró sus manos, y luego lo miró a él.

—¡Y eso sólo es el principio! —dijo con jovialidad forzada—. Pero ahora hay que ir por las compras. Supongo que no te apetecerá interpretar el papel de mayordomo y seguirme a todas partes cargado con bolsas de la compra. ¿Qué quieres hacer?

—Necesito enviar una carta y sacar un poco de dinero del banco. Mira, se me ocurre que esos copos de avena que he desayunado no me llenarán el estómago eternamente. ¿Hay por aquí alguna cafetería o algún sitio donde podamos quedar?

—Una amiga mía tiene un salón de té a sólo unos pasos de aquí. Se le dan muy bien los pasteles. ¿Quedamos allí? ¿Digamos que dentro de una hora? Se llama el Cubreteteras.

Alec la siguió con la mirada mientras ella echaba a andar con paso decidido bajo el soportal de uno de los viejos edificios de piedra de la plaza. Luego agachó la cabeza y cruzó la lluviosa plaza hasta un local donde colgaba un pequeño letrero ovalado rojo que rezaba «Correos». Era una especie de papelería y tienda de tarjetas de felicitación, al fondo de la cual había una ventanilla tras la que una mujer con aspecto de matrona se ocupaba de la parte del negocio reservada al servicio postal. Alec examinó uno de los expositores y cogió una postal del pueblo con la montaña al fondo. Luego buscó un rincón para escribirle una nota a la hermana mayor de Gwynne, Jane, que había decidido hacerse llamar «Espíritu» por razones que a él se le escapaban. «Querida Jane —escribió, sintiéndose un poco perverso—, he llegado a la montaña. Si el tiempo lo permite, mañana llevaré las cenizas de Gwynne a la cima. Por aquí todo va bien; espero que tú también estés bien.» Pagó la postal y el sello y se la entregó a la mujer. Luego cruzó presuroso hasta el Lloyd's Bank y cobró un cheque de viaje para poder pagarle a Fiona. En la ventanilla del cajero un letrerito mostraba la fecha y Alec parpadeó con sorpresa; de alguna manera, el día se había convertido en 12 de abril, su cumpleaños.

Había perdido la cuenta de los días mientras caminaba a través de Inglaterra hasta aquel pueblecito del noroeste de Gales. Eso era lo bueno que tenía caminar sin un itinerario prefijado y sin ningún plazo para estar en algún sitio: cada día era fresco y nuevo, cada momento era el presente. Alec nunca había entendido esos pasajes de los libros de autoayuda que hablaban de la importancia de «vivir en el presente». Para él, el presente siempre había sido esa fracción infinitesimal de segundo entre la tristeza por el pasado y la preocupación por lo que traería el futuro. Eso probablemente venía de su infancia, suponía; en su familia el presente solía ser un lugar aterrador, económicamente precario y en continuo peligro de ser destrozado por la ira volcánica de su padre. Incluso de muchacho, Alec siempre estaba tanteando la atmósfera emocional en el seno de su turbulenta familia, anticipándose a lo que pudiera ocurrir a continuación y preparándose para ello. Cuando entró en los *boy scouts* a los trece años, más que nada para poder salir de la ciudad e ir a las montañas durante las acampadas, reía para sus adentros cada vez que oía el lema de los exploradores: «Estar preparado.» Para él eso era pan comido, pensaba.

Llevaba un rato de pie debajo de un toldo fuera del banco, viendo cómo la fina lluvia repiqueteaba sobre los adoquines en el centro de la plaza, cuando se dio cuenta de que ya iba siendo hora de localizar aquel salón de té. Le preguntó dónde quedaba a un señor mayor que llevaba una gorra plana de *tweed* y una chaqueta Barbour color aceituna y acababa de cruzar hacia el banco, caminando tan tranquilamente como si la lluvia no le preocupase en absoluto.

—Usted no es de por aquí, ¿verdad? —dijo el señor en cuanto oyó el acento de Alec. No era tanto una pregunta como una acusación—. Seguro que es uno de esos turistas que nos fastidian las calles con sus cochazos.

—Vengo de muy lejos, sí, pero he llegado hasta aquí a pie —replicó Alec.

—¡Un caminante, entonces! Ah, bueno, eso ya es otra cosa. Ha venido a subir al viejo Cadair, ¿verdad?

—He subido a él, sí —respondió Alec, pensando que empezaba a caerle bien aquel caballero.

—¡Bueno —dijo el señor, mirando el cielo plúmbeo con los ojos entornados—, hace un día magnífico para escalarlo!

Alec no supo si le tomaba el pelo o hablaba en serio. Intuyó que lo segundo. Aquel señor parecía la clase de hombre que no se asusta fácilmente.

Llegó al Cubreteteras justo cuando Fiona se estaba sentando a una mesa. El salón de té era un establecimiento encantador, con aroma a repostería selecta y adornado con cortinas de chintz que creaban una atmósfera muy acogedora. Alec le estaba contando a Fiona su encuentro con aquel caballero cuando la oronda propietaria se acercó para tomarles el pedido.

—Vaya, pero si es Fiona Edwards —dijo jovialmente—. ¡Hacía siglos que no te veíamos por aquí!

—Lo sé, Brandith; es que siempre ando muy ocupada.

Brandith esperó en silencio.

—¡Oh! —dijo Fiona finalmente—. ¿Dónde están mis modales? Brandith, éste es uno de mis huéspedes, Alec Edwards. Alec, Brandith Evans.

Él se levantó de la silla.

—Encantado de conocerla, señora Evans. Tiene usted un establecimiento precioso.

—Señorita Evans. Muchas gracias —dijo la mujer, tendiéndole la mano al tiempo que se ruborizaba—. Puede llamarme Brandith. Así que es americano, ¿eh?

—Lo soy —dijo él, soltándole la mano tras habérsela sostenido un instante y volviendo a tomar asiento—. ¿Qué nos sugiere para una tarde tan horrorosa como ésta..., Brandith?

—Bueno, puede elegir lo que más le guste de entre los pasteles para el té que hay en ese carrito —dijo ella, señalando una mesita de ruedas repleta de repostería junto a la pared—. Pero acabo de sacar del horno unos bollos con pasas de Corinto y tengo una nata batida a mano que estoy segura será de su agrado.

—Muy tentador —dijo Alec con una amplia sonrisa—. Y un café, por favor.

Fiona siguió la conversación con una sonrisa; Brandith estaba visiblemente prendada de Alec.

—¿Y tú qué quieres, Fiona? —le preguntó después—. ¿Lo mismo que él?

—Oh, no, Brandith; para mí sólo té, gracias; Earl Grey, me parece.

—¡Fiona Edwards, comes como un pajarito! —la reprendió la propietaria. Ladeó la cabeza y su expresión se dulcificó mientras la miraba—. ¿Cómo está nuestro David, Fi? —preguntó finalmente bajando la voz.

—Igual, me temo.

—Sigue atrincherado en ese henil, ¿eh?

—Así es.

Brandith suspiró.

—Una cosa terrible, eso que le pasa. Terrible. —Le palmeó el hombro a Fiona en gesto fraternal—. Bueno, voy a buscar lo vuestro.

Alec miró a Fiona.

—¿Henil?

—Creía que sólo bebías té —dijo Fiona.

—A veces me salto mis propias reglas.

—No me digas —bromeó ella.

—Estás eludiendo la pregunta.

Fiona asintió antes de responder.

—Además de debilitarle el corazón —explicó—, el envenenamiento lo ha vuelto hipersensible a prácticamente todas las sustancias químicas presentes en el entorno. A cualquier cosa que tenga alguna fragancia, muchas que no la tienen, muchos alimentos, especialmente la carne; la lista es muy larga. —Suspiró—. En fin, el caso es que se le hizo imposible vivir en la casa, aunque yo utilizaba productos de limpieza sin fragancia e introduje toda clase de modificaciones en nuestra dieta. Además, nuestros huéspedes siempre traen alguna que otra fragancia. David estaba enfermo a cada momento.

Alec pensó en la botellita de Amarige sin abrir que había visto en el cuarto de baño de Fiona. Claro. Ahora la ausencia de artículos de aseo de David cobraba sentido.

—Pero ¿un henil?

Fiona sonrió.

—Probablemente sea el henil antiguo más caro del Reino Unido. Es un edificio de piedra en uno de los rincones más alejados de la granja, cerca de la montaña. Lo usaban para guardar el heno cuando el padre de David tenía una vaca. Hicimos que lo renovaran por completo. Sólo utilizaron materiales desprovistos de sustancias químicas: suelos de madera sin tratar, pintura ecológica, telas de algodón crudo. Sala con chimenea, dormitorio, cuarto de baño y una cocinita donde sólo hay acero inoxidable que puedo limpiar con jabón neutro y agua caliente.

—¿Nunca sale de ahí?

—Oh, todavía puede trabajar en la granja; estar al aire libre es bueno para él. No puede entrar en los establos, pero la mayoría de los días está fuera reparando cercas y muretes, llevando las ovejas de un pasto a otro, cuidando de las embarazadas, sacrificando corderos, y no sé cuántas cosas más. Aunque ahora es la época de los partos sólo puede trabajar unas horas al día; está muy débil y se cansa fácilmente. El médico dice que en parte es porque su corazón no bombea lo suficiente. El resto no es más que los efectos acumulativos del envenenamiento. Owen se encarga de la mayor parte del trabajo de la granja y, naturalmente, de bañar las ovejas cuando llega septiembre. A él no parece afectarlo. Al menos de momento.

—Dios mío, si yo fuese David me volvería loco.

—Creo que le está ocurriendo —dijo Fiona, sacudiendo la cabeza—. Pero no es sólo estar atrapado en ese henil lo que le está haciendo perder el juicio. El veneno le ha afectado el sistema nervioso. No sólo se olvida de las cosas; le cuesta pensar, decidir lo que hay que hacer y hacerlo. Es como si dentro de su cerebro se hubieran abierto abismos que no puede cruzar.

»Nunca había leído mucho, pero ahora no hace más que quedarse sentado delante de la televisión. Está deprimido y de mal humor. Siempre fue un hombre callado, pero se ha encerrado en sí mismo. Y bebe demasiado; Owen le trae whisky del pueblo. A veces puede ponerse un poco violento.

Alzó la mirada, el rostro inexpresivo, los ojos un poco abstraídos.

—Ya casi no reconozco a mi marido; se ha convertido en otra persona.

Alec no sabía qué decir, pero la compadecía. Instantes después, Brandith les sirvió el té, el café, un bollo, un recipiente con mermelada de fresa y un pequeño cuenco de espesa nata.

—¿Seguro que no quieres comer nada, Fi? —preguntó.

Fiona hizo un esfuerzo por recuperar la compostura.

—No, gracias, querida; no tengo hambre. Ya me va bien el té.

—De acuerdo; si necesitáis algo, llamadme.

Fiona miraba las ventanas llenas de vaho como si viera más allá de ellas, muy lejos en el pasado.

Por un momento Alec tuvo la sensación de que Fiona y su marido quizás habían empezado a distanciarse antes de la enfermedad. Había esperado tristeza, incluso angustia, pero Fiona parecía simplemente resignada, exhausta. Miró el bollo, la mermelada y la espesa nata y descubrió que ya no tenía apetito.

—Meaghan lo ha pasado muy mal, claro; ella y David estaban tremendamente unidos —continuó Fiona—. Los padres y las hijas suelen estarlo. Tener que irse a la universidad ya habría sido bastante duro para ella incluso en circunstancias normales, pero ahora...

Él alargó el brazo y volvió a llenarle la taza con la tetera. Ella levantó la vista dando un respingo, como si hubiera despertado de repente.

—¡Hablo y hablo como si me hubieran dado cuerda! Cambiemos de tema, ¿vale? Anoche dijiste que no habías podido acabar algo que querías hacer en la cima de la montaña. ¿Te importaría decirme de qué se trata, o me estoy metiendo donde no me llaman?

Alec la miró. Pensaba cumplir su cometido a solas, sin comentárselo a nadie. Pero de pronto quería compartirlo con una persona a la que acababa de conocer. Algo en la dulzura con que lo miraba Fiona le hizo pensar que ella podría entenderlo. También tenía relación con la forma en que Fiona se había abierto a él, contándole lo de su marido. E incluso pensó —y eso sí fue una auténtica sorpresa para él— que quizás iba a necesitar la ayuda de ella para cumplir su misión.

—Dijiste que era largo de contar —añadió ella—. Prometo que no me dormiré.

Y así, Alec le habló de Gwynne, de su matrimonio, de lo que había sido estar con ella los últimos meses de su vida, de su última petición, de cómo él había tardado un año entero en decidirse a cumplirla, y del porqué había decidido ir hasta la montaña a pie.

Fiona no lo interrumpió ni una sola vez mientras hablaba. Ahora entendía aquella tristeza que siempre parecía presente en Alec. Se preguntó si eso era parte de lo que la hacía sentirse tan atraída por él. Fiona comprendía la magnitud de la tragedia; era algo que ella y Alec tenían en común. Sí, eso ayudaba a explicar lo unida que se sentía a aquel apuesto americano, pero no justificaba la extraña agitación que vibraba en su interior cuando estaba con él. Decidió que para esa parte no hacía falta ninguna explicación.

Cuando él acabó de hablar, ambos guardaron silencio unos momentos.

—La querías mucho, ¿verdad? —dijo Fiona finalmente.

—Sí, mucho. Supongo que siempre la quise.

—Y todavía hoy.

—No, no creo que sea así. Lo que pasa es que echo de menos el que ella no esté aquí, en este mundo; viviendo, respirando, creando, obrando su magia. Eso sí lo echo de menos, muchísimo. ¿Se le puede llamar amor? Supongo que en cierta manera sí, pero le falta algo. Gwynne y yo solíamos bromear con que se nos daba mejor ser amigos que marido y mujer. Creo que se trata de eso: he perdido a mi mejor amiga.

Alec bajó la mirada hacia el plato. En algún momento durante su historia, el bollo había desaparecido.

—Ahora que te has acabado mi bollo y la nata —le dijo a Fiona—, ¿vamos a casa para que yo pueda comer algo también?

—No quería que se quedaran solos en la mesa —ironizó ella.

—Has hecho bien.

8

Corrían bajo la lluvia en dirección al coche cuando de pronto Alec la llevó hacia el cobijo que ofrecía el toldo del escaparate de la carnicería.

—Tengo una cosa importante que anunciar —le dijo.

—¡Pues anúnciala, venga! —Fiona enarcó una ceja.

—Cuando fui al banco descubrí algo.

—¿Estás en números rojos y piensas largarte sin pagar? Él fingió no haberla oído.

—Me enteré de que hoy es doce de abril —dijo—. Apuesto a que no adivinas el significado de una fecha tan señalada.

Fiona lo miró con ceño.

—¿La victoria de Nelson en Trafalgar?

—Casi igual de trascendental, pero no es eso.

—Entonces ¿qué?

—¡Es mi cumpleaños!

—¿En serio? ¿De verdad hoy es tu cumpleaños?

—Me temo que sí. Nací exactamente hace medio siglo.

—Estás bromeando; no puedes tener cincuenta.

Alec sacó pecho.

—Vaya, gracias por el cumplido, *milady*.

—No aparentas ni un día más de sesenta —añadió ella.

—Tú siempre tan simpática. Mira, tengo una modesta proposición que hacerte. Ya que estamos en la John Lewis e Hijos. Carnicería Familiar... ¿Cómo es que no están en la cárcel, por cierto?

—¿Por qué tendrían que estarlo?

—¡Por descuartizar familias! Bueno, ya que estamos aquí, se me ha ocurrido que esta noche podría encargarme de la cena.

—Bromeas. ¿Cocinas?

—¿El Papa reza?

—Ni idea; soy anglicana. Me parece que matamos a todos los papistas en la época de la primera Isabel. Pero si hoy es tu cumpleaños, ¿no debería ser yo la que te preparara algo?

—Eso ya lo hiciste anoche. Hoy vas a ser tan generosa que me darás la ocasión de cocinar algo en esa monstruosidad que tienes en tu cocina.

—Se llama Aga —precisó Fiona mientras le dirigía aquella mirada tan suya con la cabeza ladeada—. Primero montas tu tienda en mi jardín, y ahora tomas posesión de mi cocina. De acuerdo, trato hecho.

Alec ya la estaba llevando al interior de la carnicería. El hombre calvo con un delantal manchado de sangre que había detrás del mostrador levantó la mirada de la larga tira de solomillo de cerdo a la que estaba recortando la grasa.

—Buenas tardes, Fiona —dijo, atisbando por encima de sus anteojos—. Aunque la verdad es que no tienen mucho de buenas. No para de llover.

—Sí, John, y la temperatura está bajando. Estoy un poco preocupada por los corderos si se pone a hacer frío de verdad.

—No atormentes tu bonita cabeza con eso, Fi —repuso él, sus robustas manazas apoyadas en el mármol blanco del mostrador—. Las ovejas de David son capaces de aguantar lo que les echen. Bueno, ¿qué va a ser hoy?

Ella miró a Alec, que recorría las vitrinas como si anduviera de caza.

—Bueno, eso tendrá que decirlo él. Alec, te presento a John; John, Alec. Un huésped mío que asegura saber cocinar.

Alec sonrió.

—Me pregunto si podría llevarme la mitad de ese solomillo que está limpiando.

—Buena elección. Cerdo local, criado aquí mismo en el valle. —Volvió a poner manos a la obra—. ¿Qué tal lo está haciendo el joven Owen? —preguntó sin levantar la vista del solomillo.

—Espléndidamente, John; es muy buen chico y no le tiene miedo al trabajo. Y es listo, además.

—Te dije que lo era, ¿no?

Alec no tardó en saber que Owen era sobrino suyo. John lo había recomendado cuando David empezó a estar demasiado enfermo para llevar la granja él solo.

—¿Y David? ¿Cómo le va?

—Igual, John, igual... —respondió Fiona, y su voz se perdió en el silencio.

—Una putada, eso es lo que es, y perdona la palabrota. Ya no es el David que conocí en la escuela.

—No, John, no lo es —estuvo de acuerdo Fiona. Alec vio cómo una nube le cruzaba el rostro.

—Bueno —le dijo John—, ¿el señor desea algo más?

—No, gracias, con eso será suficiente.

—Pues son dos libras con setenta peniques, por favor —dijo el carnicero, tendiéndole el paquete.

Alec pagó y se marcharon.

—¿La verdulería?

—Justo enfrente de donde aparcamos —informó Fiona—. ¿Qué necesitas?

—Ajo, limón, unas espinacas.

—Todavía tengo algo de mi cosecha de invierno: zanahorias, puerros, chirivías, acelgas, si te sirven de algo.

—¿Tienes harina de maíz en casa?

121

—Sí, la uso para hornear.

—¡Estupendo! —dijo Alec antes de entrar en un establecimiento llamado la Cava de los Vinos.

Fiona lo siguió y lo vio examinar rápidamente los estantes, para luego dirigirse hacia un rincón y bajar de arriba de todo dos botellas largas y delgadas.

—Pinot blanco, de Alsacia, aromático pero seco.

Alec no le preguntó si le gustaba el vino, pero a Fiona le encantó que no lo hubiese hecho. Era maravilloso que cuidaran de una para variar, y estaba claro que él sabía lo que se hacía. A David no le gustaba el vino. Su bebida era la cerveza Felinfoel. Eso y, últimamente, el whisky.

Alec pagó a la dependienta en el mostrador. Fiona no la conocía y sintió alivio primero, y un poco de disgusto después. ¿Por qué debería tener importancia eso? Tampoco estaba haciendo nada malo, por el amor de Dios. Con todo, le agradaba la manera en que Alec le abría las puertas, la palma de su mano rozándole la espalda en un contacto casi imperceptible. Fiona sabía que sólo se estaba comportando como se espera de un caballero, y ella, a su vez, estaba empezando a sentirse como una dama. Se sentía femenina; ya no se acordaba de la última vez que se había sentido así.

—Oye, Alec, adelántate a la verdulería —dijo cuando volvieron a la calle—. Todavía tengo que hacer una cosa. No tardaré mucho.

—¿Cómo darás conmigo? —preguntó él, contemplando el gentío que deambulaba por la concurrida plaza del mercado.

Fiona lo miró, alto como una torre, y se echó a reír.

—¡Será facilísimo! ¡Me bastará con mirar hacia arriba!

Alec cruzó la plaza, entró en la verdulería y se quedó asombrado ante el amplio surtido de productos que ofrecía. La primera vez que visitó Inglaterra, allá por los años sesenta, se sorprendió de lo limitada que era la oferta de frutas y verduras. Era como si los británicos todavía vivieran en un estado de privaciones causadas por la guerra. Pero el Mercado Común, ahora Unión Europea, había cambiado todo eso. Cogió una bolsa de plástico transparente de un dispensador, eligió una buena cabeza de ajos y un manojo de espinacas frescas, y después preguntó a la señora del delantal verde si tenía limones.

—Está usted de suerte —dijo ella—. Acabo de recibir una remesa de limones frescos cultivados en España. Son preciosos. ¿Cuántos quiere?

—Sólo uno, gracias —respondió él, sacando unas monedas del bolsillo.

Cuando regresó al coche, vio a Fiona saliendo de una librería en los soportales. Ella llegó al coche, sonrió y abrió las puertas. Volvieron a ponerse en camino.

Tras un par de giros y desvíos se hallaron en la carretera del Cadair, yendo rápidamente en dirección oeste hacia la granja.

—¿Qué tienes planeado preparar?

—Eso es alto secreto; pero no quedarás decepcionada.

—¡Carne dos noches en la misma semana! —dijo ella mientras metía el coche en el camino que conducía a la granja y empezaban a subir la colina—. Preparo todas esas comidas vegetarianas para David: verduras frescas, judías, tubérculos, todo orgánico y la mayor parte procedente del huerto que tenemos en la parte de atrás. Es lo único que su estómago parece poder digerir y yo prácticamente no como otra cosa, sobre todo ahora que Meaghan está en la universidad. ¡Esto me hace tanta ilusión que empieza a parecer mi cumpleaños, no el tuyo!

—A mí me hace todavía más ilusión que a ti, Fi —replicó Alec—. Bueno, ¿y cuándo es tu cumpleaños?

—Todavía falta. El dieciocho de diciembre.

—Ah, ahora entiendo.

—¿Qué es lo que entiendes?

—Sagitario. Ya sabes: discutidora, temperamental...

Fiona le dio un puñetazo juguetón en el hombro.

—¿Y usted qué, señor Aries, el carnero: tenaz, impulsivo,

obstinado? Se niega a aceptar un no por respuesta, levanta una tienda en mi jardín... ¿Continúo?

Alec rió.

—De acuerdo, de acuerdo; me declaro culpable.

Ella dejó el coche dentro del granero y cruzaron el patio corriendo bajo la lluvia. *Jack* les dio la bienvenida en la puerta de atrás meneando la cola y ladrando frenéticamente.

—Oh, calla, perro atontado. Lo único que quieres es comida pero es demasiado temprano —lo reprendió Fiona. Miró el reloj de la cocina—. No, en realidad no lo es; ¡Dios mío, nos hemos demorado toda la tarde! ¡Señor Hudson, me está usted convirtiendo en una dama ociosa!

Alec hizo como que no la había oído y empezó a desenvolver paquetes. Instantes después oyó que un coche entraba en el patio delantero.

—Alerta: paseantes —anunció, pero Fiona ya iba hacia la puerta principal.

Poco después, Alec oyó fragmentos de conversación: «un tiempo horrible... mucho rato al volante... casa preciosa... ¿té?», y luego rumor de pasos mientras Fiona llevaba a sus huéspedes al piso de arriba. Pasados unos minutos regresó a la cocina.

—¿Cómo son esos Llewellyn? —preguntó él.

—Típicos de la especie, aunque más mayores de lo que me esperaba. Te encantarán.

Alec sospechó que estaba siendo un poco sarcástica.

—El trayecto en coche los ha dejado bastante rendidos y van a descansar un rato antes de bajar a cenar al pueblo —añadió mientras encendía la pava eléctrica—. Les subiré una tetera y unas cositas de picar. Había un mensaje del matrimonio de Birmingham en el contestador: han cancelado la reserva a causa del tiempo.

Tras llenar una bandeja con una selección de repostería para el té, estaba echando el agua hirviendo en la tetera cuando llamaron a la puerta de atrás.

Fiona salió por el cuarto de las botas y Alec la oyó decir:

—Hola, Owen, ¿cómo va todo?

—¿Puedo hablar un momento con usted, señora Edwards?

—¡Claro, entra!

—Llevo las botas demasiado sucias para entrar, señora.

—Vale, espera un momento.

Fiona asomó la cabeza por la puerta de la cocina y dijo:

—Alec, ¿podrías subirles esa bandeja a los Llewellyn?

—Hecho —respondió él, pero Fiona ya estaba cerrando la puerta tras de sí.

Cuando regresó, él estaba cortando verdura.

—Necesito preparar un poco de cena para David —dijo Fiona—. A media tarde tuvo que irse de los campos donde están las ovejas y parece que anda de un humor de perros. Le gritó a Owen.

—Tiene que ser duro para David, esta época del año en que hay tanto trabajo.

—Sí, sin duda lo es, pero eso no es razón para tomarla con el pobre Owen; es muy buen chico.

—¿Puedo ayudar en algo?

Ella sonrió.

—No, tranquilo. Tendrás que estar cruzado de brazos durante un rato; me temo que esto va a retrasar un poco tus preparativos culinarios.

—Descuida. Me asearé un poco y luego bajaré para ocuparme de la cena. Nos vemos dentro de un rato.

Se dio la vuelta para irse.

—¿Alec?

—¿Sí?

—Lo he pasado muy bien esta tarde. Gracias.

Él sonrió, asintió con la cabeza, y se fue.

Fiona cogió una sartén del colgador que había encima de la cocina. Echó mantequilla en la sartén y añadió cebollas y zanahorias cortadas en rodajas. En otra sartén calentó un poco de col rizada y unas remolachas del huerto. Luego añadió la mezcla a la sartén del sofrito. Finalmente, completó el plato con el contenido de una lata de judías y un poco de salsa de tomate.

Dejando que se calentara a fuego lento, se apoyó en el borde del fregadero y miró por la ventana el valle que empezaba a oscurecerse. Oía moverse a Alec en su habitación encima del comedor.

«Veintidós años —pensó—. ¿Cómo ocurrió?» Meaghan había sido una especie de vara de medir para ella; Fiona podía seguir el curso de la historia de su familia por el crecimiento de su hija, por las señales hechas con lápiz que iban subiendo a lo largo de la jamba de la puerta del cuarto de las botas e indicaban la estatura de su hija en cada cumpleaños. Eran como los anillos de un árbol que marcan el transcurso de los años. Ahora Meaghan era una mujer adulta y se había ido de casa. Fiona había esperado con impaciencia ese día, el momento en que ella y David podrían volver a estar solos los dos. Había sido un sueño disparatado desde el principio; David nunca había tenido un alma romántica. Ahora, con la enfermedad, el sueño había pasado de disparatado a imposible. Fiona se había resignado a la vida que tenían ahora. «Para lo bueno y para lo malo..., en la salud y en la enfermedad», le había prometido a Dios el día de su boda. Pero no había previsto «lo malo». No había esperado «la enfermedad». Ahora ambas cosas estaban aquí.

Le llevaba a David el desayuno y una bolsa con el almuerzo temprano cada mañana, antes de ponerse a cocinar para los huéspedes. Entonces hablaban, mayormente del trabajo en la granja, o de las últimas noticias que habían tenido de Meaghan. Limpiaba el henil la mayoría de los días, mientras su marido estaba fuera en los campos. Le llevaba la cena. Ya no pasaban la velada juntos; a esas horas David estaba cansado, y a menudo se encontraba de mal humor. Ahora, cuando le llevaba la cena, Fiona ponía la mano en el pestillo de la puerta del viejo henil, respiraba hondo, y entraba con un alegre «Buenas

126

noches, David, mira lo que te he traído». A veces él se levantaba para ir a su encuentro. Últimamente, se quedaba sentado en su sillón de espaldas a ella, viendo la televisión. A menudo ni siquiera tenía puesto el sonido. «David —le preguntaba ella—, ¿te encuentras bien?» «¿Tú qué crees, mujer?», mascullaba su marido, sin siquiera volverse para mirarla. Ella se quedaba de pie allí sin decir nada unos instantes, luego dejaba la cena en la mesa, se marchaba sin hacer ruido y conducía lentamente de regreso por el camino que llevaba a la casa.

Él no tenía la culpa, claro. David no había hecho nada para que le ocurriera aquello. Sólo lo que se suponía que un buen granjero tenía que hacer, lo que el gobierno le exigía. Pero algunos buenos granjeros enfermaban. Algunos incluso morían. Fiona no quería que eso le sucediera a David, pero sí a su amargura y su ira. Al menos, pensaba, ella debería ser capaz de cuidarlo, pero él ni siquiera le dejaba hacerlo. Era como si creyera que su furia podía abrirse paso a través de la enfermedad y sanarlo. Pero no era así; estaba logrando que se encontrase todavía más enfermo que antes, al menos emocionalmente. Lo estaba haciendo enloquecer.

Fiona cogió una cuchara y echó la cena de David en una fuente. Al principio se la llevaba en un plato tapado, a veces acompañada por una copa con unas cuantas flores cogidas del jardín. Ahora, a veces él ni siquiera tocaba lo que ella había estado preparando laboriosamente. Fiona le compró un pequeño microondas para que David pudiera volver a calentarse la cena, y se la llevaba en una fuente que conservaba el calor. Pero sospechaba que él se la comía fría de todas maneras.

Tapó la fuente, descolgó su chaqueta del gancho en el cuarto de las botas, fue bajo la lluvia hasta el granero y subió al coche. Luego condujo por el camino que iba hacia la montaña y el henil.

—¡¿Qué quieres?! —gruñó David desde su sillón cuando la oyó entrar.

—¿Por qué dices eso, cariño? Te he traído la cena.

—Llévatela; no la quiero.

—No seas tozudo, David; tienes que comer.

—¡¿Para qué necesito comer?! —rugió él, levantándose penosamente. Fue hacia ella y se tambaleó, agarrándose al respaldo de una silla para no perder el equilibrio. Fiona olió el whisky en su aliento—. Ahí fuera tengo ovejas que están dando a luz y yo no puedo estar ahí para ellas. ¿Cómo crees que me siento, mujer? ¡Asquerosamente inútil, así es como me siento! ¡Y no tengo ningún hijo para que lo haga por mí!

Eso dolió, y ella supo que él lo sabía.

—Tienes a Owen, David.

—¡Maldito Owen! ¡¿Qué diantres va a saber él, con todos sus conocimientos aprendidos en los libros?!

—¡Basta! Owen Lewis es un buen chico y se está matando a trabajar para nosotros. Te respeta. Te tiene en un pedestal. Es como si fuera hijo tuyo.

David llegó hasta ella.

—¡Owen no es hijo mío, maldita seas! —gritó, con una rociada de fina saliva.

Fiona hubiese querido retroceder, pero no podía despegar los pies del suelo. Como desde fuera de sí misma, vio que su marido echaba el brazo derecho hacia atrás por encima del hombro izquierdo y luego la abofeteaba brutalmente con el dorso de la mano.

Ella se había preparado para ello inconscientemente, pero ni eso bastó para impedir que el golpe la hiciese trastabillar. Se quedó demasiado aturdida para intentar protegerse. En ocasiones anteriores David había estado furioso, incluso amenazador, pero nunca le había pegado. Nunca. Finalmente, después de lo que pareció una eternidad pero probablemente sólo fueron unos segundos, Fiona empezó a retroceder ante él en dirección a la puerta.

—¡Todavía no he acabado contigo, mujer! —bufó él, avanzando hacia ella. Pero el pie se le enganchó en la pata de una silla de la mesa en que comía, tropezó y cayó.

Fiona llegó a la puerta, pero de pronto la conmoción inicial se convirtió en una extraña fortaleza que le dio renovados ánimos. Se irguió y fue hasta donde su marido permanecía a cuatro patas en el suelo.

—Como vuelvas a hacerme eso alguna vez, David Edwards —dijo con una calma que no dejaba traslucir el miedo que sentía—, se acabó, y tendrás que arreglártelas solo.

Luego dio media vuelta y se marchó dando un portazo.

—¡Fiona! —lo oyó gritar a través de la gruesa puerta del henil mientras ella encendía el motor. Lo ignoró. Ya hablarían de ello mañana. Quizás.

Hizo girar el coche y fue rápidamente por el camino que llevaba a casa. La cara le ardía.

No fue hasta que estacionó el coche en el granero y apagó los faros cuando llegaron las lágrimas. Eran lágrimas de conmoción, no de dolor. Lloraba, comprendió, porque ya no reconocía a su propio marido, porque se sentía completamente impotente, porque no sabía qué hacer. David no mejoraba con el tiempo, y su estado emocional se deterioraba cada vez más. Se negaba a ir al médico, y la verdad era que tampoco había gran cosa que éste pudiera hacer. ¿Y qué podía hacer ella? ¿Qué debía hacer? David se volvía más impredecible y más violento con cada día que pasaba.

Permaneció sentada dentro del coche hasta calmarse un poco, y entonces cruzó el patio en dirección a la casa. Ya no llovía tan fuerte como antes. Alzó la mirada hacia el cielo. La profunda oscuridad que reinaba en el campo durante la noche siempre había sido un gran consuelo para ella. Los miles de estrellas no la hacían sentirse sola en el universo; hacían que se sintiera parte de él. Pero esa noche no habría estrellas.

Atravesó el cuarto de las botas y entró en la cocina. Alec

ya se hallaba allí. Estaba cortando a lo largo la tira de solomillo y le ponía mantequilla. Se volvió hacia ella.

—Hola... —empezó, pero vio la señal roja en su mejilla. Y los ojos enrojecidos—. ¡Por Dios, Fiona! ¿Qué ha pasado?

—No ha pasado nada, Alec, de verdad. A veces David... a veces... esto es tan duro para él... no sabe... había estado bebiendo... se siente atrapado y furioso... Está...

Alec se secó las manos y se acercó a ella. Le puso las manos en los hombros manteniéndose a un paso de distancia. No hizo falta más. Fiona se apoyó en su pecho y rompió a llorar. Él la rodeó con los brazos. Se quedó así, un poco envarado, queriendo ser un consuelo pero no más que eso. Pasados unos instantes, sintió que ella respiraba hondo, le ponía las manos en el pecho y lo apartaba suavemente. Luego logró esbozar una tenue sonrisa.

—Lo siento, Alec. No sabes cómo lamento que hayas tenido que ver esto.

—Fiona —dijo él mientras la llevaba hacia una silla—, no tengo ningún derecho a inmiscuirme en tu vida. Pero henos aquí, en tu cocina. ¿Qué puedo hacer para ayudar?

Ella miró a aquel hombre, percibiendo su bondad, sintiendo su afecto, sabiendo que no había fingimiento alguno en él. Por un instante pensó que se echaría a llorar de nuevo, pero en cambio sonrió.

—Una copa de vino me iría muy bien.

Él titubeó un instante. Luego sacó del bolsillo una navaja del ejército suizo, desplegó el sacacorchos, cogió una botella de vino de la nevera, rasgó la envoltura de papel de aluminio y la descorchó, todo en un solo movimiento. Recorrió la cocina con la mirada.

—Vasos, vasos...

Fiona rió por fin.

—A la derecha del fregadero. No, espera. Deberíamos usar los buenos. —Fue al comedor y volvió con dos delicadas copas de vino de ribetes dorados—. Eran de mamá; nunca las uso, pero quizá va siendo hora de que lo haga.

Él le indicó que volviera a sentarse, se echó un paño de cocina encima del antebrazo, a la manera de un camarero en un restaurante elegante, le sirvió un poco de vino en la copa, retrocedió un paso poniéndose firme, y aguardó el veredicto.

Ella bebió un sorbo.

—Ummm, buenísimo. ¿Cuándo cenamos?

Él le llenó la copa.

—Tardará unos cuarenta y cinco minutos en estar listo, puede que una hora.

Ella miró la mano con que sostenía la copa y se dio cuenta de que aún le temblaba un poco.

—Me parece que iré arriba, me daré un baño e intentaré ponerme presentable para tu cena de cumpleaños. ¿Una hora?

—Tus deseos son órdenes para mí.

Fiona sonrió. Si él supiera.

—Hasta ahora.

Alec se quedó de pie preguntándose qué habría ocurrido en aquel henil al otro extremo de la granja. Pensó en la sensación de tener a Fiona entre los brazos, pensó en la fortaleza que poseía, que contrastaba con la delicadeza de su cuerpo, pensó en lo hermosa que era... o que podría ser si tuviera a alguien que la cuidara.

Fue al cuarto de las botas, se puso la chaqueta mojada por la lluvia, cogió la linterna que colgaba de un gancho junto a la puerta, y salió al huerto detrás del granero, alegrándose de que hubiese senderos de grava entre los bancales mojados. Encontró las acelgas crecidas durante el invierno. Apoyada contra el granero había una vieja horqueta para cavar. La cogió y la clavó en la tierra. Pese al aguacero que había caído, la tierra estaba suelta y esponjosa y no costaba nada removerla. Sacó dos gruesas acelgas y volvió a dejar la horqueta en su sitio. Encontró un barril debajo de un canalón que servía para recoger el agua de lluvia y lavó las acelgas. Yendo por el límite del huerto recogió hierbas, unos cuantos tallos de perejil y una rama de romero que ya estaba un poco leñosa. Mientras volvía a la casa oyó un coche que se ponía en marcha y se alejaba; los Llewellyn yendo a cenar a Dolgellau, supuso.

De nuevo en la cocina, Alec picó el perejil junto con un diente de ajo y un poco de menta de una maceta puesta al lado de la ventana. Luego esparció la mezcla sobre el solomillo untado con mantequilla, añadiéndole sal, pimienta y aceite de oliva. Después lo enrolló y ató. A continuación, hizo una juliana con las partes blancas de las acelgas y las ablandó a fuego lento en una sartén con mantequilla. Puso otra sartén encima del quemador que daba más fuego y removió el aceite de oliva que vertió en ella. Cuando el aceite empezó a humear añadió el solomillo enrollado, que no tardó en dorarse por los lados. Pasados unos minutos, puso la sartén de la carne dentro de uno de los hornos de la Aga para que fuera asándose.

Fiona estaba en su cuarto de baño, apoyada en la pila mientras contemplaba su reflejo en el espejo. El baño había ayudado; la mejilla había dejado de escocerle. Sus ojos ya no estaban enrojecidos.

Pensándolo bien, no sentía ira por lo que había hecho David. Sentía compasión. Lo que le había ocurrido a su marido —lo que le estaba ocurriendo— tenía que ser aterrador. La única existencia que había conocido se encontraba amenazada. La granja era el modo en que David se definía a sí mismo; su éxito como granjero era la medida de su valía como hombre. Fiona sabía que la furia de su marido no guardaba relación con que ella no le hubiera dado un hijo, aunque quizá las ovejas dando a luz en los prados habían reavivado el tema en la cabeza de David. Y Fiona sabía que su marido sentía un gran aprecio por Owen, el mismo que éste sentía por él. David simplemente tenía miedo. Miedo de perder la granja, miedo de perderse a sí mismo.

Pero ahora ella también tenía miedo.

Salió del cuarto de baño. Ese día era el cumpleaños de Alec y él estaba cocinando para ella. Se arreglaría un poco y dejaría el miedo a un lado. Sacó del fondo del armario una caja que contenía algunas de las prendas que Meaghan no había querido llevarse a la universidad y rebuscó. Encontró una falda de gabardina negra que le llegaba al tobillo. En el espejo, la hacía parecer más alta. Luego eligió una sencilla blusa blanca y, en lugar de remetérsela dentro de la falda, la ciñó con un cinturón. Tenía una cinta victoriana de terciopelo negro con un camafeo que había pertenecido a su madre y se la puso, el nudo sobre la nuca escondido bajo el pelo.

Volvió al cuarto de baño. Se miró en el espejo y comprobó que la cinta de terciopelo no pegaba con el resto del atuendo. «Pareces un regalo esperando que lo desenvuelvan —se dijo—. Y no lo eres.» Se quitó la cinta y la dejó a un lado.

—Mejor —dijo en voz alta.

Aunque casi nunca usaba maquillaje, se puso una base para ocultar la marca roja que ya empezaba a desvanecerse en su mejilla. Añadió sólo un toque de lápiz de labios. Fue a coger la botellita de Lluvia, titubeó y acabó optando por el Amarige aún sin abrir. Rompió el sello y lo olió: especias oscuras, bosque, un toque de vainilla. Exótico. Aprobó el gusto en fragancias de su hija. Se echó dos minúsculas rociadas del perfume detrás de las orejas. Finalmente se calzó unos zapatos de taconcito —«zapatos de gatita», los había llamado Meaghan cuando los compraron juntas— y salió de su habitación.

Cuando entró en la cocina, el aroma a cerdo asándose flotaba en el aire, y Alec estaba removiendo harina de maíz en una olla que burbujeaba suavemente.

—¿Qué es eso? —preguntó ella.

—Lo que va a ser es polenta con romero —dijo él dándose la vuelta. Pensó que Fiona estaba aún más hermosa que la noche anterior, pero esta vez no hizo comentarios. Sus ojos se encargaron de decirlo todo.

—¿Estás seguro de que es tu cumpleaños y no el mío? —preguntó ella.

—Estoy disfrutando con esto, Fiona, de verdad. Además, hace mucho tiempo que no tenía el placer de cocinar para una hermosa dama.

—Eso sí que no me lo creo —bromeó ella.

Alec iba a responder con alguna ocurrencia, pero se encontró poniéndose serio.

—Mira, Fiona —le dijo—, no sé qué clase de vida te imaginas que llevo. Sí, estoy soltero, pero como conquistador soy un auténtico desastre. En primer lugar, tengo cincuenta años; no hay demasiadas mujeres a las que les interese un hombre de mi edad. En segundo lugar, las citas se me dan fatal. No sé ser «espontáneo y superficial» en una relación. Estoy hecho para el matrimonio. Supongo que eso me convierte en una antigualla, pero es lo que hay.

Ella se sentó a la mesa, se sirvió una copa de vino y luego dijo:

—Diré tres cosas: primera, me disculpo por mi bromita; segunda, te subestimas demasiado; tercera, esa olla está a punto de rebosar.

Alec giró en redondo, bajó el fuego sobre el que tenía puesta la polenta, y añadió más agua junto con sal, pimienta, aceite de oliva y perejil cortado.

—Gracias —murmuró.

Fiona no estuvo segura de si le agradecía la disculpa, el cumplido o el aviso.

—Necesito que me echen una mano —dijo él—. ¿Podrías remover la polenta mientras yo me dedico a las espinacas?

—Supongo que seré capaz de hacerlo —repuso Fiona, yendo hacia el fuego.

Alec se preguntó si podía haber algo más femenino que el taconeo de unos zapatos de mujer sobre un suelo duro.

Echó en la sartén las hojas de espinaca lavadas junto con las acelgas ablandadas y la mantequilla añadida, dando la vuelta a las hojas rápidamente en cuanto veía que empezaban a freírse. Después sacó el solomillo del horno, lo puso en una fuente y preparó una salsa en la sartén con el jugo y los trocitos de solomillo que habían quedado más marrones; añadió mantequilla y un chorrito de vino blanco. Convenció a Fiona de que volviera a la mesa, puso una gran cucharada de polenta en cada plato, colocó unas finas rebanadas de solomillo encima y dejó gotear la salsa encima, para finalmente añadir una guarnición de espinacas y acelgas.

Cuando se dio la vuelta, Fiona había encendido las velas de la noche anterior. Ella le sirvió vino en la copa mientras él llevaba los platos a la mesa. Se sentaron y ella levantó su copa.

—Por el asombroso Alec Hudson en el día de su centenario.

—Tú siempre tan simpática —rió él mientras entrechocaba la copa con la suya—. Ahora, si has acabado de piropearme, sugiero que comamos antes de que este manjar se enfríe.

Fiona dio un bocado y fingió desmayarse.

—Oh, Dios mío, pero ¿esto qué es?

—Supongo que tendrá un nombre científico italiano, pero no es más que solomillo relleno de hierbas con polenta de romero. Aprendí la receta de un chef en Nueva York. Un auténtico chef.

—¡Está buenísimo! —exclamó ella, agitando las manos mientras se ponía a dar botes en el asiento como una niña. Por una vez no estaba bromeando.

Alec sonrió.

—Eso que acabas de decir es el regalo de cumpleaños más hermoso que podías hacerme.

—Mmmm —ronroneó ella, llevándose otro bocado a la boca—. De verdad que está buenísimo. Si esto es un ejemplo de lo que sabes hacer en la cocina... Ese chef debía de tener mucho éxito.

—En realidad era una chef, y sí, lo tenía.

—Suena como si ahí hubiera una historia...

Alec hizo una mueca.

—Ups, ya estaba volviendo a inventarte una vida romántica. Perdona.

Alec sonrió. No tardaron en pasar a la segunda botella de vino. Hablaron de la granja, de la temporada de parto de las ovejas, de la misteriosa montaña, de Owen y la inmensa ayuda que suponía poder contar con él, de los nuevos huéspedes. Hablaron, en resumidas cuentas, de todo excepto de lo que había sucedido en el henil reconvertido. Alec no preguntó nada; imaginaba que, cuando Fiona quisiera hablar de David, lo haría.

Mientras comían, Fiona se asombró de la facilidad con que discurría la conversación, a veces jocosa, a veces seria. También reparó en lo cómodos que eran los silencios. ¿Por qué ella y David no hacían eso? ¿Por qué nunca habían sido así? Cuando Meaghan todavía estaba en casa, se hablaba de los estudios y las amistades de ella, pero David rara vez intervenía en la conversación. Era como si no tuviese nada que decir, como si para él la cena sólo fuese un alto para avituallarse. Si decía algo, siempre estaba relacionado con la granja. David no tenía ninguna vida aparte de la granja, comprendía ahora Fiona, ni fuera en el mundo ni dentro de sí mismo. Era lo único que conocía y, aparentemente, lo único que quería conocer. Pero Fiona tenía ansias de conversación madura, estaba ávida de ella. Se preguntó si no echaba de menos aquella forma de intimidad con una pareja todavía más que hacer el amor. Ya casi no se acordaba de ninguna de las dos cosas.

Los Llewellyn regresaron del pueblo cuando estaban acabando de cenar y Fiona corrió al vestíbulo para atenderlos. Alec oyó cómo les preguntaba sobre el restaurante que habían elegido. Charlaron un momento y luego Fiona les dio las buenas noches. Volvió a la cocina pasados unos minutos y lo encontró llenando el fregadero con agua jabonosa.

—Deja eso ahora mismo —le ordenó—. El chef no lava los platos. Además, he encendido un fuego en mi sala de estar y hay una tarta de limón esperándote allí.

—Si hay una tarta esperándome —dijo él mientras se secaba las manos—, acudiré a su llamada sin pensármelo dos veces.

—Estás hecho un granujilla.

—Eso querría yo. —Alec la siguió a través de la casa, sin apartar la mirada del grácil contoneo de sus caderas.

Un violín interpretaba música celta desde una pequeña radio puesta a bajo volumen en el estante de los libros de Fiona.

—¿Te apetece esa música? —le preguntó ella.

—Es preciosa; esta clase de música siempre me pone contento. Un vestigio de mi parte celta, sospecho.

—Hudson no suena muy celta.

—No lo es. Es una falsificación.

—¿Qué?

—Es un apellido inventado. El nombre de un río, de hecho. En Nueva York.

—¿Te inventaste el apellido?

—Yo no, mis abuelos. Los padres de mi padre, Gustav y Marie Brinkmann, llegaron a Brooklyn desde Alemania a finales del siglo diecinueve. Cuando estalló la Primera Guerra Mundial se cambiaron el apellido. Muchos alemanes lo hicieron; tenían miedo de posibles represalias. Cuenta la leyenda que un lunes de verano fueron a hacer una excursión en una embarcación de vapor río Hudson arriba. Cuando llegaron a esa parte del río donde el cauce se estrecha y empieza a serpentear, cerca de la montaña del Oso, el guía de la excursión, que iba señalando los lugares de interés turístico, les dijo que al Hudson se lo conocía como «el Rin americano». Entonces mi abuelo se volvió hacia su esposa y anunció: «Hudson: ése será nuestro nuevo apellido.» Mi abuela sabía que no convenía llevarle la contraria al prusiano con que se había casado, y no se habló más del asunto. El linaje Brinkmann en Estados Unidos pasó a quedar extinto.

—Bueno, Hudson te sienta mejor que Brinkmann, creo.

—Gracias. No es que me pidieran mi opinión al respecto, claro.

—Pero eso no explica lo de tu parte celta.

—Mi madre era de Bretaña.

—¡Claro, ahora entiendo por qué sabes cocinar! Eres mitad francés.

Alec rió.

—Menos mal que no tenemos aquí a mi madre, porque ella te explicaría con vehemencia que es bretona y no francesa. Para ella es una cuestión de orgullo. Bretaña era tan celta como Irlanda o Gales hace mucho.

—¡No me digas que hay «gabachos cebolleros» en tu árbol genealógico!

—¿Gabachos qué?

—¡Cebolleros! Los franceses (perdón, los bretones) que solían cruzar el Canal cada año e iban a todas partes en bicicletas adornadas con largas ristras de cebollas. Cuando disponíamos de dinero para tomarnos unas vacaciones, cosa que no sucedía muy a menudo, mi padre nos llevaba a Cornualles (le gustaba estar cerca del mar, supongo) y los veíamos allí, vendiendo cebollas de puerta en puerta. No me preguntes cómo podían ganarse la vida con eso, pero llevaban haciéndolo desde 1800. David me contó que se veían por aquí en Gales cuando él era muchacho, una vez finalizada la guerra. Se rumoreaba que eran tremendos con las damas.

—Esa parte te la estás inventando.

—Esperaba que no te darías cuenta.

—Humm. ¿De verdad era eso lo que esperabas, o estabas esperando encontrar indicios ocultos en mi ADN de cómo se hace para ser tan tremendo con las damas?

Ella rió y cambió de tema rápidamente.

—Dime qué opinas de la tarta.

—Tú continúa mirándome con esos ojitos tiernos que pones y cambiaré la tarta por otra clase de postre.

—¡Eres un grosero!

Alec se puso serio inmediatamente.

—Tienes razón; ha sido una grosería por mi parte. Perdón.

—No seas tonto; lo he dicho en broma. Te aseguro que sé reconocer la grosería cuando la tengo delante, y de momento no la veo por ninguna parte. Además, hacía muchos años que ningún hombre daba a entender que me encontrase atractiva; desde que nací, en realidad. A mi edad resulta muy agradable, créeme. Y en cualquier caso, me parece que tú no serías capaz de ser grosero aunque quisieras; eres demasiado educado para eso.

Alec soltó una carcajada.

—Educado; ésa sí que es buena. —Probó un bocado de tarta—. Humm. Esponjosa. Deliciosa.

—¿No eres educado?

—No precisamente.

—Bueno, pues te aseguro que habías logrado engañarme. ¿Quién eres, Alec Hudson?

Él reparó en la licorera con jerez que había en un estante cerca del fuego.

—¿Te importa si respondo mientras me tomo una copa de jerez?

—Claro que no. Y sírvete un buen vaso; quiero oír todos los detalles.

Era un amontillado muy seco e iba de maravilla con la tarta de limón.

Alec se sentó y miró el fuego unos instantes. Luego empezó. Le habló de su padre perturbado; de su madre, que había sufrido tanto; de su hermana pequeña, a la que él adoraba; del diminuto apartamento de un solo dormitorio, como un invernadero emocional, en el que habían vivido todos; del barrio que se había vuelto cada vez menos recomendable con el paso de los años y del que ahora ya no quedaba gran cosa en pie. Le contó que tuvo la suerte de que le adjudicaran una beca para una universidad estatal y se preguntó cómo podría haber cambiado el curso de su vida si él hubiera sido lo bastante inteligente o rico para estudiar en una institución mejor. Le contó que se había enamorado de la escritura y de lo que había supuesto trabajar para Jimmy Carter.

Fiona no lo interrumpió. Cuando le pareció que a él se le habían acabado las cosas que contar, dijo:

—Quería preguntarte una cosa. ¿Qué escribes exactamente?

—Básicamente cosas aburridas. Libros sobre economía, programas de bienestar y asistencia social, reforma educativa, problemas medioambientales. Esa clase de cosas.

—Pero si tan aburrido es eso, cosa que dudo, ¿por qué la gente compra tus libros?

—La gente de a pie no los compra, pero los políticos y las personas a las que les importan esos temas sí. En realidad no vivo de los libros, sino de los trabajos de asesoría que me van saliendo a partir de su publicación.

—Supongo que no lo entiendo —dijo Fiona, frunciendo el ceño.

—No eres la única. Mi madre tampoco lo entiende. Bueno, he aquí lo que hago: intento determinar qué gran problema social acaba de asomar su fea cabeza por encima del horizonte, lo investigo, y luego escribo un libro en el que sugiero las mejores maneras de abordarlo. Digamos que eres el gobernador de uno de nuestros estados o, aquí en el Reino Unido, el ministro al que le corresponde encargarse de esas cuestiones. Les dices a tus subordinados que averigüen lo que hay disponible sobre el tema y ellos se presentan con mi libro, por la sencilla razón de que todavía no existe ningún otro libro que hable acerca de él. Tú lo lees y luego me llamas para hablar conmigo. No tardo en tener un suculento contrato como asesor tuyo.

—Suena bastante abstracto.

—Ahí es donde entra en juego mi pequeño truco de prestidigitación. Verás, lo que quiero decir es que los libros no son nada abstractos. Hace tiempo trabajé en la universidad, y los profesores parecían buscar que sus escritos sonaran difíciles y abstrusos de entender para así poder dárselas de importantes. La gente para la que escribo no tiene tiempo para esa clase de cosas, y los académicos nunca publican sus trabajos lo bastante deprisa para que puedan ser de utilidad. Mis libros son cortos y fáciles de entender. La fórmula funciona a las mil maravillas, salvo por una cosa...

Titubeó.

—¿Cuál?

—Que la única parte de mí que está presente en ella es ésta —respondió él, y se puso una mano debajo del mentón y la otra encima de la cabeza—. No pongo el corazón en lo que hago; es todo puramente intelectual. Antes me convencía de que estaba ayudando al mundo, porque mis libros hacían que las personas que se encuentran en desventaja pudieran vivir un poco mejor. Pero ahora ya ni siquiera estoy seguro de eso. Me ha creado una reputación y me ha proporcionado unos buenos ingresos...

—Pero no te hace feliz.

—Algo de eso hay, sí. Cuando Gwynne murió tan repentinamente hace un año, su muerte me hizo pensar en el desperdicio que habían sido todos esos años dedicados a escribir.

—¿Por qué no escribes otra cosa?

—Ya lo hago. De vez en cuando escribo poesía. Una pequeña parte incluso ha sido publicada. Pero no puedes ganarte la vida siendo poeta; la mayoría dispone de un puesto académico bien pagado en alguna universidad. Yo no encajo en ese mundo; carezco de la paciencia necesaria.

—¿Qué vas a hacer?

—No lo sé. Necesito pensar un poco más en ello.

Ella rió y dijo:

—¿No es ése el problema?

—¿Cuál?

—Estás intentando encontrar la solución con la cabeza en lugar de con el sentimiento. ¿No ha sido ésa la raíz del problema desde el principio?

Alec se la quedó mirando.

—Oh, cielos, acabo de meterme donde no me llaman —murmuró ella.

—En absoluto. Es sólo que nunca se me había ocurrido pensarlo desde esa perspectiva.

—¡Ya vuelves a empezar! —dijo ella, y ambos rieron.

Fiona se levantó, cruzó la habitación, cogió del estante un paquetito envuelto en papel de regalo y se lo tendió mientras volvía a tomar asiento.

—Feliz cumpleaños.

Alec se quedó sin habla. Con cuidado, deshizo el envoltorio y encontró un diccionario de bolsillo inglés-galés.

Alzó la mirada hacia ella.

—Es un regalo maravilloso, y de verdad que no tenías por qué hacérmelo.

—Oh, ha sido una tontería por mi parte; un impulso del momento. Probablemente nunca volverás a poner los pies aquí para que te haga falta... —Fiona lo dijo sin pensar, pero de pronto pensarlo fue como si unas tenazas le oprimieran el corazón.

El regreso a Estados Unidos tampoco había estado presente en los pensamientos de Alec hasta ese momento, y se apresuró a borrarlo de su mente. Miró a la mujer sentada frente a él al resplandor del fuego de la chimenea.

—Bueno —dijo ella—, ¿crees que yo también podría tomar un poquito de ese jerez?

Alec brincó de su asiento.

—Eso sí que ha sido una grosería por mi parte —se disculpó—. Dejaré la licorera cerca de ti para que puedas servirte.

—¿Intentas sobornarme con mi propio jerez?

Alec puso la licorera encima de la mesa al lado de Fiona. Titubeó ante ella por un instante, y luego se dio la vuelta y se arrodilló enfrente de la chimenea para añadir más carbón al fuego.

—No sé lo que me hago, Fiona —le confesó a las llamas.

Fiona no respondió. Se levantó y le puso la mano en el hombro.

—Eres un encanto de hombre.

Alec se levantó, le tomó la cara entre las manos, titubeó y luego la besó suavemente en la frente.

—Gracias.

—No hay de qué —susurró ella.

—Creo que lo más prudente sería que me fuera a acostar.

Ella lo entendió y sonrió.

—Buenas noches, entonces.

—Buenas noches, Fi, y gracias por haber compartido mi cumpleaños conmigo.

—Ha sido un placer.

Él asintió con la cabeza y salió por la puerta.

Fiona esperó hasta que se le hubo normalizado la respiración, oyó que *Hollín* arañaba la puerta y lo dejó salir. Luego avivó el fuego y puso la pantalla para que las ascuas no salieran despedidas sobre la alfombra. Finalmente, fue a su dormitorio. Se quitó la ropa y descolgó su largo camisón de franela del gancho en la puerta del baño. Después se quedó inmóvil, volvió a colgarlo y se metió en su vieja y enorme cama, acurrucándose bajo la colcha y disfrutando del frescor del algodón en su piel desnuda. Dejó que un deseo delicioso se adueñara de ella y empezó a darse placer a sí misma, imaginando que sus manos eran las de Alec, sintiendo su largo cuerpo pegado a su espalda como una cuchara, el brazo izquierdo de él curvado bajo su cuello y la mano rodeándole un pecho, la erección apretada contra su trasero mientras los dedos de la mano derecha obraban una lenta magia.

Entonces se oyó un estrépito en el patio de la granja. Fiona se incorporó de golpe, la deliciosa fantasía esfumada en un instante. Nunca había sonidos en el patio durante la noche. Ellos no tenían vacas ni caballos guardados en los viejos graneros de piedra. Esa noche no iba a haber llegadas tardías de huéspedes. La granja quedaba lejos de todo.

¡David!

Fiona bajó de la cama y fue sigilosamente hasta la ventana que daba al patio. Apartando la cortina un par de centímetros, atisbó la oscuridad. El mal tiempo parecía haber quedado atrás. Nubes bajas surcaban un cielo tachonado de estrellas. La luna daba suficiente luz para hacer brillar las partículas de sílice y cuarzo incrustadas en las paredes de granito del granero. Fiona forzó la vista para ver el origen del estrépito, pero las negras sombras actuaron como una pantalla de cine que proyectara la imagen de David hirviendo de furia como un volcán a punto de erupcionar en su silla frente al televisor sin sonido; David levantándose penosamente de la silla y yendo hacia ella con paso tambaleante, los ojos ardiendo de furia; David abalanzándose sobre ella, la boca fruncida en un rictus de malicia; los pies de Fiona negándose a responder al impulso de huir; escupitajos como gotas de veneno saliendo de la boca de David cuando rugió; ese brazo lleno de músculos retrocediendo para luego salir disparado y abofetearla con el dorso de la mano. ¿Estaba él ahí fuera ahora? ¿Había venido a por ella?

Fiona se quedó inmóvil ante la ventana, sin respirar apenas, pero nada se movió en el patio. El silencio le palpitaba en los oídos. Entonces fue roto por otro sonido, un maullido en la puerta de la cocina, y Fiona sintió que la tensión se le disipaba de los hombros. Fue a la puerta del dormitorio, se puso el camisón de franela, atravesó sus habitaciones y salió a la cocina. Cuando abrió la puerta de atrás, *Hollín* entró con sus andares de bailarín.

—Creo que acabo de descubrir el origen del estrépito, ¿verdad?

El gato, naturalmente, no le hizo caso.

9

13 de abril de 1999

Fiona despertó con las primeras luces del alba sintiéndose extrañamente desorientada. Había tenido una noche poblada de pesadillas: su padre cayendo a las negras aguas en el fondo de la compuerta del canal; el piloto de la barcaza zambulléndose en las oscuras aguas, sacando el cuerpo a la superficie y arrastrándolo a tierra, para darle la vuelta y revelar que no era su padre sino David.

Se quedó echada unos minutos y vio cómo una tenue claridad iba creciendo poco a poco fuera de su ventana, la misma ante la que se había quedado de pie, aterrada, unas horas antes. ¿Y si hubiera sido David? ¿Qué habría hecho ella entonces? ¿Qué habría podido hacer? La puerta de la cocina nunca estaba cerrada con llave. No, eso era ridículo; David no había estado ahí fuera. Sus miedos estaban yendo muy por delante de la realidad.

Pero ¿qué era real? David le había pegado; ¿eso lo volvía peligroso? Alec le había besado la frente; ¿significaba eso que la amaba? ¿Lo amaba ella? Fiona necesitaba tiempo para pensar, pero no lo tenía. Era hora de poner en marcha el día; hora de prepararle el desayuno y el almuerzo a David y llevárselos, hora de atender a los huéspedes. Nunca disponía de tiempo para ella. Mientras se levantaba y se vestía, Fiona se preguntó con una risita si habría sabido qué hacer con él en caso de que lo tuviera.

Jack estaba esperándola en la cocina, sentado sobre los cuartos traseros con la lengua colgando.

—No sé qué hacer, *Jackie* —le dijo al collie, con lo que éste empezó a menear la cola—. Tenemos un extraño en la casa, y me temo que me estoy encariñando mucho con él. Eso no está bien, muchacho.

Jack bostezó, se levantó y fue hacia ella.

—Oh, tú nunca me ayudas en nada; sólo tienes hambre. Menuda novedad...

Entró en el cuarto de las botas y echó un poco de comida para perros en el cuenco de *Jack*. El perro se lo agradeció con un gañido que sonó como un ladrido ahogado, y ella le rascó la cabeza. Luego se arrodilló y le dio un buen abrazo. El chucho la ignoró, pero daba igual: Fiona sabía que el abrazo era para ella, no para él. Se aferraba a algo seguro porque estaba rodeada de incertidumbre.

Se incorporó y volvió a la cocina. Sacó de la nevera un cartón de leche cerrado y dos huevos duros. Los puso en una pequeña bolsa de papel, añadiéndoles una gruesa rebanada de pan integral que untó con mantequilla, una zanahoria rallada y algo de fruta. Metió la bolsa en una gran cesta de mimbre que dejó en el extremo de la encimera y le añadió la leche, una caja de muesli orgánico, un plátano y una manzana. El desayuno y el almuerzo para David. Poca cosa para mantener en pie a un granjero, pero era todo lo que él parecía querer comer.

Descolgó una chaqueta en el cuarto de las botas, se la puso sobre el camisón, y se calzó las botas verdes de agua. Cogiendo la cesta de la encimera, respiró hondo y se encaminó hacia el coche.

Hacía una mañana horrible y muy fría. El cielo completamente despejado de la noche anterior había sucumbido a un espeso manto de gélida niebla, de la clase que te mantiene húmedo constantemente pero no consigue calarte del todo. «Tiempo de neumonía», solía llamarlo la madre de Fiona.

Cuando llegó al henil se quedó sentada un momento dentro del coche para hacer acopio de valor. Finalmente, bajó y llamó a la puerta. No hubo respuesta. David solía salir temprano para ocuparse de las ovejas. Probó a abrir la puerta y descubrió que estaba cerrada con llave. Se quedó un momento sin saber qué hacer y luego dejó la cesta en el escalón. Era evidente que su marido quería estar solo. Después de lo sucedido la noche pasada, Fiona no tenía ninguna objeción a esa actitud.

De vuelta en su cocina, llenó de agua la pava eléctrica y le dio al interruptor. Echó un puñado de hojas de té en su tetera. La pava se apagó con un chasquido cuando el agua empezó a hervir y Fiona fue a recogerla. Cuando se dio la vuelta, Alec estaba en el umbral.

—Hola —dijo él.

—Hola.

Se miraron sonriendo tímidamente. Fiona rompió el silencio:

—Habrás notado que interpreté correctamente la predicción meteorológica de ayer —lo pinchó.

—Lo he notado, sí. No es un buen día para volver a probar suerte con la montaña.

—Yo diría que no, vistos los resultados de tu último intento.

Alec iba a protestar, pero entonces llamaron a la puerta de atrás. Fiona fue a abrir.

—Hola, Owen; entra y toma una taza de té.

Owen la siguió al interior de la cocina.

—Buenos días, Alec —dijo.

Fiona llenó una taza de té y le indicó a Owen que se sentara.

—¿Qué necesitas, Owen?

El joven titubeó, como si buscara las palabras apropiadas.

—David ya ha vuelto a su casa —dijo finalmente—. Parecía rendido cuando llegó esta mañana y se fue pasadas un par de horas. Andaba de un humor de perros, eso te lo puedo asegurar; furioso con todo. El problema es que estamos a punto de tener la última tanda de partos y voy a andar un poco agobiado si quiero atender todas las ovejas.

Fiona sabía por experiencia que «andar un poco agobiado» era quedarse corto. Antes de que se pusiera enfermo, ella y David se las veían y se las deseaban para hacer frente a la oleada de nacimientos en aquella época del año.

—Tenía la esperanza de que mi ayudante quizás estaría dispuesto a echarme una mano —añadió Owen, inclinando la cabeza hacia Alec.

Éste rió.

—Bueno, si estás dispuesto a cargar con un incompetente para que te eche una mano, entonces soy tu hombre. Pero tendrás que guiarme.

Fiona miró a Alec. Empezaba a acostumbrarse a sus reacciones inesperadas.

Los hombros encorvados de Owen volvieron a ponerse rectos y sonrió.

—Después de lo que te vi hacer ayer —dijo tuteándolo—, yo diría que has nacido para esto.

—Os preparo un desayuno como es debido antes de que bajen los huéspedes —dijo Fiona—. Así tendréis fuerzas para jugar en el campo.

—Nos haría usted un favor, señora Edwards.

Fiona puso manos a la obra y Owen informó a Alec de cómo estaban las cosas. La buena noticia era que las últimas ovejas que tenían que dar a luz estaban en el prado cercano; la mala era que los corderos parecían tener mucha prisa por nacer. Unos minutos después, Fiona les había servido un par de platos con huevos fritos y beicon, acompañados por gruesas rebanadas de pan moreno tostado. Los dos hombres comieron rápidamente. Fiona apenas tuvo tiempo de secarse las manos, servirse una taza de té y ocupar una silla antes de que ellos se levantaran, le dieran las gracias y fueran hacia la puerta. Alec se calzó las botas y luego volvió a asomar la cabeza por la puerta.

—Por cierto, señorita, ¿qué sueldo voy a cobrar?

Fiona rió.

—Sólo la comida, el alojamiento y todas las comodidades de la casa, me temo.

—Me parece muy bien —sonrió él, y luego corrió en pos de Owen.

—Hay un par de cosas que me preocupan —dijo Owen mientras cruzaban el patio—. Tenemos bastantes ovejas primerizas a punto de parir y siempre dan más problemas que las veteranas. Los partos son más difíciles, y a menudo luego hay que enseñarles a que cuiden de sus crías. Lo otro es el tiempo que estamos teniendo. Hace bastante frío, y según el pronóstico para la zona, el frío todavía irá a más a lo largo del día y por la noche.

—¿Temes que podamos perder algunos corderos?

Owen asintió.

—David es un granjero de las colinas a la vieja usanza. Su teoría es que los corderos nacen en los campos y luego o sobreviven o no. Eso no es lo que me enseñaron a mí.

—¿Qué harías tú?

—La teoría de David está muy bien cuando hace un tiempo normal, pero fíjate en lo que estamos teniendo ahora: niebla espesa y descenso de las temperaturas. Parece más invierno que primavera. Creo que corremos el riesgo de perder a muchos corderos esta noche, a menos que los pongamos a cubierto. Verás, en la mayoría de las granjas de hoy en día, los corderos nacen en cobertizos, donde no están expuestos a la intemperie. David dispone del espacio necesario para ello, pero no tiene fe en ese sistema.

—David no está aquí.

Owen lo miró.

—¿Me ayudarías?

—Si te sirve de algo, cosa que dudo, pues claro que sí. Me parece que el objetivo es mantener con vida a los corderos, sin importar lo que haya que hacer para eso. ¿Qué habría que hacer exactamente?

Estaban pasando por delante del granero y Owen se detuvo.

—¿Cómo se te da el martillo y la sierra?

—He renovado unas cuantas casas a lo largo de los años y, que yo sepa, todavía siguen en pie.

—Pefecto. Sígueme. —Entraron en el granero y señaló el espacio prácticamente vacío—. Lo ideal sería disponer de dos docenas de rediles, aproximadamente de metro y medio por metro y medio. No tenemos tiempo para hacerlos permanentes, pero hay madera detrás del granero y herramientas en ese cuarto. Si pudieras hacer unas cuantas vallas portátiles...

—¿Vallas?

—Como las que utilizan en las carreras de vallas, ya sabes. Secciones de cercado portátiles para disponerlas según las necesidades del momento. Lo ideal sería un pasillo central con rediles a cada lado, cubiertos con esa paja seca que hay amontonada ahí arriba.

—Sí, puedo hacerlo. Yo iré a buscar la madera, y tú traes las herramientas y mueves el Land Rover y el tractor.

—De acuerdo. Y por cierto, Alec..., gracias.

Alec le hizo un guiño y fue detrás del edificio. La madera

se encontraba en bastante buen estado, apilada y relativamente seca. En unos cuantos viajes llevó la mayor parte al interior del granero. Owen ya se había ido al campo de las ovejas.

En cuestión de minutos, Alec creó un prototipo de lo que iba a construir: dos montantes sostenían una plancha de madera, con tres tablones horizontales clavados a los montantes y otro formando una diagonal para reforzar la valla y proporcionarle estabilidad. Luego usó las piezas como moldes y cortó una buena cantidad de cada una. Después de eso ya sólo quedaba unir las distintas piezas con clavos para formar cada unidad.

A media mañana, Fiona llegó con un par de termos de té caliente. Entró en el granero sin hacer ruido y miró trabajar a Alec. Él estaba arrodillado en el suelo de cemento uniendo las secciones de madera. Se había quedado en camiseta de manga corta y, aunque hacía frío, había una mancha oscura de sudor entre sus omóplatos. Sus brazos desnudos eran nervudos y fuertes. No aparentaba cincuenta años, y tampoco trabajaba como un hombre de esa edad. Alec trabajaba como una máquina: sin malgastar movimientos, cada clavo incrustado en la madera mediante tres rápidos martillazos. Fiona no se esperaba que un escritor tuviera tanta destreza en el trabajo manual. Había otra cosa que tampoco se esperaba, pero mientras estaba de pie allí sin decir nada viéndolo trabajar, la aceptó de buena gana: se había enamorado de él.

Había crecido rápidamente, aquel amor. Empezó el día que Alec llegó a la granja y había crecido en el mundo que ella conocía a lo largo de los tres días siguientes, como las sacudidas en el suelo después de que se ha hecho detonar una carga explosiva. Fiona pensó en qué manojo de contradicciones era aquel hombre: considerado pero travieso, agudo pero bondadoso, reservado pero generoso y siempre dispuesto a dar, educado pero informal, controlado pero cariñoso. «Me parece conocerlo desde siempre», pensó, y de pronto supo por qué tenía esa sensación: Alec era la clase de hombre con el que ella había soñado casarse de niña. Un caballero.

—¿Té? —dijo.

Alec levantó la vista un poco sobresaltado. Ignoraba que Fiona estuviera ahí. Se sentó sobre los talones.

—Perfecto —dijo, inclinándose hacia un lado y otro para relajar los hombros—. ¿Cómo le va a Owen con los corderos?

—No lo sé. Todavía no he ido allí.

Él extendió la mano hacia el termo, prescindió de la taza que formaba su tapa y bebió el té con leche caliente directamente. Se secó la boca con el dorso de la mano, le dio las gracias y volvió a coger el martillo.

—Cuéntame cómo le va, ¿quieres?

Reanudó su tarea. Ella sonrió al verlo tan concentrado. No se sintió ignorada o insultada; Alec tenía la mente centrada en el trabajo, un hombre embarcado en una empresa.

—¿Alec?

Él la miró.

—¿Por qué haces esto por nosotros?

Él volvió a acuclillarse.

—Porque se necesita —respondió—. Supongo que me educaron así. Mi padre lo llamaba «la tradición de levantar el granero».

—¿El qué?

—Levantar el granero. Los hermanos de su padre tenían una granja en Pensilvania y él siempre iba a pasar los veranos con ellos. Cuando un granjero necesitaba construir un nuevo granero, todo el mundo en la comunidad acudía a echarle una mano y el granero quedaba listo en un par de días. Eran inmigrantes alemanes, la mayor parte, y tenían un dicho cuya traducción aproximada sería: «muchas manos juntas aligeran el trabajo». Así que, cuando algo tiene que hacerse, pongo manos a la obra. Ya te he dicho que me educaron así.

Fiona lo miró y dudó que ésa fuese toda la historia.

—Bueno, en ese caso te dejo con la tarea. Pero gracias.

Alec asintió. Ella cogió dos cubos, los llenó bajo el grifo que había fuera del granero, y luego fue al campo de las ovejas, con un cubo en cada mano y el segundo termo debajo del brazo. Unos minutos después ya había vuelto al granero.

—¿Cómo le va a Owen? —preguntó Alec.

—De momento, bien. La mayoría de los partos han sido normales, y sólo unas pocas ovejas han dado problemas. Quiere saber qué tal vas.

Alec ya había montado un par de rediles, juntando las secciones de valla con la cinta anaranjada que servía para atar las balas de heno. Con la madera ya cortada, calculaba que podía tener listo un redil cada cuarenta y cinco minutos.

—Listo para recibir la primera remesa de corderos —dijo, sin apenas dejar de dar martillazos. Fiona se inclinó sobre él y le besó la nuca.

—Vuelvo enseguida —dijo.

Alec no se movió. El beso había sido eléctrico, como si alguien le hubiera metido un dedo en un enchufe. La descarga emocional fue asombrosa, galvánica. Todo su cuerpo vibraba por la sacudida, por la ternura que había habido en aquel beso. Se sintió simultáneamente lleno de felicidad y confusión.

No dispuso de mucho tiempo para asimilar aquellas emociones en conflicto: Fiona regresó en cuestión de minutos. Traía un cordero en cada brazo. La madre la seguía, balando en señal de protesta. Fiona llevó los corderos y la oveja hasta un redil, se arrodilló sobre la paja al lado de la oveja y, sujetando a cada cordero por turno, dirigió un chorro de leche de las ubres de su madre hacia sus bocas. Hicieron falta un par de intentos, pero finalmente los corderos se pusieron a mamar de su madre. Sus pequeños estómagos se redondearon en segundos y la oveja pareció contentísima de ver así aliviada la presión de sus ubres. Fiona le llevó un puñado de comida y un cubo de agua.

Así progresó la cosa, redil por redil, oveja por oveja. A primera hora de la tarde, ya había cinco rediles llenos de ovejas y corderos que no paraban de balar.

—¿Te apetece comer algo? —preguntó Fiona en cierto momento.

—Proteína y agua —replicó Alec sin levantar la vista.

—¿Bocadillos de jamón?

—Sólo el jamón, por favor; el pan enlentece el cerebro.

Fiona regresó minutos después con el jamón, un poco de queso y agua en una botella de plástico. Después le llevó su almuerzo a Owen y poco más tarde ya estaba de vuelta.

—Owen te necesita —anunció.

Alec fue al campo y encontró al joven más o menos en la misma posición del día anterior, tratando de mantener inmóvil a una oveja que se debatía intentando dar a luz. Owen tenía la cara manchada de tierra y la pertinaz niebla le había pegado el pelo a la cabeza.

—Eres un chico muy apuesto, Owen —bromeó Alec.

El joven levantó la vista y sonrió.

—¿Te has visto en un espejo últimamente?

—¿Qué tenemos?

—Gemelos, ambos en presentación invertida; es decir, con las patas de atrás por delante. No es lo que queremos, pero puede arreglarse. Primero sacarás al que viene por delante, mientras mantienes al de abajo dentro de la madre, para que el cuello del útero no sufra demasiado.

—¿Yo haré eso?

—Sí. Tengo a otra igual al otro lado del campo, y lo está pasando peor que ésta.

—Siempre he estado a favor de aprender las cosas haciéndolas, Owen, pero ¿no crees que necesito un par de consejos?

—Vamos a eso. Te he hecho una cuerda con dos lazos para las patas. Pasas un lazo por la pezuña de cada pata trasera, con cuidado de que el nudo enderece la pezuña en lugar de doblarla. Luego tiras suavemente de cada pata hacia la abertura. Después le subes los cuartos traseros a la oveja como hicimos ayer para que el cordero de abajo retroceda por el útero. Finalmente tiras de ambas patas por igual; el primer cordero saldrá de la madre. Los corderos que nacen con las patas traseras por delante pueden tener algo de fluido acumulado en la garganta, así que tendrás que sostenerlo por las patas traseras y balancearlo (con mucho cuidado, ojo) como un péndulo para que lo expulse. El resto ya lo sabes. Luego haces lo mismo con el otro cordero. Oh, y utiliza mucho lubricante tanto en tu brazo como en el canal del parto; te he dejado un cubo lleno, además de varios guantes desechables.

Una vez explicado eso, se marchó a campo atraviesa.

Alec se puso los guantes, se esparció una buena cantidad de lubricante en la mano y el brazo derechos, cogió la cuerda y se arrodilló detrás de la oveja. Pero, en cuanto intentó meter la mano en el canal del parto, el animal se apartó. Alec se incorporó y se puso a horcajadas sobre ella, encarado hacia sus cuartos traseros. Manteniéndola inmovilizada con las rodillas, hizo otro intento. Trabajar con la cabeza inclinada lo cambiaba todo, y hacía que visualizar lo que estaba ocurriendo dentro de la oveja fuera todavía más difícil. Aun así, enseguida localizó al cordero y pasó los lazos por sus diminutas pezuñas. Siguió las instrucciones de Owen, y las pezuñas no tardaron en asomar por la abertura del canal del parto. Alec levantó los cuartos traseros de la oveja a medio metro del suelo y la sacudió un poco, para luego empezar a tirar de la cuerda sujeta a las patas. El cordero no tardó mucho en aparecer. Alec lo sacó y lo balanceó con mucho cuidado, le limpió el hocico, aplicó tintura de yodo a su ombligo y por fin puso a la frágil criaturita junto a la cabeza de su madre. La oveja baló suavemente y empezó a lavar con la lengua a su tembloroso primogénito. Alec se centró en el segundo cordero.

Esta vez, ocupada como estaba, la oveja no le dio ningún

problema. Alec deslizó la mano dentro del canal, localizó las patas del cordero y repitió el procedimiento. Pero, en cuanto empezó a tirar, el cordero pareció quedarse atascado en el cuello del útero. Alec tanteó con la mano y descubrió cuál era el problema: las pezuñas se habían doblado por los tobillos porque había puesto los lazos de la cuerda un poco fuera de las pezuñas. Corrigió el error, enderezó las patitas y lo intentó de nuevo. Esta vez el cordero vino al mundo sin ninguna dificultad. Alec le limpió el hocico y lo depositó junto a su hermano. La oveja le miró con lo que a Alec le pareció gratitud. Luego se concentró en la tarea de limpiar con la lengua los fluidos del nacimiento y empujar a los bebés hacia sus ubres. Aquella oveja tenía instinto maternal. Los corderos sobrevivirían.

Owen ya se había ocupado de la otra oveja y regresó presuroso.

—¿Cómo ha ido todo? —preguntó.

—Milagrosamente, muy bien —dijo Alec mientras contemplaba con cara de perplejidad aquella escena familiar—. Nunca pensé que acabaría matriculado en un curso acelerado de obstetricia para ovinos.

Owen rió.

—Se diría que ya estás listo para recibir el diploma. Por cierto, ¿cómo están las cosas en el granero?

—He montado diez rediles. Puedo tener lista otra media docena antes de que termine la tarde.

—Bueno, pues entonces a trabajar, amigo; no queremos gandules en los campos.

Alec gimió al levantarse del suelo.

—Me parece que ya estoy demasiado viejo para esto.

—Tonterías. Te acostumbrarás en cuanto lleves un tiempo haciéndolo. Pero recuerda, sólo necesito los rediles para las ovejas y los corderos más débiles. Si sabes construir otras cosas, me las quedaré.

—Estoy en ello.

—Alec.

Alec se volvió hacia él.

—No habría podido hacerlo sin ti, compañero.

Alec sonrió y le hizo una reverencia.

—A su servicio, señor.

Los dos rieron y Alec volvió al granero. Aproximadamente cada hora, Fiona llevaba uno o dos recién nacidos y su madre. En una ocasión apareció con dos corderos pero ninguna oveja. Los puso en un redil recién terminado y luego volvió al campo con un cubo de plástico, para aparecer de nuevo minutos después con el cubo lleno de leche de oveja. Alec la oyó murmurarle dulcemente a los corderos y se inclinó sobre el redil.

—¿Qué pasa? —le preguntó.

—Huérfanos —dijo ella—. A veces una oveja muere al dar a luz, pero los corderos sobreviven. En este caso, sin embargo, la oveja se encuentra perfectamente, pero se niega a darles de mamar, así que he de alimentarlos con el calostro que le he ordeñado.

Observada por Alec, Fiona llenó una gran jeringuilla con la leche ordeñada y la conectó a un delgado tubo de goma. Se puso un cordero en el regazo, le levantó la cabeza para que el cuello le quedara bien recto y deslizó el tubo por su garganta hasta que le llegó al estómago. Luego, con mucho cuidado, fue bajando el émbolo hasta vaciar la jeringuilla. Volvió a llenarla y a vaciarla un par de veces, y después repitió el proceso con el otro cordero. Alec se asombró al ver lo deprisa que se llenaban los pequeños estómagos.

A medida que transcurría la tarde, Owen llamó a Alec tres veces para que lo ayudara con partos difíciles. Pero, cuando empezó a anochecer, Alec ya había conseguido montar casi veinte rediles. Fiona había vuelto a la casa hacía unas horas para atender a los huéspedes, pero Owen seguía trayendo ovejas y corderos. En el cavernoso granero de piedra, el estrépito de sus balidos era ensordecedor.

Finalmente, Owen regresó del campo con las manos vacías. Se quedó de pie un momento detrás de Alec, que seguía montando rediles a martillazos.

Luego le puso la mano en el hombro.

—Ya lo puedes dejar, compañero; con esto nos las arreglaremos por un tiempo.

Alec puso el martillo en el suelo y se levantó.

—¿Seguro?

—Por ahora, sí. Ya no quedan muchas ovejas por parir. Llevaremos estos corderos a los campos en un par de días si el frío remite un poco, y usaremos los rediles para otros animales que requieran una atención especial.

Fueron de redil en redil. Owen comprobó el nivel de los cubos de agua, echó un puñado de comida dentro de cada redil y luego examinó a los corderos. El redil reservado a los huérfanos ya alojaba tres, y Owen le dio a cada uno una botella equipada con una tetina de plástico y los enseñó a mamar. Luego le dio una botella a Alec y le trajo un cordero. Hicieron falta unos cuantos intentos, pero finalmente el cordero de Alec entendió el concepto y atacó la tetina vigorosamente, vaciando la botella en un momento para luego balar pidiendo más.

Con lo cansado que estaba Alec, era maravilloso hacer algo tan tangible y real; y tan distinto de escribir. Y luego estaban todas esas cositas patéticamente minúsculas que empezaban a vivir rodeándolo por todas partes, cada una de ellas un milagro menor. «Quizás esto es un poco como ser padre», pensó, y súbitamente el hecho de que él y Gwynne no hubiesen tenido hijos se abrió como una herida. ¿Qué clase de padre habría sido él? Probablemente más un profesor que un compañero de juegos; nunca había tenido el don de integrarse en ningún jue-

para prever las consecuencias de sus actos o su falta de iniciativa, su negativa a cuidar de sí misma, y la carga cada vez más pesada que suponía tener que suplir todas esas cosas. Era, había comprendido Alec con el paso del tiempo, una ira muy antigua, en realidad aparecida durante su infancia. Sólo una parte de ella guardaba relación con Gwynne.

Alec abrió la urna con su navaja suiza y miró dentro. El contenido era gris y granuloso. Eran las ruinas de Gwynne, no sus restos. Sólo eran los fragmentos pulverizados de una superestructura, un esqueleto que podría haber pertenecido a cualquier persona; no tenían nada que ver con Gwynne. Las cenizas de él habían tenido exactamente el mismo aspecto. Alec sacudió la urna y el contenido tintineó contra los lados, un caos de polvo terroso, nada más.

Caos. Precisamente aquello que Alec había temido y combatido durante toda su existencia: el derrumbamiento del orden, el triunfo de la confusión, el trastocamiento causado por la irresponsabilidad. Los aspectos de sí mismo que él consideraba más nobles —su actitud siempre vigilante, su disposición a cuidar de los demás, su capacidad de obrar reflexivamente— no buscaban tanto beneficiar a sus seres queridos, comprendió súbitamente, como mitigar lo que más temor le inspiraba: el caos. Se acordó de *Jack* guiando las ovejas: siempre alerta y presto a responder en una fracción de segundo.

Y comprendió que lo que más lo había atraído de Gwynne en los primeros tiempos —su espíritu juguetón, su abandono— era lo que al final había aborrecido. Gwynne era el reverso de Alec. Era caos para su orden, abandono para su vigilancia, impulso para su racionalidad. Y cuando se separaron él quedó reducido, una vez más, a no ser más que la mitad de una persona: competente, concienzudo, dispuesto a cuidar de los demás... y a salvo. La actitud vigilante se impuso a la alegría de vivir; el deseo de proteger, a la capacidad de amar.

Si las partículas pulverizadas que había en la urna no eran, de ninguna manera significativa, su Gwynne, entonces esparcirlas por aquella cumbre tenebrosa azotada por la furia de los elementos no significaría abandonarla. Gwynne todavía estaba ahí fuera. Sus restos eran lo que residía en los corazones de todas las personas que había querido. Quizá lo que había querido decir ella realmente con su extraña petición era: «Deja mis cenizas entre las rocas de las que surgió mi familia, hace mucho tiempo. Luego llévate el resto de mi persona, las cosas que fui, las cosas que intenté enseñarte, allá donde vayas a partir de ahí.»

Alec rompió a llorar por primera vez desde la muerte de Gwynne. Lloró por la estupidez de su separación y divorcio, por los años que habían pasado solos, por la enorme pérdida que había supuesto su muerte. Y quizá, también, por la enormidad de la tarea que tendría que afrontar: asumir de verdad las lecciones de Gwynne. Vivirlas.

Alec no supo cuánto rato pasó sentado bajo el techo del refugio sosteniendo la urna, pero el tiempo había empezado a aclarar. Las nubes se deshacían y el cielo se veía de un azul lechoso. El momento había llegado por fin. Alec se levantó y llevó la urna un centenar de metros a través del campo salpicado de peñascos helados, hasta el mojón de cemento, y luego realizó una lenta circunvalación de la cima, dejando tras de sí una tenue estela de aquel polvo mientras caminaba.

Volvió a decirle a Gwynne lo mucho que la había querido, que él nunca había dejado de creer en ella, lo valiente que había sido al final, la belleza que había aportado al mundo, la alegría que ella había encontrado en eso, y cuánto la echaba de menos. Cuando hubo completado el círculo, volvió al mojón. Puso la tapa en la urna vaciada, se la colocó debajo del brazo, y gritó con todas sus fuerzas: «*Croeso!*» Era la palabra que usaban los galeses para dar la bienvenida. La había encontrado en el diccionario regalo de Fiona. Quería dar la bienvenida al hogar a las cenizas de Gwynne.

Alzó la mirada al cielo y vio un halcón peregrino muy por encima de él. La rapaz planeaba en la corriente de aire caliente que se elevaba del borde del risco. Luego se deslizó grácilmente en el viento, las alas inmóviles, y voló hacia el mar. Cuando volvió a mirar el suelo, Alec ya no pudo distinguir las cenizas de Gwynne de las rocas donde las había esparcido. Eso le recordó la primera ley de la termodinámica: la energía no se crea ni se destruye, sólo se transforma. En algún lugar, la energía de Gwynne todavía irradiaba a través del cosmos.

Volvió al refugio y recogió la mochila, ahora tan ligera sin el peso de las cenizas que le pareció que casi podría surcar el cielo como aquel halcón. El viento había amainado, pero hacía más frío que antes. Alec pensó en los corderos recién nacidos y le preocupó que no fueran a sobrevivir. La vida es inexplicablemente delicada. Cogió el bastón y echó a andar en dirección oeste, manteniéndose lo más cerca posible del extremo de las estribaciones montañosas. Fiona no tendría que preocuparse; Alec tenía tiempo de sobra para llegar abajo esa tarde.

Llevaba recorridos un centenar de metros a través del erial de granito agrietado por la escarcha cuando vio un destello a su derecha. En la extensión de roca gris resquebrajada era algo discordante, algo que no hubiese debido estar ahí. Trepó por las rocas y no tardó en descubrir que se trataba de una botella de whisky vacía. Lo que no había visto antes, porque yacía hecho un ovillo sobre el costado detrás de un enorme bloque de piedra cerca del borde del risco, era el cuerpo que estaba tendido allí. Vestido únicamente con pantalones, botas y camisa, todo él estaba incrustado de diminutas piedras de granizo. Alec quitó la delgada capa de hielo de uno de los hombros y la cabeza y lo volvió boca arriba. Reconoció el rostro inmediatamente, aunque nunca había llegado a ver a aquel hombre. Era el de la foto que había en la sala de desayunos de la granja Tan y Gadair. Era David Edwards.

11

Alec lo llamó por su nombre. No hubo respuesta. Le abofeteó el rostro suavemente para que abriera los ojos. Nada.

Le subió la manga de la camisa endurecida por el hielo y puso un dedo debajo del borde huesudo de la muñeca izquierda del hombre, buscándole el pulso. No consiguió encontrarlo. Le apretó el lado del cuello con los dedos y, para su asombro, sintió un latir tenue y terriblemente lento. Se quedó arrodillado un instante junto al cuerpo inerte del marido de Fiona. Dentro de una hora, tal vez menos, David estaría muerto.

Alec le miró la yema de los dedos y se sintió tan sorprendido como aliviado al ver sólo los primeros indicios de congelación. Tenía que quitarle toda aquella ropa mojada y vestirlo con algo que estuviera seco. Alec abrió su navaja del ejército suizo y cortó con cuidado la camisa y la camiseta empapadas para quitárselas. Luego se sacó la camisa de expedicionario y la deslizó pacientemente sobre aquellos rígidos miembros que se negaban a colaborar, asegurándose de no sacudirlo mientras lo hacía. Abrochó la camisa seca y luego le quitó zapatos y calcetines. Cerca de donde yacía había una chaqueta Barbour casi nueva, pero estaba mojada, cubierta de piedras de granizo ya endurecidas, y no le serviría de nada. Alec le aflojó el cinturón, abrió la cremallera de sus pantalones empapados y se los quitó. Él siempre llevaba unos calcetines de repuesto en su mochila y se los puso a David, reparando en que los dedos de los pies ya se le empezaban a poner morados. Cuando había comprado los calzoncillos cortos de nailon que utilizaba para ir de excursión, Alec descubrió que venían acompañados por un par de perneras con tiras de velcro para unirlos a ellos, y ahora las sacó de la mochila y las subió todo lo que le permitieron los robustos muslos de David. No era la solución ideal, pero siempre sería mejor que estar mojado. Luego cogió su botiquín de primeros auxilios. Dentro de él había un bulto plegado muy apretadamente del tamaño de un cartón de cigarrillos. Era una manta especial, una delgada tela plástica recubierta con una película de aluminio. La habían inventado para usarla en el programa espacial de la NASA, y podía hacer milagros a la hora de conservar el calor en un cuerpo humano bajo las condiciones más extremas y prolongadas. En un primer momento Alec había dudado en comprarla cuando se estaba equipando para su larga caminata, pero el vendedor había insistido en que podía hacerle falta, y ahora bendijo a aquel hombre. Con mucho cuidado, apartó el cuerpo de David de la cara del risco y lo puso encima de la manta especial, envolviéndolo como si fuera una momia. La manta tal vez no le daría calor, pero al menos impediría que se enfriara todavía más de lo que ya estaba. Interponer una capa aislante entre el cuerpo de David y el risco de roca sobre el que estaba tendido evitaría que el calor se perdiera tan deprisa. Sólo por un instante, Alec asomó la cabeza al precipicio. Muy abajo, en lo más profundo del valle, estaba la granja Tan y Gadair. Y entonces lo entendió todo. David había ido allí a morir. Había sabido, gracias a lo bien que conocía aquel lugar, que el tiempo no iba a tardar en cambiar. Había subido hasta allí siguiendo la Pista del Poni —sabiendo que la enfermedad lo había dejado demasiado debilitado para tomar el Sendero del Zorro—, se había bebido la mayor parte de una botella de whisky y luego, mientras contemplaba su amada granja, había esperado a que el frío se encargara de matarlo.

La hipotermia es una manera gradual y sorprendentemente dulce de irse de este mundo. Primero viene el lento e insidioso enfriamiento, luego un temblor incontrolable; el intento corporal de generar calor a través del movimiento que el ser humano lleva incorporado en sus genes. Cuando ese último recurso fracasa, la mente se hunde poco a poco en la inconsciencia; un proceso apacible, casi delicioso. David había pensado muy bien su suicidio y lo había ejecutado competentemente. Alec se preguntó si dispondría de algún seguro de vida. Si lo tenía, había optado por una manera de poner fin a las cosas que probablemente no llegaría a ser cuestionada por los investigadores de la compañía: sería un granjero de las colinas atrapado por los elementos.

Alec no tenía forma de saber cuánto tiempo llevaba David allí arriba o hasta qué punto era grave su estado. Se preguntó si el marido de Fiona habría acogido la granizada con gratitud, esperando que ayudaría a acelerar el fin que había elegido, o si para entonces ya estaba inconsciente. Lo único que podía hacer por él era tratar de que su estado no se deteriorase aún más. Escrutó el cielo: nubes arrastradas por el viento, más azules que grises, y ninguna señal inmediata de que fuese a llover. Le echó otro vistazo a la manta especial, se cargó la mochila a la espalda, cogió su bastón y se encaminó en dirección oeste a lo largo del borde de la cima, nuevamente hacia el Sendero del Zorro. El descenso por esa ruta era peligroso, pero la Pista del Poni más practicable le llevaría demasiado tiempo. Necesitaba encontrar ayuda lo más pronto posible.

Empezó a bajar por la empinada ladera pedregosa, yendo lo más deprisa que podía, temiendo romperse un tobillo o dislocarse una rodilla en una caída y no poder serle de ninguna ayuda a nadie. En algunos puntos se dejó resbalar un par de metros por los guijarros, como sentado en una escalera mecánica. Muy por debajo de él podía ver las negras aguas del Llyn y Gadair y más allá Llyn Gafr y la granja. Volvió a dejarse resbalar otro trecho ladera abajo, pero esta vez el descenso no mostró señales de que fuera a detenerse y Alec se dio cuenta con horror de que su rápido deslizamiento lo estaba llevando hacia la cara del risco. Pegándose al suelo, se puso boca abajo y, agarrándolo con ambas manos, hincó en la grava el puño de asta de carnero del bastón, empleándolo a modo de piolet. Unos instantes después, el bastón se encalló en un trozo de lecho rocoso. Las piedras sueltas rodaron ladera abajo y cayeron al precipicio, pero Alec consiguió detener su descenso.

No se movió. Recuperó el resuello apretado contra la ladera. Finalmente, sin dejar de sujetar el bastón con la mano derecha, apartó la izquierda y fue escarbando en la grava alrededor del puño hasta que encontró el borde de la cornisa en que se había quedado enganchado. Se incorporó poco a poco hasta quedar de rodillas en el suelo y miró alrededor. No había resbalado mucho; claro que tampoco hacía falta resbalar una gran distancia antes de que cayeras por el borde y te precipitaras a la orilla del lago allá abajo. Alec fue subiendo una rodilla y metió el pie en el hueco de la cornisa. Luego se incorporó hasta quedar sentado en el suelo, se estabilizó cautelosamente con la ayuda del bastón y extendió el otro pie hacia lo que parecía otro pedazo de roca firme. Lentamente, a esta manera de cangrejo, consiguió volver al sendero.

Sólo era media tarde, pero la mente de Alec ya se anticipaba: dentro de unas horas la luz empezaría a desvanecerse. David necesitaba que lo bajaran inmediatamente de la cima y lo hospitalizaran. Aun suponiendo que Alec lograse ingeniárselas para cargar con él hasta llegar a la granja, allí no podrían hacer nada para revivirlo.

Cuando por fin llegó al Llyn y Gadair, bajó corriendo por

Llewellyn se limitó a soltar un bufido, como si no se le ocurriera otra respuesta.

Alec acabó de desayunar y se levantó.

—Bueno, me voy; ¿los veré en la montaña dentro de un rato?

Los Llewellyn levantaron la vista para mirarlo como si fuera tonto.

—Cielo santo, no —dijo la señora Llewellyn con voz cantarina—. ¡Nosotros iremos a observar los pájaros en el estuario!

—Bueno, entonces quizás esta noche. Ahora llevaré mi plato a la cocina e iré a coger las botas. Hace un día precioso para observar pájaros.

El señor Llewellyn le despidió con la mano, la boca nuevamente llena, y su oronda esposa sonrió con expresión ausente.

En la cocina, Fiona estaba apoyada en la encimera, la mano sobre la boca y una chispa de hilaridad bailándole en los ojos.

—¿Cuándo dices que se van? —siseó Alec.

Fiona bajó la mano y murmuró:

—No hasta mañana, me temo; ¿a que son increíbles? ¡Quizá debería pedirles que se quedaran unos días más para que nos tuvieran entretenidos!

Alec la rodeó con los brazos y le apretó el trasero lascivamente. Ella contuvo la risa y él le dio un beso.

—Me voy, Fi. No te preocupes por mí, ¿de acuerdo?

—¿Por dónde piensas subir?

—Seguiré el Sendero del Zorro y luego bajaré por el camino más largo, la antigua Pista del Poni. Esa ruta no resulta tan dura para las rodillas.

—Ten mucho cuidado con ese Sendero del Zorro —le advirtió ella—. El último tramo es todo de grava suelta, nada fácil de recorrer. ¿Llevas una brújula esta vez?

—Sí, gracias. Esta vez iré con más cuidado.

Fiona fue a darle su mochila, y soltó un gemido al intentar levantarla.

—¡Dios, cómo pesa!

—Es por las cenizas de Gwynne; era una chica muy alta.

—Ten cuidado, Alec.

—Lo tendré.

Luego la miró en silencio, como si vacilara.

—Brenin Llwyd no consiguió echarme el guante, pero me temo que Fiona Edwards me ha pescado —dijo finalmente—. Estoy muy interesado en bajar de allí sano y salvo.

Ella percibió la emoción en su voz. Lo miró con el corazón henchido y sintió que las lágrimas acudían a sus ojos. Se puso de puntillas y lo besó apasionadamente.

—Te estaré esperando.

En el cuarto de atrás, Alec se puso las botas, cogió su bastón y salió al patio. Fiona tenía razón: hacía frío. El sol ya había asomado sobre la cima del Cadair Idris, pero allí donde caía la sombra del granero el suelo estaba cubierto de una fina escarcha. Alec descendió unos cien metros por el sendero hasta donde el letrero señalaba hacia el este, y entonces miró atrás. Fiona lo estaba observando desde la ventana de la cocina. Alec le hizo adiós con la mano y luego echó a andar.

Por alguna razón, Fiona empezó a sentirse inquieta en cuanto Alec desapareció dentro del robledal que crecía detrás del sendero. Sabía que era un escalador experimentado. Conocía la montaña y estaba en muy buena forma. Pero en el Cadair Idris también morían personas que estaban en muy buena forma. Oyó a los otros huéspedes en la sala de delante y se apartó de la ventana para ir a despedirse de ellos.

Alec salió del robledal, subió por unos peldaños tallados en un muro de piedra recubierto de liquen y se encontró en un pastizal lleno de ovejas y corderos. Owen, apoyado en un murete al otro lado bebiendo de un termo, lo saludó con la mano. Para sorpresa de Alec, *Jack* también estaba allí, reuniendo a las ovejas. El perro corría alrededor de los lanudos animales, agrupándolos poco a poco. De vez en cuando se agazapaba, con los cuartos traseros elevados y el hocico pegado al suelo, y miraba a las ovejas. Entonces daba un brinco y volvía a adoptar la misma postura, sin que sus ojos vigilantes se apartaran del rebaño en ningún momento. Cuanto más agrupadas estaban las ovejas, más nerviosas se ponían, atentas a los movimientos del perro con sus legañosos ojos rojizos y tropezando entre sí. De vez en cuando Owen silbaba suavemente y entonces *Jack* reaccionaba al momento, dirigiendo al inquieto rebaño hacia una puerta abierta en el muro de piedra. La concentración del perro era impresionante, sus movimientos rápidos y llenos de tensión. Alec se reunió con Owen cuando éste estaba cerrando la puerta que conducía al nuevo pastizal.

—¡Buenos días, Owen! Pensaba que *Jack* era un inútil con las ovejas.

—Eso es cuando está con David. Pero conmigo lo hace muy bien. Es bueno con las ovejas y además me proporciona una buena compañía.

Jack movió las orejas y ladró.

—Hablando de David, pensaba que estaría aquí contigo —dijo Alec.

—Se diría que hoy tendré que trabajar solo. Lo vi hace un rato, yendo hacia los pastos del oeste. Supongo que querría echarles un vistazo a los corderos. O quizá ya haya vuelto a su refugio.

Owen señaló la mochila de Alec con el mentón.

—¿Vas a hacer otro intento?

—Ajá. Hace un buen día para subir.

—Quizá —dijo Owen, escrutando el cielo hacia el noroeste, que empezaba a ponerse de un color lechoso—. Pero puede que más tarde tengamos mal tiempo. Vas a subir por el camino más duro, ¿no? El último tramo del Sendero del Zorro es brutal.

—Lo sé. Pensé que sería mejor intentarlo a primera hora

179

cuando todavía estoy fresco, y luego seguir el camino más fácil para bajar.

—Bien pensado. La Pista del Poni es fácil pero bastante aburrida si tienes que recorrerla en ambos sentidos, como hacen los turistas. Pero no creo que hoy haya muchos por allí arriba. Hace demasiado frío. De momento eres el único que he visto.

—Por mí estupendo; prefiero la soledad. Que haya suerte con las ovejas.

Alec le dio una palmada en el hombro y echó a andar colina arriba. Le había cogido cariño al chico y pensó que, si hubiera tenido un hijo, le habría gustado que fuese como Owen: bueno, considerado, responsable.

El sendero no era demasiado visible, pero la temporada todavía no estaba lo bastante avanzada para que hubiera sido hollado por muchos pies, así que Alec mantuvo los ojos bien abiertos. La ruta iba ascendiendo por una cuesta moderadamente empinada y luego discurría a lo largo de un risco. Después de caminar un kilómetro y medio, bordeó la orilla de un pequeño lago, el Llyn Gafr. La ladera se volvía más escarpada pasado el lago, y Alec adoptó el ritmo de marcha lento y continuo que le había enseñado un amigo que había escalado el Everest. En lugar de subir una empinada ladera a base de esfuerzo, esta técnica te hacía detener durante una fracción de segundo a cada paso, dándole así un poco de reposo a la pierna que quedaba abajo. En cuanto te adaptabas, podías mantener una escalada continua, lenta y segura, como la tortuga victoriosa sobre la liebre.

El paisaje estaba formado por una combinación de pastos, hierba y tojo, interrumpida ocasionalmente por pequeños riscos, estribaciones y sitios de suelo húmedo. Alec oyó el trino de una alondra y la vio a unos quince metros de distancia, suspendida sobre lo que supuso sería un nido. Ahora que el sol había superado la cima, los lugares donde crecía la hierba brillaban con el blancor de las margaritas. Pero no era un sol que diera calor, y Alec se alegró de estar subiendo; el ejercicio mantenía encendida su caldera interna.

Después de medio kilómetro de lenta escalada, coronó una elevación del terreno y vio ante él la mole del Llyn y Gadair, un liso promontorio de origen glacial incrustado entre riscos. Debajo de ellos, el lago parecía lleno de mercurio, rielando con suaves vibraciones plateadas al tenue sol. Aquél era uno de los lugares más hermosos del Cadair Idris y solía aparecer en muchas pinturas, pero Alec encontraba más impresionante el Llyn Cau, por donde había pasado aproximadamente a aquella misma hora tres días antes. Había algo hostil, casi amenazador, en aquella parte de la montaña. La sensación era instintiva, y Alec no habría sabido definirla.

Dejó la mochila en el suelo, sacó la botella de agua, echó un buen trago y escrutó con la mirada la ruta que iba a seguir durante el ascenso. Al igual que en Llyn Cau, el sendero que llevaba hasta la meseta de la cima saliendo del Llyn y Gadair se curvaba alrededor de una estribación particularmente escarpada a la izquierda del lago. A diferencia del Llyn Cau, ésta se componía de roca suelta y grava, no de firmes cornisas donde plantar los pies sin ningún temor. Alec la miró y supo que esta ascensión iba a ser más dura que la anterior. Bebió un poco más de agua, guardó la botella en la mochila y se la echó a la espalda.

El ascenso fue todo lo penoso que había imaginado. Cuanto más arriba estaba, más abrupta se volvía la ruta y más inseguro el terreno. Era una pendiente de más de treinta grados de inclinación. Cuando una ladera se hace tan escarpada, la tendencia natural es apoyar el peso del cuerpo sobre ella. Pero en una superficie de grava y piedras sueltas eso no sólo es desaconsejable sino muy peligroso. La gravedad tira de uno. Si apoyas el peso del cuerpo contra la ladera te arrastra pendiente abajo, pero si te mantienes lo más erguido posible, como perpendicular a un plano imaginario, entonces la gravedad te presiona hacia dentro de la ladera y reduce el riesgo de resbalar. Hacerlo suponía ir contra todos los dictados de la intuición, pero era crucial. Mas, incluso subiendo así, el avance era lento; dos pasos adelante, un paso resbalando hacia atrás, y el esfuerzo empezaba a agotarlo. Alec se sentía como un navío que se abre paso a través de un mar tempestuoso dejando una estela de piedras dispersas tras de sí. La ruta se volvía todavía más empinada. Alec sabía que los ingleses daban a ello el curioso nombre de «barullo» y pensó que lo de buscar barullo estaba muy bien cuando uno era joven, pero nada divertido a partir de cierta edad. Se detuvo a recuperar el resuello. Sólo le quedaba una salida, decidió: cargar sobre la ladera. Agarró el bastón y echó a correr tratando de mover los pies colina arriba más deprisa de lo que podían resbalar colina abajo. Y la táctica funcionó. Ahora escalaba como una máquina, brazos y piernas como pistones y la cabeza baja para ver dónde ponía los pies. Después de lo que le pareció una eternidad, a lo sumo diez minutos, llegó a la cima del promontorio y se dejó caer sobre una roca del tamaño de una cama. Su pecho subía y bajaba con jadeos entrecortados y el corazón le palpitaba. Le ardían los muslos y le temblaban las rodillas de puro cansancio. Una vez más se preguntó si no estaría demasiado mayor para esa clase de cosas, y pensó en los Llewellyn y sus paseos de observación ornitológica. Entonces rió y gritó: «¡Ni hablar!»

En ese momento reparó en que hacia el oeste el cielo se había oscurecido amenazadoramente. Un frente de nubarrones se aproximaba rápidamente desde el mar de Irlanda. En cuestión de segundos, primero el mar y luego la costa desaparecieron tras una cortina plúmbea. Se avecinaba un fuerte aguacero.

—Señorita Davis —dijo a las cenizas que llevaba en la mochila—, es hora de irse.

Afortunadamente ya divisaba el pequeño mojón blanco

que señalaba la ubicación de Pen y Gadair, la cima del Cadair Idris. Reanudó la marcha todo lo deprisa que permitía aquel terreno sembrado de peñascos. El frente de tormenta llegó allí antes que él y el mojón desapareció. Alec se detuvo para sacar su parka impermeable y oyó una especie de extraño siseo en la lejanía. El aire pasó de la calma total a la galerna en unos instantes, y la temperatura cayó en picado. Alec se subió la cremallera, se puso la capucha y, con la mochila a la espalda, miró el cielo. Aquello no era sólo un aguacero, comprendió. El siseo, la escasa visibilidad: era una granizada. Y muy intensa.

Alec sabía dónde había estado el mojón hacía unos instantes. Tenía una idea de la distancia a que se encontraba de él. Gracias a Dios, la visibilidad era un poco mejor que en su ascensión anterior. Echó a andar en dirección oeste, contra el viento. El tamaño de las piedras de granizo variaba rápidamente: empezaron siendo pequeñas, después crecieron súbitamente hasta hacerse tan grandes como canicas, y luego adquirieron el tamaño de guisantes. El viento las impulsaba en una dirección casi horizontal, directamente hacia él; Alec se ciñó la capucha para protegerse la cara. Después de unos diez minutos de subir y resbalar por el gélido terreno rocoso, encontró el mojón. Su memoria visual había funcionado. Dejó el mojón a su espalda y el viento sobre su hombro izquierdo y bajó dando traspiés a lo largo de la meseta rocosa, yendo hacia el primitivo refugio de piedra que sabía quedaba en esa dirección.

Alec lo encontró enseguida y se guareció bajo la herrumbrosa plancha acanalada que cumplía las funciones de techo. En realidad el refugio no era más que una especie de marquesina, pero al menos resguardaba de la furia de los elementos. A pesar del frío reinante, Alec había iniciado la ascensión llevando su camisa de manga corta preferida. Había tenido más que suficiente con esa prenda mientras sudaba durante la subida por la escarpada cara norte de la montaña. La camisa era de una tela que absorbía el sudor y permitía que se evaporara rápidamente. Alec se quitó la parka para que su calor corporal acelerara el proceso de evaporación. Sentiría frío unos minutos, pero no como para quedar aterido. Cuando la prenda estuvo seca, sacó la camisa de expedicionario, se la puso encima y luego la parka. Se acurrucó en el suelo para retener el calor corporal y esperó a que la tormenta pasara. Tenía hambre y comió parte del bocadillo preparado por Fiona: queso cheddar con *chutney* untado en el pan de cereales. Estaba muy sabroso, y Alec agradeció el calorcito del picante *chutney*.

Fuera del precario refugio, las condiciones meteorológicas cambiaban a cada momento. La granizada empezó a aflojar, sustituida por nieve mojada. Luego volvió a granizar. Mientras esperaba, Alec guardó su almuerzo y sacó la pesada urna gris que contenía los restos de Gwynne.

Restos. Hasta ese momento nunca había pensado en lo inapropiada que era esa palabra. Lo que había dentro de la caja no eran los restos de Gwynne. Lo que quedaba de Gwynne eran la alegría que ella había traído a la vida de Alec y a las de todos sus conocidos, el fulgor de su sonrisa, la risa grave, el entusiasmo infantil, el genio creativo.

Pero también hubo algo más importante, algo imperecedero: antes de que empezaran los problemas entre ellos, Gwynne le había enseñado a amar. Había hecho que expresar el amor no constituyera un riesgo. También le había enseñado a jugar. Gwynne había encontrado y sacado a la superficie una profunda veta divertida y bromista enterrada dentro de él que les permitía reír de todo lo que hacían juntos, sin importar lo prosaico o tedioso que pudiera ser. Nada de eso —amar, jugar, reír— había formado parte del carácter de Alec antes de conocer a Gwynne. Lo que a él no le costaba nada era cuidar, hacer planes, permanecer vigilante, proteger y, por encima de todo, ser responsable. Había acabado dejando a Gwynne por la rabia que le provocaba su irresponsabilidad, su incapacidad

—He estado esperándote todo el tiempo.

Todavía estaban estrechamente abrazados en aquella postura cuando, después de un intervalo que tanto pudo ser largo como corto, pues el tiempo había dejado de tener significado para ellos, se quedaron dormidos.

10

14 de abril de 1999

Alec despertó solo en la cama. Por un segundo se preguntó si todo había sido un sueño, pero las mantas habían sido apartadas en el otro lado y la marca en el colchón allí donde había dormido Fiona aún era visible.

El sol entraba a raudales en el espacioso y aireado dormitorio. Alec miró el despertador y suspiró. Habría querido que ella estuviera echada a su lado. Habría querido cubrirle el cuerpo con una lluvia de besos leves como el confeti. Habría querido pasar toda la mañana haciendo el amor con Fiona, y luego toda la tarde si todavía les quedaban fuerzas para ello. Pero el amor era una cosa y el negocio otra; ahora Fiona estaría en el piso de abajo preparando el desayuno para los huéspedes. Alec escrutó el cielo, vio que hacía un día apropiado para volver a probar suerte con la montaña, y se vistió rápidamente. De camino a la cocina, vio que la mesa del comedor estaba puesta para tres personas.

Entró cuando Fiona estaba llenando una gran tetera con agua hirviendo. Acercándose por detrás sin hacer ruido, la rodeó con los brazos y hundió la cara en sus sedosos cabellos. Fiona se dio la vuelta.

—Has dormido bien, ¿verdad? —le dijo en un ronroneo provocativo.

—Hummm. Mejor que en años.

—Probablemente gracias a ese colchón tan caro que compré.

—Sí, seguro que gracias a eso.

Se sintieron incómodos por un instante.

—Te quiero, Fiona —dijo él—. Con un amor inconmensurable. Pero no sé cómo...

—Calla —lo interrumpió ella—. No pensemos en eso ahora. Limitémonos a disfrutar de esta magia durante un tiempo.

—Todo el tiempo que quieras.

En voz baja, con los brazos todavía alrededor de su cuerpo, Alec preguntó:

—¿Ya le has llevado su desayuno a David?

Fiona suspiró y arrugó el entrecejo.

—Sí.

—¿Cómo lo has encontrado?

—Bien, supongo. No lo sé. No lo he visto. En la puerta había una nota de disculpa por lo de hace dos noches. Entré y dejé el desayuno, pero David no estaba. Andaría por el campo ayudando a Owen, imagino. Apenas había tocado lo que le dejé anoche. La verdad, no sé cómo se mantiene en pie. A veces pienso que sólo por la rabia.

Alec se sintió impotente. Quería aliviar la angustia de Fiona, pero ésta se originaba en un lugar, un mundo, una vida de la que él no formaba parte. Al mismo tiempo, tenía muy presente —no por primera vez esa mañana— que estaba enamorado de, y había hecho el amor con, la esposa de aquel hombre atormentado. Él nunca había hecho algo así antes; violaba las pautas básicas sobre las que había intentado basar su existencia. Sin embargo, pese a que sabía que estaba mal, en lo más profundo de su ser también sabía que era justo y bueno. Como fuese, él vivía en una realidad y David en otra. Y Fiona iba y venía entre ellos.

Ella cambió de tema.

—¿Volverás a subir a la montaña hoy?

—Sí; el cielo está despejado.

—Al menos de momento, pero hace mucho frío.

—Dios, así que ahora nos vemos reducidos a tener que hablar del tiempo.

Eso, al menos, devolvió la sonrisa a Fiona. Lo apartó con un empujoncito de niña traviesa.

—Te recuerdo que tengo huéspedes a los que atender. No puedo quedarme aquí toda la mañana rechazando tus insinuaciones.

—No sabía que intentaras rechazarlas.

—Como quieras, señor escritor —replicó ella con una sonrisa.

—Por cierto, has puesto tres servicios en el comedor. ¿Es que he sido desterrado de la cocina?

—Claro que no; es sólo que he pensado que los Llewellyn te caerían bien, especialmente el marido. Es todo un personaje, cuidado. Y, lo admito, también pensé que al menos debería aparentar que no llevo una casa de citas.

Oyeron pasos en la escalera. Fiona se puso de puntillas y le dio un rápido beso.

—Anda, ve a ser encantador —dijo al tiempo que le entregaba una tetera.

Alec entró en la sala de desayunos al mismo tiempo que los Llewellyn. Eran un matrimonio de edad avanzada; más de setenta, calculó Alec. Le pareció que la larga convivencia los había convertido en dos imágenes reflejas: él era rubicundo y robusto; ella regordeta y de piel sonrosada. Ella llevaba el pelo plateado bastante corto; él lucía un espeso bigote igualmente plateado, y el pelo tan corto que se veía casi calvo. Alec lo tomó por un militar retirado. Se habían vestido para ir a caminar; al menos de la manera en que los ingleses de cierta edad se visten para ir a caminar: la señora Llewellyn llevaba una florida falda larga de lana, calzado resistente y un suéter que no pegaba nada con el resto del atuendo; y su marido, pantalones de *twill* marrón, camisa de hacendado, corbata color aceituna y chaqueta de tweed.

—Ah, señor Edwards —anunció el marido al comedor y al mundo en general—, qué amabilidad por su parte. ¡Té calentito y recién hecho!

Alec sonrió.

—En realidad mi nombre es Hudson, Alec Hudson. Yo también me hospedo aquí. Pero ha acertado en lo del té. ¿Les sirvo?

—Cielos —dijo el caballero, ruborizándose—, no sabe cuánto lo siento... Di por sentado que... Bueno, ya veo que... que me he equivocado. —Hizo una mueca y se apresuró a sentarse.

—Gracias, señor Hudson —dijo su esposa—. Sí, nos iría muy bien un poco de té, ¿verdad, Richard?

—Desde luego. ¡Por supuesto que sí!

Alec les llenó las tazas y luego llenó la suya y ocupó su sitio en la mesa.

Hubo un incómodo silencio, que se prolongó hasta que Alec se aventuró a romperlo:

—Tengo entendido por la señora Edwards que son ustedes caminantes.

Eso hizo que el matrimonio volviera a cobrar vida.

—Lo somos —dijo ella—, y nos han dicho que usted sí que se ha dado una buena caminata.

—Sí, bueno, supongo que sí. He venido a pie desde Heathrow hasta aquí. Pero estuvo muy bien; adoro este país.

—Usted es americano, creo —afirmó más que preguntó el señor Llewellyn.

—Confieso que lo soy.

—Yo conocí a muchos americanos en Oriente Medio.

—Richard, no empieces —le advirtió su esposa.

—Serví allí después de la guerra, ¿sabe? —continuó él como si nada—. En el MI6, el servicio de inteligencia. En Arabia Saudí. También en Irak. Un puñado de tribus de bárbaros sedientos de sangre, francamente. Tomemos Irak, por ejemplo: después de la Gran Guerra metimos la pata hasta el fondo al intentar convertirlos en una nación. Chiíes, suníes, kurdos. Imposible. Nunca saldrá bien. Y no salió bien, de hecho. Al menos no hasta que apareció Hussein y se encargó de poner un poco de orden.

—Bueno, sí, supongo que asesinar a tus oponentes es una forma muy efectiva de poner orden.

—Exacto. No estoy diciendo que esté de acuerdo con los métodos de Hussein, naturalmente, ni con sus aliados, faltaría más. Aun así, es lo que hay.

Alec no estaba seguro de qué era lo que había e iba a preguntarlo, cuando Fiona entró tan campante.

—¿Ya están hablando de política? —los riñó mientras servía el desayuno al matrimonio.

Richard Llewellyn miró su plato.

—¿Qué es esto? —preguntó.

—Huevos a la florentina, champiñones a la parrilla y salchicha local. ¿Quiere las tostadas con pan blanco o integral?

La señora Llewellyn se encargó de responder:

—Pan blanco para los dos, gracias, y no demasiado crujientes.

—Muy bien. ¿Y usted, señor Hudson? —preguntó Fiona, con un guiño casi imperceptible.

—Integral, por favor, señora Edwards.

—Integral será, y enseguida le traigo su desayuno.

—No hay prisa —le dijo él mientras ella salía de la sala.

Richard Llewellyn se inclinó hacia Alec y gruñó:

—Esto no es un desayuno suficiente; cómo se espera que un hombre pueda aguantar con esto hasta la hora del almuerzo, ¿eh?

—Las espinacas son ricas en vitaminas —dijo Alec.

—¡Espinacas! ¿Eso es todo lo que tienen? —gruñó Llewellyn.

Su mujer estaba estudiando su plato como si fuera un crucigrama.

—Por favor —dijo Alec—, empiecen; no me esperen o se les enfriará. —Contempló con deleite cómo ambos pinchaban cautelosamente los huevos con el tenedor.

Fiona le trajo su plato y la tostada.

—Esto tiene un aspecto muy apetitoso, señora Edwards —dijo Alec haciendo aspavientos. Pudo ver cómo Fiona contenía la risa.

—Señor Llewellyn, hablando de política, ¿sabía usted que el señor Hudson trabajó para el presidente Carter? —anunció Fiona.

—¡Carter! —farfulló el anciano—. ¡Una verdadera chapuza lo que hizo en Irán con aquellos rehenes! No sería usted militar, supongo.

—No, no era militar —respondió Alec sin dar más detalles.

—Carter debería haber bombardeado Irán. Eso es lo que hubiese debido hacer, y así habrían aprendido una buena lección.

—Tiene usted toda la razón, señor. A la porra con los rehenes, qué diablos —replicó Alec sin rastro de ironía.

—¡Pues claro! Es una cuestión de principios.

Comieron en silencio durante un rato, y entonces Alec dijo:

—Es una pena que ustedes no tengan ningún ex primer ministro dispuesto a ayudar al mundo como hace Carter ahora que ya no es presidente.

—Ni falta que nos hace —dijo Llewellyn con la boca llena de salchicha—. ¡Nosotros tenemos a la reina!

—Ah, sí, la reina. Me había olvidado de ella. Perdone. Estoy seguro de que la reina Isabel participa activamente en toda clase de causas humanitarias internacionales.

go. Su respuesta natural a la presencia de los niños era hacerse a un lado y contemplarlos con respetuoso asombro, impresionado por aquellos cerebros que eran como esponjas repletas de energía, sus miembros en miniatura, su fragilidad, su promesa.

Fiona estaba esperándolos en la puerta de atrás cuando llegaron a la casa. Eran casi las ocho, y se había puesto una falda y una blusa. Sostenía una pinta de espumosa cerveza ámbar en cada mano.

—Para lo que suelen explotarte los jefes, esto tampoco está tan mal —bromeó Alec.

Sin decir nada, Fiona le tendió una cerveza a Owen, y luego bebió un sorbo de la otra.

—De acuerdo, de acuerdo —dijo Alec, levantando las manos en gesto de rendición—, tú ganas.

Ella le guiñó el ojo a Owen.

—Hoy en día cuesta encontrar un buen trabajador agrícola, ¿verdad? —dijo, y le dio el vaso de cerveza a Alec.

»Mientras vosotros dos holgazaneabais sin dar golpe —continuó—, he preparado la cena: pastel de pastor. ¿Te quedas a cenar, Owen?

—Gracias, señora Edwards, pero he de ir a ver a mi madre.

Fiona se puso seria.

—¿Cómo se encuentra?

—La nueva cadera se está ajustando muy bien, señora; dentro de nada volverá a complicarme la vida como antes.

—¡Owen Lewis! No sé cómo puedes decir semejantes cosas de tu madre... por mucho que a veces sea un poco, bueno, guerrera —dijo Fiona con un guiño.

Owen sonrió.

—La gente del pueblo se ha portado muy bien con ella desde que murió papá; la han hecho sentirse como en casa. Ahora tiene un montón de nuevas amistades para que cuiden de ella.

161

—Owen, si tu madre se está recuperando tan bien, seguro que es gracias a ti. Eres un hijo maravilloso. Anda, ve a verla y dale recuerdos de mi parte.

Owen pareció un poco incómodo por el cumplido.

—Gracias, señora Edwards, se los daré. Y por cierto, este nuevo trabajador... —dijo señalando a Alec con la cabeza— me parece que servirá.

Le tendió la mano y Alec se la estrechó.

—Ha sido un placer —le sonrió.

—Bueno, mejor me voy —dijo Owen, apurando su vaso de cerveza—. Buenas noches, señora Edwards; buenas noches, Alec.

Alec lo siguió con la mirada hasta que Fiona le dio una palmadita en la espalda.

—¿Qué tal?

Alec la miró y sonrió.

—Bastante bien, para los años que tengo. El cuerpo cansado pero el cerebro tonificado. Además, me muero de hambre y me estaba preguntando qué es un pastel de pastor y a cuántos pastores habrás pasado por la picadora para prepararlo.

Ella le dio una palmada en el hombro.

—Carne de cordero, cebollas, salsa y unas cuantas cosas ricas más con recubrimiento de puré de patatas. No tardará en estar listo para sacarlo del horno, así que sugiero que vayas a asearte. ¡No pienses que vas a cenar conmigo tal como estás ahora!

La velada no pudo ser más apacible, los dos comiendo sin prisas mientras bebían más cerveza color ámbar, hablaban tranquilamente, reían a menudo y comentaban las pequeñas epifanías del día. Mientras estaban ocupados con la vajilla, esta vez juntos, Fiona lavando y Alec secando, él preguntó por la única cosa que no habían llegado a mencionar.

—¿Cómo estaba David esta noche?

Fiona dejó de lavar y miró por la ventana.

—No he hablado con él —dijo pasados unos instantes—. No respondió cuando llamé a la puerta al llevarle la cena.

—¿Se encuentra bien?

—Supongo; eché un vistazo por la ventana de la cocina y lo vi en su silla, viendo la televisión. Le dejé la cena fuera. Me imagino que está furioso y disgustado consigo mismo por lo que sucedió anoche.

—¿Y tú cómo estás?

Fiona pensó un instante antes de responder.

—Fría. Distante. Como si no me hubiera sucedido a mí. Porque en el fondo es así. A ratos David parece regodearse en su enfermedad. Se niega a ir al médico para hablarle de sus cambios de humor, y el whisky sólo sirve para agravarlos.

—Lo lamento, Fi.

Ella le puso las manos en el pecho y levantó la vista.

—Pues no lo lamentes. No es responsabilidad tuya. Ni siquiera mía. He hecho todo lo que estaba en mi mano. Tarde o temprano David tendrá que hacerse cargo de su situación. —Sonrió débilmente y cambió de tema—. Bueno, todavía queda algo de tarta. ¿Te apetece?

—Claro. Pero antes iré al establo a echarles un vistazo a los corderos.

Fiona fue a decir que sin duda estarían bien, pero se contuvo. Ahora Alec sentía un interés de propietario por aquellos corderos, eso estaba claro, y su preocupación resultaba conmovedora.

—De acuerdo. Pero ponte una chaqueta; la temperatura está bajando. Estaré en mi sala de estar.

Cuando él regresó, Fiona estaba en su sillón, las piernas recogidas debajo del cuerpo y un libro en la mano. *Hollín* estaba hecho un ovillo en su parcela de alfombra, disfrutando del calor del fuego. Alec se sentó en el sillón de enfrente y Fiona bajó el libro.

—Son realmente milagrosas esas bolitas de lana —dijo él, refiriéndose a los corderos.

Ella contempló la sonrisa de perplejidad que le iluminó las facciones mientras miraba los carbones que relucían en el hogar.

—Creo que habrías sido un gran padre, Alec. No me cuesta nada imaginarte criando a un hijo que te querría con locura.

Él lo pensó un instante y luego dijo:

—No estoy tan seguro; no soy el tipo de hombre al que le encanta tirar el balón.

Ella sacudió la cabeza y sonrió.

—¿De verdad crees que eso importa? ¿No crees que cualquier hija o hijo tuyo habría absorbido tu bondad, tu pasión, tu espíritu? Ay, los hombres —se lamentó, bromeando—. ¡Tienen tan poca imaginación!

—Ay, las mujeres —contraatacó Alec—. ¡Son tan misteriosas!

Fiona enarcó una ceja.

—Siempre he creído —dijo bajando la voz— que las mujeres somos incapaces de ocultar nuestras pasiones.

Alec se levantó y añadió más carbón al fuego. Se quedó de pie ante la chimenea, las manos en los bolsillos, escuchando el siseo del carbón húmedo mientras contemplaba las llamas.

—Esta tarde me besaste —susurró—. Todavía lo percibo. Es como si una de esas ascuas siguiera ardiendo en ese punto.

Se volvió hacia ella y luego dirigió nuevamente la mirada hacia el fuego. Un instante después, en voz muy baja, casi como si hablara consigo mismo, dijo:

—Me temo que estoy enamorado de ti... y no sé qué hacer al respecto.

Oyó un par de pasos y a continuación sintió los brazos de Fiona alrededor de su cintura, el cuerpo de ella apretado contra su espalda.

—Yo también estoy enamorada de ti —dijo—, y tampoco sé qué hacer. ¿No es maravilloso?

Él se volvió para mirarla. Ella levantó la vista y se sorprendió al ver que los ojos le brillaban un poco. Nunca había conocido a un hombre que tuviera los sentimientos tan a flor de piel y se esforzara tanto por ocultarlos. Se puso de puntillas y lo besó apasionadamente, dio un paso atrás y luego volvió a besarlo, una y otra vez, rodeándole el cuello con las manos para tenerlo lo más cerca posible. Él separó los labios y ella le buscó la lengua con la suya.

Se separaron y recuperaron la respiración, sin que ninguno de los dos apartara la mirada de los ojos del otro; los de él azul celeste, los de ella verde grisáceo con aquella curiosa cuña marrón.

Ella lo cogió de la mano.

—Ven —dijo, tirando suavemente de él hacia su dormitorio.

—Espera —repuso él, volviéndose hacia el fuego y poniendo la pantalla para proteger la alfombra de las chispas.

—¿Siempre tienes tanto cuidado con todo?

—Sí.

—No deberías.

Fiona encendió la luz junto a la antigua cama de cuatro postes y empezó a desabrocharse la blusa.

—No —dijo él, y ella se detuvo, confusa.

Él sonrió.

—Por favor, no tan deprisa.

Fue hacia ella y puso las cálidas manos —unas manos que a ella la hicieron sentir como si él hubiera traído el fuego a la habitación— en sus hombros, y las bajó muy despacio por sus brazos hasta la cintura, para luego volver a subirlas por los costados, meterlas dentro de su blusa, y curvarlas lentamente alrededor de sus omóplatos. Le abrió el sostén y luego le pasó los dedos por la espalda, en una caricia muy suave, deteniéndose brevemente en cada vértebra, como si quisiera traspasarle el calor de sus dedos. Al llegar a la base de su columna vertebral, las manos se extendieron, las palmas sobre la cinturilla de su falda, y luego se separaron para acariciarle las nalgas. Fiona se arqueó hacia él, un ávido murmullo en la garganta.

Él pasó las manos por la suave lana de su falda, siguiendo la curva de sus muslos y bajándolas hasta las pantorrillas, arrodillándose lentamente ante ella durante el proceso. Luego volvió a subirlas por debajo de la falda a lo largo del contorno exterior de sus piernas. Alzó la mirada hacia ella, pero Fiona tenía los ojos cerrados, los dientes apretados. Subió la mano para abrirle la cremallera de la falda y ésta cayó lentamente hasta sus pies. Volvió a rodearle las nalgas con sus cálidas manos y la atrajo suavemente hacia sí. Todavía arrodillado, acercó la cara a su estómago y lo besó, pasando la punta de la lengua alrededor y dentro de su ombligo.

Fiona había perdido todo contacto con la habitación. Sentía la piel como electrificada, el aire vibraba a su alrededor. Con los ojos ahora muy abiertos, veía otro mundo, un territorio desconocido, una tierra de exquisito deseo. Respiraba con rápidos jadeos entrecortados. Enredó los dedos en los largos cabellos de Alec, apretándole la cara contra su abdomen.

Entonces él la levantó en vilo para depositarla sobre el borde de la cama. Sus manos le subieron por los costados y le quitaron la blusa y el sujetador, pasándoselos por la cabeza en un fluido movimiento. Fiona esperaba sentir las manos de Alec en sus pechos, lo anhelaba, pero en lugar de eso sintió su boca besándola ligeramente por encima de ellos. El contacto de los labios de Alec la hizo estremecer. Él le puso una mano detrás del cuello y la empujó suavemente hacia el colchón con la otra. Fiona se sintió flotar como si estuviera encima de una nube, con las pantorrillas colgándole del borde de la cama.

166

Alec le quitó las bragas e, instantes después, llegó el relámpago: su lengua trazó una línea de electricidad a lo largo de la parte interior del muslo izquierdo hasta el nacimiento de su fino vello púbico. Ella subió las caderas para recibirlo, pero la lengua se apartó y volvió a descender, abriendo un sendero ardiente por la parte interior del otro muslo, esta vez continuando hasta su pie para acariciarle cada dedo. La lengua de Alec era como un dedo mojado que se curvaba en cada pequeña hendidura para luego volver a subir, muy despacio —con una excitante y dolorosa lentitud—, hasta el oscuro arco de las ingles. La lengua exploró el paisaje que había allí, siguiendo los contornos y paladeando su fertilidad.

—Oh... Oh, Dios —le susurró Fiona al cielo que parecía curvarse sobre ella.

No sabía qué podía estar haciendo él, pero quería que no acabase nunca. Fiona fue ascendiendo lentamente hacia ese cielo, cada vez más arriba, abriéndose a él mientras extendía las manos para tocarlo, hasta que se convulsionó y el mundo estalló en una lluvia de astillas de luz y estremecimientos de gozo.

Poco después, como desde una gran distancia, oyó que él se quitaba la ropa. Pasados unos instantes sintió que volvía a ser elevada, ahora con una inmensa dulzura, hasta que se encontró echada sobre la cama y una almohada fue deslizada bajo su cabeza.

—¿Alec?

—Estoy aquí, Fi.

—Oh, cariño..., eso ha sido... ha sido...

—Calla.

—No, por favor; quiero más. Te quiero a ti...

Sintió que él se echaba a su lado, sintió sus largos brazos rodeándola y apretándola contra su cuerpo.

—A su debido tiempo, Fi, a su debido tiempo.

—No; ahora. Ahora.

Lo sintió moverse. Abrió los ojos y lo vio suspendido encima de ella, su dulce rostro escrutando el suyo.

—¿Estás segura? —preguntó él.

—¡Sí, amor mío, por favor! —susurró ella, asombrándose de su propia certeza.

Alec se irguió sobre los brazos.

—Pero despacio, cariño; ha pasado mucho tiempo desde la última vez... —dijo Fiona.

—Tendré cuidado —la tranquilizó su dulce voz.

Y lo tuvo. Alec entró en su húmedo sexo poco a poco, excitándola con la punta del miembro. Ella se abrió a él, de un modo que no había creído posible. Alec se quedó suspendido encima, moviéndose muy despacio, hasta que ella gritó que quería sentirlo dentro. Entonces la penetró, adentro, muy adentro. Fiona abrió los ojos con un jadeo ahogado.

—Oh... mi amor...

Le pasó las piernas alrededor del cuerpo, llevándolo todavía más dentro de ella al tiempo que subía las caderas para acogerlo. Se movieron fluida y rítmicamente. Fiona sintió que el placer volvía a crecer en su interior. Lo miró con los ojos muy abiertos y Alec vio que ella había abierto una ventana sobre su rincón más secreto, un lugar de temor y vulnerabilidad.

Entonces un sonido se elevó de lo más profundo de Alec, un gruñido que ella no fue capaz de reconocer. Fiona empujó con las caderas, una y otra vez, aferrando la espalda de él. El placer fluyó, oleada tras oleada. Y entonces al fin lo sintió estremecerse, llenarla consigo mismo, lo oyó gemir, vio cómo los ojos se le ponían vidriosos con la llegada del clímax y, asombrada, distinguió lágrimas en ellos.

—Alec, cariño...

Él la abrazó y se dieron la vuelta en la cama, él todavía dentro de ella. La abrazaba con una pasión que la sorprendió.

—Te he estado buscando durante tanto tiempo...

Ella lo estrechó contra su pecho.

la empinada ladera cubierta de hierba en dirección a la granja. La distancia era mayor de la que podía llegar a cubrir corriendo sin detenerse, así que hizo una parte del trayecto caminando. La hierba estaba mojada por la tormenta y Alec se cayó varias veces. Cuando coronó el último risco, lo llenó de alivio ver que Owen todavía estaba en los pastos de abajo. Alec lo llamó a gritos, pero se encontraba demasiado lejos para ser oído por encima de los balidos de las ovejas. Fue *Jack* quien lo vio primero y se puso a ladrar. Owen miró colina arriba y enseguida supo que algo iba mal. Subió a toda prisa por los peldaños tallados en el muro y se reunió con Alec en la ladera, con *Jack* pisándole los talones.

Alec sentía que le ardía el pecho; no estaba acostumbrado a correr. Se agachó, apoyando las manos en las rodillas para recuperar el aliento.

—David... —jadeó cuando Owen llegó hasta él—. Se está muriendo.

—¡¿Qué?!

—Ahí arriba —dijo Alec entre boqueadas—. En el borde del risco. Trató de matarse. Whisky y exposición al frío. —Cuando hubo recuperado la respiración, le describió los detalles—. Lo dejé lo más abrigado que pude, pero está inconsciente y no sé cuánto tiempo más vivirá. Tampoco sé cómo vamos a bajarlo de allí.

Owen levantó la vista hacia la montaña.

—Dios bendito.

—Te diré lo que haremos —dijo Alec, ahora respirando con normalidad—. Baja a la granja y dile a Fiona que avise al Servicio de Rescate en Alta Montaña. Yo volveré arriba y trataré de mantenerlo con vida. Reúnete conmigo allí. ¿Lo has entendido?

—Alec, mírate; estás hecho polvo.

Era cierto, estaba agotado, sucio y sangraba por una docena de pequeños cortes.

—No —mintió él—. Estoy bien. Cubrí toda la distancia desde Londres hasta aquí caminando, ¿recuerdas?

Owen titubeó.

—Mira —dijo Alec—, sé cómo cuidar de alguien con hipotermia, al menos hasta que venga ayuda. Necesito que avises a Fiona y que me hagas llegar esa ayuda. Además, con esas piernas de jovencito que tienes, probablemente me alcanzarás antes de que yo haya podido llegar hasta David. Tenemos que bajarlo de allí, Owen, lo más pronto posible. Antes de que oscurezca.

—Puedo subir con el Land Rover hasta el Llyn y Gadair. ¿Dónde está él?

—Al oeste de la cima, cerca del lado norte. Me verás, estoy seguro. Y una cosa más, Owen: ten cuidado con la ladera de grava, ¿de acuerdo?

—Sí. ¡Vamos, *Jackie*!

Owen corrió a campo traviesa en dirección a la granja con *Jack* pisándole los talones y sin dejar de ladrar, como si supiera lo que estaba ocurriendo. Alec se volvió hacia la montaña, suspiró e inició la ascensión. Cuando llegó al lago Llyn y Gadair, hizo un alto y se comió el resto del bocadillo. Lo necesitaba.

Fiona estaba en el piso de arriba acabando de asear la habitación de los Llewellyn cuando oyó ladrar a *Jack* y luego que alguien aporreaba la puerta de atrás. Cuando llegó a la cocina, Owen ya había entrado.

—¿Owen?

—Ha pasado algo.

—¡Alec!

—No, señora, es David. Alec lo encontró en la montaña. —Owen titubeó. ¿Necesitaba saber ella que David había tratado de quitarse la vida? No estaba seguro—. Se hirió al caer, supongo; luego le entró frío y ya no pudo bajar de la cima. Está inconsciente, pero vivo. O lo estaba cuando lo dejó Alec.

—¿Dónde está Alec?

—Ha vuelto a subir allí.

—Dios.

—Tenemos que llamar al Servicio de Rescate en Alta Montaña.

Fiona corrió al teléfono de la entrada y marcó el 999.

—Rescate en Alta Montaña, es urgente —pidió a la operadora de los servicios de emergencia.

Mientras esperaba, un torbellino de imágenes se arremolinó en su cabeza: David hacía dos noches, agrediéndola; la comida que no había tocado ayer; la nota que había dejado en la puerta esta mañana: «Fiona, lo siento mucho. David.»

Una voz de hombre resonó en la línea.

—Soy Fiona Edwards de la granja Tan y Gadair, Dolgellau. Ha habido un accidente en el Cadair...

Cuando hubo acabado de hablar, se volvió hacia Owen.

—Van a enviar un equipo desde Gales y llamarán a la RAF para averiguar si hay algún helicóptero disponible. Me han pedido que no me aleje del teléfono por si necesitan más instrucciones. Tú sigue a Alec y ayuda en lo que puedas. Coge la linterna del cuarto de las botas para hacerme señales por si oscurece antes de que los del rescate hayan llegado allí. Y tened cuidado, los dos.

—Sí, señora. ¿Estará usted bien, señora Edwards?

—Sí, sí; anda, vete.

Fiona siguió a Owen hasta la puerta y lo vio cruzar el patio a la carrera. El joven subió de un salto a su vehículo y el viejo Land Rover se alejó rugiendo hacia los pastos de arriba.

Fiona regresó a la cocina y se sentó pesadamente en una silla puesta junto a la mesa, la mesa en que ella había sido tan feliz aquellas tres últimas noches, la mesa que se había convertido en una circunferencia de consuelo iluminado por las velas que los abarcaban únicamente a ella y Alec, un mundo hecho de profunda felicidad. Ahora todo estaba volviendo a cambiar. *Jack* se sentó a su lado y le puso la cabeza en el regazo. Ella le

195

acarició el pelaje y miró la ventana de la cocina, la ventana desde la que había visto ese primer destello de la mochila de Alec, azul como los ojos de él.

Antes le había dicho a Owen que estaría bien, pero en realidad no lo tenía tan claro. Por segunda vez en una semana, de pronto todo su mundo había quedado del revés. Había encontrado el gran amor de su vida, o más bien él la había encontrado a ella. Se reconocieron el uno al otro nada más verse. Fiona nunca había imaginado que fuera posible enamorarse de alguien tan deprisa o tan completamente.

Ahora David estaba en lo alto de la montaña, y Alec volvía a subir por ella para salvarlo. Fiona no se había creído ni por un segundo la historia del accidente contada por Owen. No había ninguna razón por la que David pudiera haber tenido necesidad de subir hasta ahí arriba. En lo alto del Cadair no había ovejas; ni antiguos muros de piedra, o cercados de alambre de espino con puertas de hierro puestas para impedir que el rebaño se extraviara por los riscos de la montaña. David había ido allí arriba deliberadamente, a lo alto de esa montaña que siempre había sido una parte tan importante de él.

Fiona sabía que la depresión era uno de los efectos habituales del envenenamiento por bañar a las ovejas. El médico de David ya la había advertido acerca de ello. Los estudios científicos aún no habían dejado claro si era resultado directo de los productos químicos empleados en el baño o una consecuencia indirecta, causada por la súbita pérdida de ciertas funciones corporales —la debilidad, los problemas de memoria— y el súbito aislamiento de una parte tan grande de la vida normal impuesto por la enfermedad. Algunos granjeros que se habían visto afectados por el veneno se habían suicidado. No muchos, pero hubo casos. Pero los cambios aparecidos en el ánimo de David habían sido muy graduales. Ya habían transcurrido tres años desde que empezara a mostrar los primeros síntomas de la enfermedad. Su marido había estado retraído y distante desde entonces; apático, como si le hubieran sorbido el ánimo. Fiona debería haberse imaginado que tarde o temprano él haría algo así.

Alec había empezado a ascender por la ladera del Sendero del Zorro cuando oyó el Land Rover de Owen avanzando a través de los pastos en tercera. Owen tenía que ir despacio porque el terreno lo obligaba a dar continuos rodeos alrededor de los promontorios y evitar las zonas cenagosas. Pero en cuanto hubo dejado atrás los pastos de abajo, donde se reunía a las ovejas que estaban a punto de dar a luz, pudo empezar a dejar abiertas las puertas en los muros y seguir adelante sin tener que detenerse a cerrarlas de nuevo.

Por segunda vez, Alec obligó a sus nada dispuestas piernas a subir el último tramo de la pedregosa ladera y finalmente llegó a la meseta del altiplano, más cansado de lo que recordaba haber estado nunca. Owen iba unos metros por detrás. Alec descansó hasta que el joven se sentó en el suelo a su lado.

—Esa ruta te pone los pelos de punta, realmente —jadeó Owen—. No entiendo cómo hay gente que decide seguirla por diversión. ¿Dónde está David?

—Sígueme, pero ten cuidado con dónde pones los pies.

Echaron a andar en dirección oeste a través de las rocas, dejaron atrás el pequeño refugio de piedra y luego fueron hacia el extremo norte de la meseta.

David yacía en el suelo tal como lo había dejado Alec: arrebujado en la manta especial, que lo cubría de pies a cabeza. Parecía el ocupante de una bolsa para cadáveres. Alec levantó el extremo que le cubría el rostro. La piel se le había puesto de un gris azulado.

—¡Dios! —murmuró Owen—. Ha de estar muerto, Alec.

Alec puso un dedo sobre la garganta de David; el pulso todavía estaba allí, aunque muy lento y débil. Le subió los párpados y vio las pupilas dilatadas.

—Casi, Owen, pero no del todo. Todavía no. Hay una frase que enseñan en los cursillos de primeros auxilios para la hipotermia: «La víctima no está muerta hasta que está caliente y muerta.» Se podría decir que es como si David hubiera dejado de funcionar. Su cuerpo ha desconectado todas las funciones no vitales. Respira, pero a duras penas; es todo lo que necesita porque una parte muy grande de él se encuentra desconectada. El problema es que no puedo saber si está inconsciente debido a la hipotermia o al alcohol... o a ambas cosas.

—La culpa es mía.

—¿La culpa de qué?

—Me refiero al whisky. Hace semanas que David me obliga a traérselo del pueblo. Yo no quería, pero él se puso muy desagradable y al final se lo traje.

—Owen —dijo Alec, poniéndole la mano en el hombro—, tú no has sido el causante de esto. La culpa no ha sido tuya. Fue él quien eligió hacerlo. Ni siquiera necesitaba el licor para hacer lo que hizo.

—Bueno, ¿y ahora qué hacemos?

—Desgraciadamente, casi nada.

—Pero deberíamos intentar hacerle entrar en calor, ¿no?

—Eso es lo único que tenemos claro que no queremos hacer. Si le frotamos los brazos acabaremos calentando los vasos sanguíneos periféricos de su piel y sus extremidades, y la sangre volverá a circular por ellos. Pero en cuanto esa sangre enfriada por la exposición a la intemperie llegara al corazón de David, su temperatura caería de pronto y podría ser que dejara de latir. Lo mataríamos.

—¿Deberíamos intentar bajarlo a la granja? —preguntó Owen, desesperado por hacer algo.

—No; moverlo produciría el mismo efecto, sólo que todavía más deprisa.

—Entonces, ¿nos quedamos sentados aquí?

—Sí. Y lo mantenemos bien envuelto para conservar el poco calor que le queda y le tomamos el pulso cada cinco minutos. Si vemos que no tiene pulso, probamos con el masaje cardíaco, aunque probablemente no sirva de nada. Meter aire caliente de nuestros pulmones en los suyos no le haría ningún daño, pero tampoco cambiaría mucho las cosas. No obstante, empieza a estar un poco más caliente que cuando lo encontré. Eso ayuda mucho. ¿Qué dijeron los del servicio de rescate?

—Envían al equipo de búsqueda y rescate desde Aberdovey, e intentarán hacer venir un helicóptero de la RAF. Aberdovey queda cerca de aquí, a unos treinta y cinco kilómetros, dependiendo de la ruta que decidan tomar. Hay un viejo camino de granja que sube desde Llanfihangle, al suroeste de aquí. Podrán subir en coche al menos media montaña hasta que tengan que bajarse y caminar. Con lo de llamar a la RAF y la subida, supongo que tendrán para una hora o más. El helicóptero vendrá de RAF-Valle, una base en la isla de Anglesey. Está cerca de Holyhead, donde zarpa el ferry para Irlanda. Son unos cien kilómetros. Imagino que coordinarán la operación para que el helicóptero llegue aquí después de que el equipo de rescate ya tenga a David.

Alec reflexionó un instante.

—Deberíamos facilitarle las cosas al piloto del helicóptero, dado que disponemos de tiempo —dijo finalmente—. Yo puedo quedarme aquí mientras tú buscas algún sitio donde les sea posible tomar tierra más allá del campo de rocas. Hay unas cuantas praderas al este en dirección a Mynydd Moel, pero es una distancia demasiado larga para llevar a cuestas a David hasta allí. Trata de encontrar algún lugar al oeste de aquí que no quede tan alejado, ¿de acuerdo?

—Lo intentaré. ¿Estarás bien aquí?

—Sí. Con un poco de suerte, David también lo estará.

Owen fue en dirección oeste, saltando de roca en roca como una cabra montés. Alec volvió a buscarle el pulso a David y se lo encontró, y luego escrutó el cielo. Aún quedaban tres horas de luz, pero David no resistiría tanto tiempo.

Fiona vagaba sin rumbo por la casa. Cayó en la cuenta de que no tenía idea de si iba a estar allí cuando regresaran los Llewellyn. Tal vez debería mandarlos a alguna otra parte para que encontraran alojamiento. Al final optó por escribirles una nota:

> Queridos señor y señora Llewellyn,
> Me temo que ha habido un accidente en la montaña y mi marido se ha visto afectado. No hay ningún problema en que se queden a dormir esta noche, pero siento decirles que puede que no esté aquí por la mañana para prepararles el desayuno. Naturalmente, no se les cobrará el alojamiento de esta noche. Para desayunar mañana, les recomiendo el hotel Royal Ship, justo al lado de la plaza. Les ruego acepten mis disculpas por este contratiempo.
> Atentamente,
>
> FIONA EDWARDS

Luego telefoneó al Centro de Información Turística en Dolgellau y le dijo a Bronwen que no le enviara a nadie durante la próxima semana. Finalmente, llamó a los huéspedes que ya tenían hechas reservas y les dejó el número del Centro de Información. Por suerte, en la mayoría de los casos habló con un contestador y se limitó a dejar un mensaje disculpándose.

Luego, como no se le ocurría otra cosa que hacer, fue a echarles un vistazo a las flores en el comedor y la sala de los huéspedes. Allí reparó en el cuaderno de Alec puesto boca abajo encima de la mesa, donde él lo había dejado el día anterior. Le dio la vuelta y vio que había escrito un poema.

HAMBRE DE PIEL

Famélico,
me aferro a ti,
tú me das la bienvenida,
y nosotros dos
creamos un trío
que es puro deseo
y necesidad desnuda,
nacida de la pérdida
y el anhelo
del simple don
de la piel contra la piel;
el hambre es expresada
por el derivar de los dedos
a través de un pecho que se eleva,
por cómo las uñas crean
ondulaciones sobre una espalda arqueada,
cómo la punta humedecida
de una lengua lame senderos de fuego
a través de la curva de un cuello,
cómo nuestros brazos aprietan nuestros cuerpos
cuando nos elevamos hacia la cima del éxtasis,
por cómo nos quedamos pegados el uno al otro
   después,
como alguna extraña nueva forma de vida
unida por la ingle y el pecho:
inmortal, alzando el vuelo, debatiéndose
contra la membrana
de lo conocido, deslizándose
a través de una grieta en el tiempo
y en el espacio para ir en busca de
una historia recién iniciada;
escrita con manos temblorosas

sobre piel viva,
pasando la primera página...

Fiona apretó el cuaderno contra su pecho y se echó a llorar. Ahora sabía sin lugar a dudas que Alec la amaba, y sólo ahora se daba cuenta de cuánto hacía que deseaba encontrar un hombre que fuese un alma gemela. Sin embargo, si su marido —¡su marido, por Dios!— moría así, en aquellas circunstancias, ¿cómo podría dejar atrás nunca todo aquel horror y amar libremente a Alec? La superaba; toda la situación la superaba.

En lo alto de la ladera norte, Alec permanecía sentado con la espalda apoyada contra un promontorio, esperando el regreso de Owen, comprobando el pulso de vez en cuando en el cuello de David.

El marido de Fiona no se merecía morir; lo que le había ocurrido era brutalmente injusto. Alec se preguntó si él habría sido capaz de hacer frente a todo aquel cúmulo de incapacidades durante tanto tiempo como había sabido hacerlo David. Él siempre había pensado que el suicidio era la escapatoria de los cobardes, pero ahora, sentado junto a aquel hombre comatoso, podía entender por qué había querido quitarse la vida: no sólo para poner fin a su propia miseria, no sólo porque ya no era capaz de hacer el trabajo que lo definía en tanto que hombre, sino para que su esposa y su hija quedaran libres de toda la amargura y la pena que habían hecho presa en él. Pegar a la mujer con la que llevaba más de veinte años casado tenía que haberlo conmocionado más que a ella misma. Quizá ya no podía reconocerse a sí mismo. Quizá se había sentido horrorizado por lo que reconoció: ese demonio que vive en el interior de todos nosotros pero al que, en circunstancias normales, mantenemos escondido en los rincones más oscuros de nuestra alma.

Después de lo que debía de haber sido media hora, Owen regresó.

—Por fin has vuelto; empezaba a preocuparme.

—Lo siento. He encontrado un sitio donde podrían tomar tierra no muy lejos al oeste de aquí: hay un poco de pendiente, pero no mucha. Decidí señalarlo con un gran círculo de piedras. Por eso he tardado tanto en regresar. Pensé que una construcción artificial allí arriba atraerá la atención del piloto.

—Buena idea.

—¿Algún cambio?

—Ninguno. Y eso es bueno; creo que se encuentra estable.

Owen se sentó junto a él. Alec vio que el joven tenía las manos en carne viva de haber transportado las rocas. Los dos se quedaron sentados en silencio unos minutos.

—Owen —dijo Alec finalmente—, anoche mencionaste que tu madre vivía en el pueblo. Me preguntaba qué habrá sido de la granja de tu familia.

Owen miró a través del valle en dirección norte.

—¿Ves el lugar donde el Maddawch desemboca en el mar, allí por el oeste? —dijo, señalando con el dedo.

—¿Sí? —replicó Alec.

—Pues allí hay un pueblo, justo detrás de ese altozano rocoso. Se llama Barmouth. El nombre es una corrupción inglesa de la palabra galesa Abermadawddach, que significa estuario del Maddawch. Resumiendo, que si vas en dirección norte por la carretera de la costa, vuelve a haber granjas en cuanto se acaba el pueblo. Mi padre tenía una de ellas, y estaba en un sitio precioso. Grandes pastos que bajan desde las colinas hasta los acantilados encima del mar. Con todo lo bonita que era la granja, no había forma de arar la tierra. El suelo rocoso empezaba justo debajo de la turba. Cultivábamos heno y teníamos unas cuantas vacas lecheras y algunos rebaños de ovejas. El mes que viene hará cinco años, mi padre bajaba en el tractor por la carretera principal, de camino a una de las puertas de los pastos, cuando tomó una curva y un coche que estaba adelantando a un camión lo embistió de frente. Murió al instante. El conductor se dio a la fuga. El camionero era de aquí, un amigo nuestro. Vino a casa y nos contó lo ocurrido. El pobre estaba muy afectado; desde entonces no ha vuelto a ser el mismo.

»Después de enterrar a mi padre, descubrimos que la granja se encontraba en muy mala situación financiera. Mi madre nunca ha llegado a enterarse. Perdimos la granja, pero el seguro de vida de mi padre bastó para que ella pudiera comprarse una casita en Dolgellau. En todo caso, Barmouth nunca le había gustado; demasiado turístico para ella. Para mí también lo es. Vivo con mi madre, aunque no consiente que cuide de ella. Una mujer de armas tomar, mi madre (se llama Anna), pero en el fondo es un pedazo de pan, si sabe a lo que me refiero.

—Me parece que sí —dijo Alec, pensando en su propia madre.

—Creo que ella prefiere vivir en el pueblo; hay mucha gente con la que hablar y todo queda lo bastante cerca de casa para que pueda ir a pie, especialmente ahora que le han puesto la cadera nueva.

—Pero a ti no te gusta Dolgellau.

—No. Supongo que no tengo alma de pueblerino; nací para estar en una granja. —Owen señaló el valle con un movimiento de la cabeza—. Como ésta de aquí. Adoro este sitio.

—Tú también pareces ser muy querido por aquí.

—¿Tú crees?

—Fiona te tiene en un pedestal.

Owen levantó la cabeza y miró a lo lejos.

—¿Has oído eso?

—¿El qué?

—Un silbato. He oído un silbato. Como los que usan en los puertos, ya me entiendes. Me parece que han llegado. ¡Tienen que haber subido la montaña a unas velocidades de vértigo!

La siguiente vez, ambos lo oyeron. Owen se levantó del suelo y trepó por las rocas hasta un punto elevado y empezó a llamarlos a gritos. Alec se levantó envaradamente y luego se agachó, cogió la botella de whisky y la tiró al mar.

Transcurridos un par de minutos Owen vio aparecer a dos hombres, después a más, todos llevando el mismo modelo de anorak rojo. Agitó los brazos y ellos le devolvieron las señas. Diez minutos después, los hombres ya estaban muy cerca y Owen los precedió hasta el borde del risco. Alec estaba de pie junto al cuerpo de David cuando llegaron todos. Quedó asombrado por el número de hombres que habían acudido —al menos una docena— y la cantidad de equipo que traían consigo.

Uno de ellos, unos cuantos años más viejo que los demás, le ofreció la mano y Alec se la estrechó.

—Brian Phillips, estoy al frente del equipo: ¿qué tenemos aquí?

—David Edwards —dijo Alec—. Es propietario de una granja de ovejas en Tan y Gadair, justo debajo de donde nos encontramos ahora yendo hacia el norte. Hipotermia severa, comatoso, pulso muy débil.

—¿Cuánto hace que está aquí? —preguntó el hombre que mandaba el equipo. Estaba empapado en sudor; realmente habían corrido montaña arriba.

—No sabría decírselo con certeza. Cuando me tropecé con él, hará un par de horas, estaba cayendo una granizada muy fuerte; tenía todo el cuerpo cubierto de trocitos de hielo.

—Así que no sabemos el tiempo que lleva inconsciente.

—No.

—¿De dónde ha salido esa manta?

—Es mía. Esta mañana subí aquí arriba de excursión; es de mi botiquín de primeros auxilios.

—Ese granjero ha tenido suerte de que usted llevara consigo esa manta; de no ser por ella, probablemente ahora estaría muerto. Ojalá más excursionistas fueran tan bien equipados; nuestras vidas serían bastante menos complicadas.

—Ojalá hubiera llevado más ropa de repuesto en la mochila —dijo Alec—. Lo desnudé y le puse toda la ropa seca de la que podía prescindir, pero no quería que me ocurriera lo mismo que a él cuando fuese en busca de auxilio.

—Comprendo —dijo Phillips.

Mientras Phillips recababa información, los otros miembros del equipo habían puesto manos a la obra. Dos de ellos comprobaron los signos vitales de David. Otros dos habían sacado de sus mochilas las secciones de una camilla ultraligera y la estaban montando, trabajando en equipo como una máquina bien engrasada. Algunos llevaban un equipo de escalada al completo: cuerdas gruesas, cinturones llenos de crampones y grapas, tiras y sillitas de nailon; como ignoraban cómo sería el lugar en que se encontraba la víctima, Alec supuso que venían preparados para cualquier eventualidad. Uno de ellos se había apartado un par de metros, y de vez en cuando hablaba por un transmisor-receptor portátil. Alec sólo podía oír el siseo ocasional de la estática, pero dio por sentado que el hombre estaba en contacto con el helicóptero. Otros dos rescatadores estaban aislando minuciosamente el cuerpo de David. Todos eran jóvenes y robustos, pero Alec se asombró de la delicadeza con que lo manejaban.

—La pregunta es —dijo el que mandaba el equipo sin dirigirse a nadie en particular— qué había venido a hacer aquí él. Estamos en plena temporada de parto de las ovejas; los granjeros de las colinas rara vez salen de casa por la mañana para escalar una montaña, y menos cuando tienen que atender montones de ovejas a punto de parir. Andan sobrecargados de trabajo y se encuentran demasiado cansados.

Alec pensó lo más deprisa que pudo.

—Me alojo en la granja —explicó—. Estoy casi seguro de que le oí decir a su esposa que ayer los caminantes se habían dejado abiertas algunas portillas de los pastos, y que su marido había tenido que salir de casa más temprano de lo habitual para llevar las ovejas embarazadas de regreso a los pastos de abajo. Además, sé que tiene el corazón débil: envenenamiento por bañar a las ovejas. ¿No es así, Owen?

Owen estaba de pie junto a ellos, atónito por la historia que acababa de oírle contar a Alec, pero enseguida reaccionó.

—El corazón no ha dejado de darle problemas, sí —dijo—. Ha tenido dos infartos en los últimos tres años. A veces le entran mareos, también.

—Owen trabaja para David, ayudándolo en la granja —aclaró Alec—. Por cierto —añadió, cambiando de tema—, Owen ha encontrado un sitio al oeste de aquí donde le parece que podría tomar tierra el helicóptero. Lo marcó con un círculo de piedras.

—Bien hecho —dijo Phillips—. No sé si los chicos de la RAF decidirán tomar tierra o preferirán quedarse suspendidos en el aire, pero es bueno disponer de un área segura desde donde operar.

—¡Diez minutos para el contacto, Brian! —gritó el hombre que se encargaba de las comunicaciones.

—Bueno, chicos, ¿cómo va eso? —preguntó Phillips.

—Listo para ser transportado —respondió uno de los hombres que se había ocupado de David.

La camilla fue colocada junto al cuerpo envuelto de David y cuatro hombres lo pusieron encima con mucho cuidado. La camilla disponía de una especie de cesta anexa que serviría para estabilizar la cabeza de la persona que fuera en ella. Luego los cuatro hombres cogieron la camilla y uno dijo: «Preparados... uno, dos... tres», y la levantaron del suelo al unísono.

Mientras el resto de los hombres recogía su equipo, Phillips le dijo a Owen:

—Adelante, chico, guíanos.

Despacio y con mucho cuidado, los portadores de la camilla fueron por el campo de peñascos, hablándose constantemente para coordinar sus movimientos de forma que David no se viera sacudido mientras lo transportaban. Alec los siguió con Phillips.

Oyeron el helicóptero antes de verlo, el giro de las aspas con que el rotor sacudía el aire a kilómetros de distancia. Finalmente, hacia el noroeste, Alec vio emerger una bulbosa forma amarilla del resplandor solar de última hora de la tarde. El hombre que se encargaba de las comunicaciones los estaba guiando, pero aquí en la altiplanicie desierta, Alec pensó que el piloto no podía pasar por alto los anoraks rojos de los rescatadores.

El piloto describió un círculo sobre la zona, haciéndose una idea de la disposición del terreno. El joven del transmisor portátil informó a Phillips:

—No quiere tomar tierra; prefiere quedarse suspendido en el aire.

—De acuerdo —gritó Phillips—. Eso tiene que decidirlo él.

El helicóptero se inmovilizó sobre el círculo de piedras que había hecho Owen y los portadores de la camilla fueron hacia el centro de éste. Una puerta corredera se abrió en el flanco del helicóptero por encima de ellos, y un hombre de la RAF que llevaba casco bajó suspendido de un cable sujeto a un cabrestante trayendo consigo otra camilla. El estrépito era increíble y Alec enseguida vio que los rescatadores, que no podían oírse los unos a los otros cuando hablaban, habían simplificado todo el proceso. Cuando llegó al suelo, el hombre de la RAF se quitó el arnés, se soltó el cable que lo sujetaba al cabrestante y dejó suelta la camilla. Luego hizo una señal y el helicóptero subió y se alejó de la ladera de la montaña para no correr riesgos. Con mucho cuidado, el equipo de rescate y el hombre de la RAF trasladaron a David de una camilla a otra. Entonces el helicóptero regresó, volvió a bajar el cable sujeto al cabrestante y subió al tripulante y la camilla hacia el vientre del gran pájaro. La puerta fue cerrada y el helicóptero se elevó, volvió a orientarse, bajó el morro y se alejó en dirección sur.

Alec vio cómo la forma amarilla se esfumaba en la calima y pensó en Fiona. Sabía que ella habría podido oír el helicóptero desde la granja. La pobre ni siquiera sabía que David aún estaba con vida.

—¿Adónde lo llevarán? —oyó que le preguntaba Owen a Phillips.

—A Aberystwyth —respondió el jefe del equipo—. Hay una cancha de deportes cerca del hospital. Tomarán tierra allí y una ambulancia los estará esperando. Normalmente lo llevarían a Bangor, pero allí las urgencias están saturadas.

—¿Qué posibilidades cree que tiene? —preguntó Alec.

Phillips se lo pensó antes de responder.

—Es difícil decirlo. Es asombroso que haya aguantado tanto. Y con ese corazón tan débil que tiene, cualquiera sabe lo que pasará cuando hagan que la sangre le vuelva a circular. Revivirlo muy bien podría matarlo. No hay forma de saberlo.

Alec miró a los hombres que guardaban la camilla desmontable y se echaban al hombro el equipo. Estaba oscureciendo rápidamente. Se volvió hacia Owen.

—Bueno, supongo que ya hemos acabado. ¿Qué ruta crees que deberíamos seguir para bajar?

—He estado pensando en eso. Si tomamos por la Pista del Poni, que no es tan peligrosa, ya será noche cerrada antes de que hayamos podido llegar abajo. Sólo disponemos de una linterna, y no sé cuánto tiempo les queda a las pilas. El Sendero del Zorro es más rápido, pero también más arriesgado, como ya sabes. Menos mal que dejé aparcado el Land Rover al pie de la montaña, junto a la orilla del lago.

Alec se preguntó cuántas veces podían tentar el destino en un día. Pero bajar por la Pista del Poni después del anochecer sería tan peligroso como otro descenso por el Sendero del Zorro.

—Yo pienso igual que el muchacho, y además ustedes dos tienen aspecto de ser buenos escaladores —dijo Phillips—. Si fuera yo quien tuviera que hacerlo, preferiría la ruta más complicada a tener que vérmelas con la oscuridad.

—En ese caso bajaremos por el Sendero del Zorro —dijo Alec—. Además, a estas alturas ya me lo conozco bastante bien.

Les agradeció su ayuda a Phillips y los hombres de su equipo, y entonces se acordó súbitamente de que David era hipersensible a todos los productos químicos. Brian dijo que informaría de ello por radio al equipo de la RAF y al hospital para que pudieran prepararle una habitación en condiciones. Los hombres se pusieron en movimiento hacia el suroeste, la dirección de la que habían venido. Alec cogió su mochila y con Owen se dirigieron hacia el este. No tardaron en llegar al inicio de la ladera de suelo pedregoso, y se dispusieron a emprender el complicado descenso.

—Alec, tengo que preguntártelo —dijo Owen entonces—. ¿A qué ha venido toda esa historia de los caminantes y las portillas de los cercados?

—No quería correr riesgos innecesarios —respondió Alec—. Me imagino que David tendrá alguna clase de seguro de vida. Si muere y el informe de los investigadores de la compañía da a entender que se suicidó, Fiona se quedará sin cobrar la póliza. No es que me enorgullezca mentir; sólo estoy intentando proteger a Fiona. También me libré de la botella de whisky.

Owen lo miró un instante y luego dijo:

—Ojalá se me hubiera ocurrido pensar en eso.

Se dieron la vuelta y empezaron a bajar.

12

Alec y Owen descendieron despacio, manteniéndose lo más alejados posible del borde del risco. Las últimas claridades del día hacían que el terreno por el que bajaban careciera de contrastes, y costaba distinguir entre piedras sueltas y suelo sólido. Alec tenía el cuerpo envarado por haber pasado tanto rato sentado junto a David, pero los músculos y las articulaciones no tardaron en aflojársele durante el descenso por la ladera. En varias ocasiones la grava empezó a resbalar bajo sus pies, pero siempre consiguieron detener su caída. Dejaron atrás el punto en que Alec casi se había despeñado al abismo a primera hora de la tarde. Cuando llegaron al final de la ladera, una hora después, Alec sentía las rodillas como si fueran de goma y ya estaba anocheciendo. Subieron al Land Rover aparcado junto a la orilla del Llyn y Gadair. Owen encendió el motor y, usando las luces de los faros para ver las señales que los neumáticos habían dejado en la hierba hacía unas horas, fueron descendiendo lentamente en dirección a la granja. Cada doscientos o trescientos metros, Alec bajaba del Land Rover para cerrar las portillas de los cercados.

Fiona no se había movido de la ventana de la habitación de huéspedes desocupada en el piso de arriba desde el momento en que oyó el helicóptero hasta que el cielo empezó a ennegrecerse. Era como si tratara de influir sobre el destino a pura fuerza de voluntad: David sobreviviría; Alec y Owen volverían a la granja sanos y salvos. Se asombró al comprobar que deseaba con todas sus fuerzas que David no muriera al mismo tiempo que anhelaba desesperadamente ver regresar a Alec, pero su corazón era capaz de esos sentimientos aparentemente encontrados.

Los Llewellyn habían vuelto del estuario y, tras leer la nota, subieron a su habitación sin decir palabra y se fueron poco después, presumiblemente para cenar en el pueblo. Fiona no se molestó en ir a recibirlos.

Ya casi era noche cerrada cuando oyó el viejo Land Rover de Owen avanzando penosamente hacia la granja. Vio cómo los conos de sus faros oscilaban colina abajo. Cuando las luces estuvieron cerca de la granja, bajó corriendo, abrió la puerta de atrás y esperó de pie en el charco de claridad que salía del cuarto de las botas. Owen y Alec bajaron del Land Rover y fueron con paso envarado hacia donde ella los aguardaba.

—¿Y David?

—Vivo, Fi —dijo Alec.

Fiona los abrazó por unos instantes, sintiéndose muy menuda entre aquellos dos hombres tan altos. Aparte de la gratitud, también estaba la sensación de que las constelaciones fijas de su mundo habían empezado a girar vertiginosamente, y de pronto necesitaba aferrarse a aquellas presencias masculinas para no verse arrastrada al vacío.

—Lo han llevado a Aberystwyth —oyó que decía Alec—. ¿Han telefoneado?

Fiona negó con la cabeza, se apartó y alzó la mirada hacia ellos.

—Gracias. A ambos. Entrad y pondré la tetera.

Acababan de entrar en la cocina cuando sonó el teléfono.

Los tres se quedaron paralizados un instante, y luego Fiona corrió al vestíbulo. Alec y Owen la siguieron.

La mano de Fiona titubeó unos segundos sobre el auricular y luego lo descolgó.

—Sí, granja Tan y Gadair —dijo—. Sí, soy la... Sí... Ya veo, sí... ¿Se recuperará? ¡Oh, no sabe usted la alegría que me da! Sí, comprendo. ¿Qué dice que fue? Sí, claro que sería... No; estoy bien. Tengo compañía, gracias por preguntarlo. Sí, estaré pegada al teléfono... Sí, bien... Gracias, muchas gracias.

Colgó y se quedó mirando el auricular un instante.

—David está vivo. Por los pelos, claro. Se encuentra en coma. Le están dando calor pero también lo mantienen sedado; al parecer eso ayuda a proteger su cerebro. Todavía tendré que esperar un poco antes de poder verlo. Le han hecho unos cuantos análisis. —Los miró, primero al uno y luego al otro—. Tenía mucho alcohol en la sangre. Quiso suicidarse, ¿verdad?

Owen miró a Alec y fue éste quien respondió.

—Sí, Fi, intentó suicidarse. Se había quitado la chaqueta, se bebió prácticamente una botella de whisky, se sentó entre las rocas en un sitio desde donde divisaba la granja, y esperó. Quizá deberíamos haberte avisado antes. Lo siento.

Fiona lo contempló con la mirada perdida, y luego volvió a centrar los ojos en él. Irguió los hombros y sonrió.

—Las disculpas sobran, y eso va por los dos —dijo—. David era libre de elegir, y eligió quitarse la vida. Gracias a vosotros no se salió con la suya. Lo que ocurra ahora ya no depende de nosotros. Me han pedido que no me aleje del teléfono y espere nuevas comunicaciones. —Sacudió la cabeza—. ¡Como si pudiera irme al cine!

Alec se preguntó si Fiona siempre habría tenido tanto aguante y supuso que sí, quizás incluso el día en que se había ahogado su padre.

Ella los cogió de la mano y volvieron a la cocina. Ellos se sentaron a la mesa y Fiona echó agua en la tetera.

213

—Señora Edwards, señora —dijo Owen—, ¿ha llamado usted a Meaghan?

—Sí, poco después de que os hubierais ido. No me fue posible hablar con ella. Supongo que ha sido lo mejor; en ese momento no sabía si David estaba vivo o muerto.

Volvieron a quedarse callados.

—Hablando de llamar —dijo Fiona al cabo—, ¿quieres telefonear a tu madre, Owen?

—Buena idea —replicó él y fue al teléfono del vestíbulo.

Alec se había quedado derrengado en el asiento, con la mirada perdida. Había escalado la montaña dos veces y llevaba horas funcionando a base de adrenalina. Ahora que la crisis había terminado, no le quedaban más reservas.

Fiona se sentó a su lado.

Él le sonrió.

Owen volvió del vestíbulo.

—Mamá le manda recuerdos y dice que rezará por usted, señora Edwards; que la llame enseguida si necesita alguna cosa. Bueno, creo que ahora me iré a casa si a usted le parece bien.

—Claro que sí, cariño —dijo Fiona, y le dio otro fuerte abrazo—. Eres un cielo, Owen Lewis; no sabes lo contenta que estoy de que decidieras venir a trabajar con nosotros.

El joven se ruborizó.

—No sé de ningún sitio en el que pudiera estar más a gusto que aquí, señora Edwards. ¿Volverá a llamar a Meaghan dentro de un rato?

Ella lo miró y vio algo que nunca había visto antes; sonrió.

—Lo haré, Owen.

Cuando el joven se hubo marchado, Fiona se sentó a la mesa enfrente de Alec.

—Si no hubiera sido por ti, ahora David no estaría vivo. Has estado maravilloso y nunca podré agradecértelo bastante. No sé qué sucederá ahora, pero lo que hiciste fue verdaderamente heroico. Y también una auténtica locura, sospecho, pero estoy empezando a esperar ese tipo de cosas de ti.

Él la miró y se encogió de hombros.

—Eres el hombre más maravilloso del mundo, Alec Hudson... y estás pero que muy sucio.

Él se miró por primera vez. Realmente, estaba muy sucio. Además de la tierra que se le había pegado al cuerpo, sus brazos y piernas eran un catálogo de rasguños manchados de sangre, resultado de las muchas veces que había resbalado por la pendiente.

—Supongo que no estaría de más un buen baño, ¿verdad?

Empezó a desatarse las botas. Fiona se levantó y lo ayudó a quitárselas. La parte de arriba de sus calcetines estaba manchada de sangre. Alec se levantó de la silla y dejó escapar un gemido.

Ella lo cogió de la mano.

—Ven conmigo.

Él la siguió a través de la casa hasta sus habitaciones. Fiona lo sentó en la silla al lado del hogar, y luego fue a su cuarto de baño y abrió los grifos en la gran bañera. Cuando estuvo casi llena, regresó a su sala y encontró a Alec con la mirada fija en el hogar apagado. Lo hizo levantar de la silla y lo llevó al cuarto de baño.

Despacio y con cuidado, lo ayudó a quitarse la ropa. Tenía un moretón del tamaño de un plato en un costado.

—¿Qué te has hecho aquí?

—Intenté despeñarme por la montaña y poco faltó para que lo consiguiera.

—Tonto; te dije que fueras con cuidado.

Lo ayudó a meterse en la bañera. Alec se deslizó dentro del agua caliente, torciendo el gesto mientras lo hacía. Fiona se arrodilló al lado de la bañera y le echó agua caliente en la cabeza varias veces, y luego se puso un poco de champú en la mano y le lavó el pelo lentamente, dándole un masaje en el cuero cabelludo. A Alec le parecía estar flotando en las aguas, no recostado en una bañera. Cuando hubo acabado, Fiona le echó más agua en la cabeza y aclaró a conciencia sus largos cabellos.

—Quédate un rato más en remojo —le dijo—. Les sentará bien a tus huesos, vieja reliquia. Voy a ver si improviso una cena fría con lo que encuentre en la nevera. Podemos tomarla en mi sala de estar, al lado del fuego.

—Prometo que no me escaparé —dijo Alec mientras se le cerraban los párpados.

Poco después, Fiona acababa de volver portando una bandeja con pan, queso, manzanas troceadas y una botella de vino, cuando sonó el teléfono que tenía junto a la cama. Corrió hacia él.

—¿Diga? Sí, yo misma. No, por aquí todo va bien, ¿qué ha pasado?... Ya veo... Sí, comprendo... Sí, claro que iré; estoy en Dolgellau, así que tardaré un rato en llegar... Sí, ya sé que no pueden venir a recogerme, lo entiendo. Muchas gracias. Sí, muy bien; gracias por preguntar. No, sé dónde queda, gracias. Sí, adiós.

Colgó. Alec estaba de pie en el umbral del cuarto de baño, goteando agua al suelo.

—El corazón le está fibrilando, ¿verdad?

—¿Cómo lo has sabido?

—Es lo que suele ocurrir en estos casos. Antes no he querido decírtelo.

—Tengo que ir al hospital; no saben si podrán mantenerlo con vida.

—Iremos los dos —dijo Alec al tiempo que empezaba a secarse con una toalla.

—No, Alec.

Él levantó los ojos hacia ella.

—Sé que quieres estar allí para ayudar —añadió ella—, para ser útil en todo lo que puedas, porque tú eres así. Pero esto es algo que necesito hacer sola.

Cruzó la habitación y le dio un fuerte abrazo. Oyó que los Llewellyn volvían de cenar y los ignoró. Ya sabrían arreglárselas sin su ayuda.

—Ahora tengo que irme. Te llamaré si hay alguna... novedad.

—¿Fiona?

—¿Sí?

—Espero que no le pase nada a David.

—Gracias. Yo también lo espero.

Unos instantes después oyó ponerse en marcha el coche. La transmisión chirrió al salir rápidamente marcha atrás del granero, hubo un repiqueteo de grava despedida por los neumáticos y Fiona se puso en camino. El valle estaba tan silencioso que Alec podía oír cada vez que ella cambiaba de marcha mientras se alejaba por la carretera principal en dirección a Dolgellau.

El reloj del salpicadero indicaba las diez y cuarto. Las tortuosas calles de Dolgellau se hallaban prácticamente desiertas, y Fiona sólo necesitó unos minutos para llegar a la A470. Cuando llegó al Cruce de los Zorros, siguió adelante cambiando sin detenerse y llegó a lo alto del paso en cuestión de segundos. Durante la bajada a través de Bwylch Llyn Bach, tenía toda la carretera a su disposición y pasó de los carriles que iban en dirección sur a los que llevaban en dirección norte, tomando cada curva por el lado corto para hacerla lo más recta posible mientras la carretera serpenteaba a través del estrecho valle. El motor del coche protestaba suavemente cada vez que ella cambiaba de marcha, pero los neumáticos no chirriaron ni una sola vez. Fiona disfrutaba conduciendo del mismo modo en que un chef disfruta haciendo uso de su cocina: el individuo y la maquinaria se convierten en una sola cosa.

Llegó a la parte más profunda del valle cerca de Tal y Llyn y volvió a reducir de marcha para subir por el paso que llevaba a Corris. Cuando la carretera inició un brusco descenso en dirección al valle siguiente bajo un dosel de árboles de negras hojas, los faros del coche perforaron un túnel en la oscuridad. El trazado volvió a nivelarse casi enseguida, y Fiona fue por el viejo puente que cruzaba el río Dyfi. Al otro lado del río, cuando entró en Machynlleth, frenó y aminoró la velocidad hasta por debajo del límite. No quería que le pusieran una multa por exceso de velocidad, eso suponiendo que hubiera algún agente de servicio a esas horas de la noche. Pasó junto a la antigua torre del reloj que se alzaba en el lado oeste de la plaza del pueblo. Cuando llegó al otro extremo de Machynlleth, volvió a pisar el acelerador y corrió hacia el sur por la A487. La topografía se hizo menos complicada y la carretera dejó de tener tantas curvas. El pequeño coche rojo pasó como una exhalación por los pueblecitos dormidos de Tal y Bont y Bow Street.

Cuando llegó al letrero de «Bienvenidos a Aberystwyth», el reloj del salpicadero marcaba las once. Cuarenta y cinco minutos. No estaba mal para un trayecto que normalmente requería una hora.

Fiona dio su nombre en la recepción del hospital y le indicaron el camino a la UCI, donde una enfermera vino a su encuentro. Era una mujer corpulenta, con una dulce sonrisa y maneras muy amables. En la plaquita roja que llevaba sujeta al uniforme ponía «Meudwen».

—Siento que hayamos tenido que hacerla venir a estas horas —le explicó—, pero durante un rato pensamos que podíamos perderlo. Hemos tenido que usar el desfibrilador en dos ocasiones, pero su corazón volvió a latir en ambos casos. Su temperatura ya casi ha vuelto a la normalidad. Pero no sabemos si saldrá del coma en cuanto le reduzcamos la sedación. O en qué estado se encontrará cuando lo haga. Tiene un buen médico, por suerte: James Pryce. Es joven y suele hacer montañismo; es nuestro experto en casos de exposición a la intemperie.

La enfermera condujo a Fiona por un pasillo tenuemente iluminado. En las habitaciones a oscuras se veían los parpadeos de las lucecitas rojas, verdes y amarillas del equipo y los pequeños monitores que mantenían un registro constante de los signos vitales. Fiona pensó en lo poco adecuada que era esa maquinaria para la delicada tarea de captar la presencia de un espíritu humano. El único sonido audible en la unidad era el suave palpitar de los equipos de apoyo vital. Finalmente la enfermera entró en una habitación y dijo:

—Aquí lo tiene. Si necesita algo, estaré en el puesto de enfermeras. —Llevó a cabo una rápida comprobación de los monitores y luego se marchó.

Fiona acercó una silla y se sentó frente a su marido inconsciente. Una gruesa lámina de vinilo transparente colgaba de una guía sujeta al techo y rodeaba la cama para que David no tuviera ningún contacto con los productos químicos presentes en el hospital. Un delgado tubo de plástico le suministraba oxígeno a través de la nariz.

Fiona había pasado la mitad de su existencia con aquel hombre y no quería que muriese. David le había dado la vida que ahora ella abrazaba como propia. La había traído a ese valle, y Fiona había sido feliz durante años, si bien de una manera callada y discreta. Los quehaceres de la granja la reconfortaban y la hacían sentirse en paz consigo misma. Cierto, su marido rara vez la consultaba respecto a cómo llevar la granja. Pero, aunque al principio David se había resistido a la idea de ofrecer un servicio de alojamiento y desayuno, con su mensaje implícito de que él no era capaz de ganar lo suficiente con la granja, Fiona no tardó en darse cuenta de que el éxito del negocio había sido un motivo de orgullo para él. Sin embargo, después de haber enfermado y ver que ahora era

Fiona la que se encargaba de ganar el dinero para la casa, había empezado a sentir un resentimiento cada vez mayor hacia ella. Era comprensible, por mucho que saberlo no supusiera ningún alivio. David estaba perdiendo el control de su propia vida. Eso era lo horrible que tenía aquella situación, pensó ella. Su marido no era ahora, ni lo había sido nunca, un mal hombre. Fiona sabía de algunas mujeres —mujeres que vivían en el mismo valle que ellos— cuyos maridos les controlaban hasta el último aspecto de sus vidas. David nunca había sido así.

Pero el que Alec apareciese en la existencia de Fiona había iluminado con una nueva luz todas las facetas de su matrimonio que hasta entonces habían permanecido envueltas en sombras, llenándose de polvo. Ella y David no tenían —nunca habían tenido— la clase de profunda intimidad que Fiona había esperado llegar a conocer. Ciertamente nunca habían hecho el amor como ella y Alec la noche anterior. Eran más bien socios comerciales antes que almas gemelas. David la había ayudado a educar a Meaghan, especialmente durante los complicados primeros años de la adolescencia, en los que su hija sólo parecía hacerle caso a él. Eso era lo más importante que habían compartido. Pero mientras lo contemplaba allí tendido tras su cortina de plástico transparente, de pronto Fiona se dio cuenta de que en muchos otros aspectos ella y David habían llevado existencias completamente separadas, incluso cuando todavía compartían la misma casa y el mismo lecho. Durante todos aquellos años ella se había sentido sola por la sencilla razón de que, a todos los efectos prácticos, estaba sola. Sus planetas separados nunca habían llegado a colisionar, pero tampoco seguían la misma órbita. Cuando David tuvo que mudarse al henil reconvertido en vivienda, Fiona apenas había notado ninguna diferencia. Ella y Alec, en cambio, eran la tierra y la luna, unidos por su mutuo tirón gravitatorio.

Miró la pauta de los latidos del corazón de David en el monitor que había al lado de su cama; la línea amarilla que discurría en un trazado de picos y valles, el paisaje del ser de David dibujado a través de una pantalla. Arriba, abajo. Bombeo, descanso. Vida, muerte.

Alec estaba sentado junto al fuego en la sala de estar de Fiona y picoteaba distraídamente de la cena que ella le había dejado. Todavía estaba envuelto en la toalla mojada. Se encontraba demasiado cansado para vestirse, incluso para tener hambre. Y demasiado inquieto. La situación en que se hallaba era insostenible. En una habitación de hospital a una hora de distancia de allí, David Edwards yacía gravemente enfermo y su esposa estaba junto a la cabecera de su lecho, deseando con todas sus fuerzas que viviera. Era como tenía que ser. Alec simplemente era el nuevo amigo de Fiona, alguien que había aparecido de pronto en su vida, encontrado a su marido mientras éste agonizaba en lo alto de una montaña, y lo había mantenido con vida hasta que llegaron los del rescate. Esa historia tenía sentido, pero no así la otra, la que corría paralela a la primera y en la que él y Fiona eran amantes, estaban sentados a la mesa de la cocina cenando juntos y luego acostados en la misma cama, soñando con estar juntos para siempre.

Una parte de él deseaba que David hubiera muerto en lo alto de la montaña —como aparentemente había deseado el mismo David—, y a Alec lo llenaba de horror descubrir que era capaz de sentir algo así. Pensó en la muerte de Gwynne y las semanas que él había pasado en su habitación de hospital. Pensó en la pena que había sentido cuando murió ella, y en el hecho de que el divorcio no borra la historia de dos existencias vividas juntas. Eso ni siquiera la muerte lo hace. En todo caso, la muerte intensifica los recuerdos. Gwynne todavía estaba con él, no sólo como un recuerdo, sino como una presencia palpable. Alec estaba seguro de que había tenido que haber muchos momentos felices en el matrimonio de Fiona y David. Mientras contemplaba bailar las llamas en el hogar, la imaginó reviviéndolos en aquel preciso instante.

13

15 de abril de 1999

Una mano le tocó suavemente el hombro a Fiona, que despertó con un sobresalto.

—¿Señora Edwards? —Era Meudwen, la enfermera—. Ha venido el doctor Pryce.

Fiona se apresuró a levantarse de la silla. Demasiado deprisa; tuvo que agarrarse al respaldo hasta que se le hubo pasado el primer momento de mareo.

—Lo siento; supongo que me he quedado dormida.

—La envidio. Si no estuviera de guardia esta noche, yo también estaría dormido. Jamie Pryce —se presentó el doctor, al tiempo que le tendía la mano.

James Pryce era alto y robusto, más de metro ochenta y de hombros muy anchos. A Fiona le pareció que tendría unos treinta años. La enfermera le había dicho que era montañero, y Fiona pensó que tenía todo el aspecto de serlo. El doctor examinó a su paciente y luego se volvió hacia ella.

—Sé que quiere saber cómo se encuentra su marido, señora Edwards, pero es poco lo que puedo decirle con certeza en este momento. Su marido está vivo. Lo hemos sacado de su hipotermia y ha superado dos episodios de fibrilaciones ventriculares. Pero no sabremos mucho más hasta que despierte del coma.

—¿Cómo estará cuando lo haga?

—Ojalá pudiera decírselo. Entre la hipotermia y las irregularidades de su corazón, el suministro de sangre y oxígeno al cerebro se ha visto seriamente comprometido. Tal vez se encuentre perfectamente. Tal vez haya sufrido daños en ciertas funciones cerebrales.

—¿Qué deberíamos hacer ahora?

—Si yo fuera usted, señora Edwards, me iría a casa e intentaría descansar un poco. Ya sé que resulta ridículo decirle esto a la esposa de un paciente en la situación de David, pero es imposible saber cuánto tiempo puede llegar a prolongarse este proceso. Iremos reduciéndole los sedantes gradualmente y ya veremos qué pasa.

—¿David todavía corre peligro de morir?

—No, no lo creo. Ahora se encuentra fuera de peligro.

Fiona respiró hondo.

—Gracias, doctor Pryce.

El médico fue hacia la puerta y Meudwen lo siguió.

—La avisaremos tan pronto haya algún cambio en su estado, señora Edwards —dijo la enfermera.

Fiona se quedó a los pies de la cama de su marido, contempló su forma inerte detrás de la cortina de plástico, y luego se dio la vuelta y salió de la habitación.

No fue hasta que estuvo fuera del hospital cuando comprendió que tenía que haber dormido unas horas. Más allá de los montes Cambrianos, el cielo empezaba a ponerse de un amarillo pálido en el este. Iba a hacer una mañana muy despejada. Antes había visto un teléfono público en el vestíbulo y decidió hacer otro intento de hablar con Meaghan. Mejor ahora, antes de que su hija se fuera a clase.

El teléfono sonó varias veces y finalmente una voz somnolienta respondió.

—¿Diga?

—Hola, querida, soy yo.

—¡Mamá! ¿Cómo es que me llamas a... —hubo una pausa mientras Meaghan obviamente miraba el reloj— a estas horas? ¿Ocurre algo? Le ha pasado algo a papá, ¿verdad? ¡Ha tenido otro ataque!

—Meaghan, tranquilízate. No ha sido otro ataque al corazón. Tu padre ha tenido un accidente en la montaña y pasó demasiado frío mientras estaba tirado allí arriba. Ahora lo tienen ingresado en el hospital de Aberystwyth. Está inconsciente pero fuera de peligro.

Fiona oyó otra voz, ésta masculina. Meaghan cubrió el auricular con la mano y hubo un intercambio de palabras sordas. Luego volvió al teléfono.

—Voy para allá; estaré allí esta tarde, mamá. Te llamaré en cuanto sepa a qué hora llego a la estación de Barmouth. ¿O debo ir a Aberystwyth?

—Meaghan, no hace falta que vengas a casa. De momento no podemos hacer nada hasta que tu padre recupere el conocimiento.

—¿Barmouth o Aberystwyth, madre?

Fiona cerró los ojos y suspiró.

—Barmouth, querida.

—De acuerdo. Te llamaré en cuanto sepa la hora a que llega el tren —dijo Meaghan. Luego, en lo que a Fiona le pareció una ocurrencia del último momento, añadió—: ¿Mamá? ¿Estás bien?

—Sí, querida, estoy bien.

Fiona colgó. De repente, le dolía todo.

Condujo hacia el norte. Después de haber cruzado el puente del río Dyfi en Machynlleth, torció hacia la izquierda para entrar en la A493 e ir en dirección a Aberdovey y la costa. Le encantaba el mar y ahora necesitaba su vasta y reconfortante certeza. La superficie del estuario del Dyfi era una lisa lámina plateada que reflejaba los primeros albores de la mañana. Había patos en el agua, y unos cuantos cormoranes pasaban en vuelo rasante sobre la superficie sostenidos por sus largas alas negras.

Fiona siguió la A493 en dirección norte hasta la población costera de Tywyn. Allí la carretera torcía hacia el interior a lo largo de unos cuantos kilómetros para sortear los meandros del río Dysynni y luego volvía a enfilar la costa. En el pueblecito costero de Fairbourne, en la desembocadura del Mawddach, Fiona encontró una cafetería abierta. Pidió un café y se lo llevó a la playa desierta. La mañana era fresca y una ligera brisa marina ondulaba la superficie del océano. Las gaviotas describían círculos en el cielo mientras lanzaban sus graznidos quejumbrosos. Más allá de los rompientes, las golondrinas de mar se dejaban caer en picado para capturar los pequeños peces que nadaban cerca de la superficie. Legiones de frailecillos deambulaban por la arena sondeándola con sus picos afilados como lancetas, y todos alzaron el vuelo como una sola ave cuando vieron aproximarse a Fiona. El aire estaba impregnado de sal y le cosquilleaba en las fosas nasales. Fiona fue a lo largo de la playa, contorneando la hilera de restos arrastrados hasta allí por la marea.

Fiona se dio cuenta de que había tres fuerzas librando una dura batalla en su corazón: la costumbre, el deber y la pasión. Pensó en David y las dos décadas de su matrimonio y comprendió que las probabilidades de que ella llegase a tener una vida con Alec eran de dos contra una. Eran la costumbre y el deber contra la pasión.

Se sentía atrapada. Exhausta y atrapada.

Cuando por fin llegó a casa, la sombra de la montaña aún no se había apartado. En el vestíbulo, vio que los Llewellyn habían dejado un cheque al lado del teléfono. Fiona fue a sus habitaciones y encontró a Alec dormido en la silla donde lo había dejado, el fuego apagado hacía rato. Lo despertó con besos.

Él parpadeó y miró en derredor.

—Ups —farfulló.

—No puedo creer que todavía estés sentado aquí.

—¿Cómo se encuentra David?

—Sigue inconsciente, pero el médico dice que está fuera de peligro.

—Me alegro, Fi.

Ella sabía que era verdad.

—Ven conmigo, anda —dijo cogiéndolo de la mano.

Una vez en su dormitorio, empezó a quitarse la ropa.

—Fi, ¿no crees que deberíamos hablar...?

—No. —Ella le puso una de sus esbeltas manos en la boca y lo atrajo hacia la vieja cama. Luego se le puso encima, apretando su cuerpo desnudo contra el suyo.

—Ocurra lo que ocurra, hay una cosa que quiero que sepas —le susurró al oído—. Te amo con todo mi ser.

Alec la estrechó contra su pecho. Fiona dejó una estela de besos, ligeros como plumas, a lo largo de su esternón, a través del delta de vello que crecía en su vientre, hasta llegar al más espeso que había en sus ingles. Tomó su miembro en la boca y lo succionó suavemente hasta que Alec estuvo completamente erecto. Luego bajó poco a poco sobre él.

Fue todo lo que hizo. Era todo lo que necesitaba: estar unida a él. Alec lo entendió y permaneció inmóvil dentro de ella. Fiona lo tumbó sobre el costado, su miembro todavía dentro de ella, y lo estrechó entre sus brazos. Nunca se había sentido tan completa. Alec hundió la cara en su pelo y le murmuró palabras de cariño y afecto.

Ambos se quedaron dormidos en cuestión de minutos.

Cuando el teléfono trinó suavemente a su lado, Fiona se abalanzó sobre él, al punto despierta por completo.

—¿Diga? —Oyó el pánico en su propia voz—. Oh, gracias a Dios eres tú; pensaba que era el hospital.

«Meaghan», articuló girándose hacia Alec para que le leyera los labios. Él se había incorporado y estaba apoyado en un codo.

—No, de momento no ha habido cambios. Está inconsciente pero estable. De acuerdo. Cinco y media. Alguien irá a buscarte a la estación, cariño. Sí. Adiós.

—¿Qué hora es? —preguntó Alec.

—Asombrosamente, son más de las doce. Meaghan llamaba desde la estación de Birmingham, donde va a cambiar de tren.

Volvió a recostar la cabeza en la almohada y suspiró.

—¿Cómo te sientes?

Fiona se volvió hacia él.

—Asustada.

—¿Por David?

—Por todo. Dentro de unas horas Meaghan estará aquí y no sé qué le diré con respecto a ti. Lo que significa que no sé qué hacer con respecto a nosotros.

—Lo sé. Yo tampoco. —Miró el techo—. Estamos cambiando, Fi. No, en realidad no se trata de eso; estamos siendo cambiados. Antes creía que si ponía suficiente empeño en las cosas, me mantenía alerta y pensaba con la cabeza, podría hacer que todo saliera bien. Lo creía a pies juntillas. He tardado años en aceptar que no puedo hacerlo. No dispongo de ese poder; nadie dispone de él. Tampoco es que crea mucho en la fe o el destino, pero pienso que lo que podemos hacer a partir de ahora es tener fe el uno en el otro y esperar a ver qué nos depara el destino.

Fiona lo abrazó muy fuerte.

—Creía que eras un poco más romántico.

—Mi corazón lo es; ahora es mi cabeza la que habla.

—Me gusta más tu corazón.

228

Se dio la vuelta y se levantó. Alec pensó que era la criatura más hermosa que había sobre la faz de la tierra. La imitó y enseguida deseó no haberlo hecho: le dolía todo.

—O estoy demasiado mayor para subir corriendo montaña arriba o para quedarme dormido en una silla. —Rió—. Probablemente para ambas cosas.

Fiona se acercó y le acarició la mejilla.

—No sabes cómo lo siento —dijo. Se puso de puntillas y le besó la punta de la nariz—. Bueno, será mejor que me ponga en marcha.

—Voy contigo.

Sólo hacía unos instantes que habían entrado en la cocina cuando oyeron el Land Rover de Owen viniendo hacia la casa desde uno de los pastos. Fiona llenó de agua la pava eléctrica y la conectó.

Owen llamó a la puerta de atrás.

—¡Entra!

La puerta se abrió y Owen pasó por el cuarto de las botas y asomó la cabeza en la cocina.

—Perdone, señora Edwards, es que...

—Sí, lo sé, te educaron así. Mira, ya hace más de un año que estás con nosotros, ¿verdad?

—Sí, señora.

—¿No te parece que va siendo hora de que dejes de llamarme «señora Edwards»? Me hace sentirme como una anciana. Me llamo Fiona..., preferiblemente Fi. ¿De acuerdo?

—Sí, señora.

—¡Y haz el favor de dejar de llamarme señora!

—Sí, señora.

Fiona se echó a reír, y Owen comprendió que David había sobrevivido.

—¿Cómo se encuentra?

—Sigue con vida. Llamarán en cuanto recupere el conocimiento. ¿Té?

—Una taza de té me sentaría muy bien, Fiona..., quiero decir señora —se embarulló Owen.

No por primera vez, Alec se preguntó cómo se las habrían arreglado los ingleses si el té no hubiera llegado de Extremo Oriente en el siglo XVII. Era como si aquella modesta bebida fuese el lubricante que ayudaba a pasar de uno a otro acontecimiento en el curso del día, sin importar lo prosaicos o portentosos que fueran los acontecimientos. El té siempre era la constante.

Owen se sentó a la mesa y Fiona le contó lo poco que había sabido de labios del doctor Pryce. Él asintió, rumiando todo lo que escuchaba.

Fiona le trajo el té y se sentó enfrente de él.

—¿Owen?

—¿Señora?

Ella sonrió.

—A partir de ahora la granja queda a tu cargo. Aunque David se recupere, ignoro lo que será capaz de hacer en el futuro, ni siquiera sé si se enterará de las cosas. ¿Comprendes? Me gustaría que te hicieras cargo de todo. Tú puedes hacerlo, Owen. Sé que puedes, y no conozco a nadie más capacitado para llevar la granja.

Owen se quedó sin habla por unos instantes. Luego se irguió en el asiento.

—Lo haré lo mejor que pueda..., Fiona —dijo, todavía intentando acostumbrarse a tutearla.

—Sé que lo harás, Owen Lewis.

Ella levantó su taza de té y brindaron el uno por el otro.

—Una cosa más —dijo después—. He llamado a Meaghan. Llegará en el tren de la tarde. ¿Crees que podrías ir a recogerla a la estación de Barmouth?

—Claro que sí.

—Bien. Eso me sería de gran ayuda. Ahora ve al campo y procura no perder demasiadas ovejas. ¡Acuérdate de que a partir de ahora eres el responsable de todo, jovencito!

Owen apuró su taza, se levantó, le dio una palmadita en el hombro a Alec y salió por la puerta de atrás.

Fiona lo siguió con la mirada.

—Adoro a ese chico —dijo, como si hablara consigo misma.

—¿Qué clase de plan estás tramando, Fiona?

Ella lo miró y sonrió.

—No sé de qué me hablas.

—Claro.

Guardaron silencio un rato. Alec paseó la mirada por la cocina, cada uno de sus recovecos ahora tan familiares para él.

—Me encanta esta cocina, Fi.

Ella lo miró.

—Y a mí encanta tenerte en ella. —Y aunque sonrió, a él le pareció que era una sonrisa un poco forzada.

»Bueno, ya va siendo hora de que prepare algo para cenar. ¿Querrías hacerme un favor?

—Dispara.

—¿Te importaría bajar al pueblo a por un par de botellas de vino? Se nos han terminado, y me parece que esta noche voy a necesitarlo.

Alec captó la indirecta. Fiona necesitaba estar a solas un rato.

—Claro. ¿Tinto o blanco?

—Tinto.

—Ahora mismo voy. ¿Las llaves del coche?

—Están en el contacto, chico de ciudad —se burló ella.

Alec condujo lentamente por Cadair Road. Los antiguos muros de piedra y los viejos árboles proyectaban largas sombras al sol de última hora de la tarde. Había bajado la ventanilla y soplaba una cálida brisa llena de fragancias. La primavera ya estaba muy avanzada. Los pálidos tonos verdosos del principio de la estación empezaban a volverse más intensos, y los espinos no tardarían en abrir sus primeros brotes. Alec metió el coche en la plaza de Dolgellau y aparcó. Paseó por las calles, saludó a John Lewis, el carnicero, que estaba de pie en la entrada de su comercio, y entró en la bodega, donde compró dos botellas de Shiraz australiano. Luego volvió a subir al coche y recorrió la plaza con la mirada. No había ninguna causa racional para ello, pero estar allí hacía que se sintiera como en casa. No quería irse nunca.

—¿Qué es eso que huele tan bien? —preguntó Alec cuando entró en la cocina y dejó las botellas de vino en la encimera.

—Oh, unas cositas que he encontrado por ahí —dijo Fiona con una sonrisa—. He puesto a hervir patatas y judías verdes, y he pasado por la sartén un poco de bacón con salchicha y cebollas. Luego lo he recubierto todo con queso gratinado y ahora lo tengo en el horno.

—Suena muy apetitoso y huele de maravilla; me muero de hambre. ¿Qué puedo hacer para ayudar?

—¿Pones la mesa? Yo diría que para cuatro. Tengo el presentimiento de que Owen querrá quedarse a cenar. Ha ido a recoger a Meaghan.

Unos minutos después oyeron el Land Rover de Owen subiendo por el camino. Entró en el patio de la granja y se detuvo. Una puerta se cerró y luego Owen metió el Land Rover en el granero. La puerta de atrás se abrió y una joven entró en la cocina. Tenía facciones muy delicadas y la piel casi translúcida. El pelo negro azabache, recogido a un lado, caía en una oscura cascada que casi le llegaba hasta el pecho. Salvo por el pelo y los insondables ojos castaños, era el vivo retrato de Fiona, esbelta y menuda como ella. Alec había esperado verla con el típico uniforme de las universitarias, un suéter acompañado por unos tejanos descoloridos. En cambio, Meaghan llevaba un traje de dos piezas gris oscuro con la falda entallada, medias opacas y unos discretos zapatos negros de medio tacón.

Detrás de ella apareció un joven, desgarbado y de facciones angulosas, que le sacaba unos cuantos centímetros. Su pelo, negro y un poco encrespado, lucía reflejos rubios en las puntas. Llevaba un traje negro con tenues rayas color lavanda, una camisa blanca con el cuello desabrochado y una corbata púrpura con el nudo flojo. En el lóbulo de una oreja tenía un pequeño aro dorado, como si estuviera estudiando para ser pirata. A juzgar por su indumentaria, ambos venían preparados para lo peor.

—Meaghan, tesoro —dijo Fiona al tiempo que la estrechaba entre sus brazos.

—¿Cómo está papá?

—Estable. Todavía inconsciente que sepamos. De momento no hemos tenido más noticias del hospital.

Madre e hija se separaron y se hizo un incómodo silencio. Fiona esperó sin decir nada.

—¡Oh! Madre, éste es Gerald. Gerald Wilson.

Alec se preguntó si Meaghan siempre llamaba «madre» a Fiona o si sólo lo hacía por presentar formalmente a su amigo.

El joven inclinó la cabeza hacia Fiona, pero no abrió la boca.

Quizá fuera aquel traje negro barato con doble solapa, o su peculiar silencio, o la situación en que se encontraban todos, pero Alec pensó que Gerald Wilson le recordaba a un enterrador, y por alguna razón que no hubiese sabido explicar presintió que no habría que esperar demasiada sinceridad por su parte.

Owen entró en la cocina.

—¿Ha habido alguna novedad, señora Edwards?

—Me temo que seguimos igual, Owen. Te quedarás a cenar, ¿verdad?

El rostro del joven respondió antes que su voz. El que Meaghan hubiera venido acompañada había supuesto una clara decepción para Owen.

—Gracias, pero no; he de ir a ver a mi madre.

Fiona ladeó la cabeza y apretó los labios en una sonrisa de resignación, indicando que lo entendía.

—Entonces dale recuerdos de mi parte, Owen.

—Se los daré. Buenas noches, Meaghan. —Miró a Alec, se despidió de él con una inclinación de la cabeza y se fue.

Meaghan se volvió hacia la puerta, pero Owen ya se había ido.

—¿Y usted es...? —dijo Meaghan, dirigiéndose a Alec en un tono bastante más seco de lo que prescribía la buena educación. Estaba junto a la ventana de la cocina, viendo cómo el Land Rover de Owen se alejaba sendero abajo.

—Oh, cielos —dijo Fiona—, lo siento. Éste es Alec, Alec Hudson. Encontró a tu padre en la montaña. Alec era... es... un huésped. Alec, mi hija, Meaghan.

—Le estoy muy agradecida, señor Hudson —dijo la joven envaradamente. No le ofreció la mano.

Alec inclinó la cabeza ligeramente.

—Encantado de conocerte, Meaghan.

—Bueno —dijo Fiona—, seguro que estáis hambrientos. ¿Comemos? Me temo que la cena será bastante sencilla, algo que solía preparar mi abuela. No he podido ir de compras, con todo lo que ha ocurrido. —Se preguntó por qué sentía la necesidad de disculparse, dadas las circunstancias.

Alec le acercó una silla y luego cogió una para él.

—¿Va a cenar con nosotros? —preguntó Meaghan.

—¡Meaghan! —saltó Fiona—. Alec Hudson le salvó la vida a tu padre; claro que va a cenar con nosotros.

Los cuatro tomaron asiento. Fiona respiró hondo para calmarse mientras Alec servía vino en las copas. Luego contó lo sucedido en la montaña y lo que habían hecho Alec y Owen. Cuando acabó, Meaghan se volvió hacia Alec.

—No sabe usted cómo lo siento, señor Hudson; estará pensando que soy una maleducada.

—Lo que pienso es que ahora mismo estás muy afectada por lo sucedido —replicó él con una afable sonrisa—, cosa que me parece perfectamente normal. Y llámame Alec, por cierto.

La expresión de Meaghan se distendió.

—Gracias, Alec. ¿Eres norteamericano?

—Sí, de Seattle.

—Bueno, Gerald —interrumpió Fiona mientras les servía—, háblanos de ti. ¿También estás estudiando en la universidad?

—Sí. A tiempo parcial, digamos. Estudio ciencias empresariales, pero ya estoy trabajando en Colliers, los agentes de la propiedad inmobiliaria.

Meaghan tomó las riendas de la conversación.

—Gerald piensa que el *boom* inmobiliario en Londres está a punto de extenderse al campo, ¿no es así, Gerald?

—En efecto.

Alec lo miró.

—¿Qué opinas del impacto que tendrá sobre el desarrollo agrícola, particularmente cuando podrían reutilizarse creativamente las viejas estructuras industriales abandonadas?

Gerald lo miró con los ojos en blanco.

—De momento no he tenido nada que ver con eso —dijo, y Alec se preguntó si sería algo más que un chico de los recados en Colliers.

Meaghan acudió al rescate de su novio.

—¿Y tú a qué te dedicas, Alec, cuando no estás salvando gente en las montañas?

—Soy escritor.

—¿De verdad? ¿Debería conocerte?

Alec vio que su madre le lanzaba una mirada de advertencia, pero él ya estaba acostumbrado a aquella pregunta; todo el mundo se la hacía nada más conocerlo.

—Probablemente no, a menos que leas todo lo que se edita sobre economía y políticas sociales.

—Alec escribía discursos para Jimmy Carter —intervino Fiona.

—¿Quién? —preguntó Gerald.

Alec rió.

—Fue presidente de Estados Unidos. Un poco antes de tu época. —Volviéndose hacia Meaghan, continuó—: También suelo trabajar como *negro* para otras personas, así que habitualmente mi nombre no aparece en la cubierta de los libros que escribo.

—Gerald, no estás comiendo nada —terció Fiona—. ¿Es que no tienes hambre?

—Humm...

—Gerald es vegetariano, mamá —anunció Meaghan, con tanto orgullo como si la reina de Inglaterra hubiera encontrado tan admirable ese tipo de abstinencia gastronómica por parte del chico que lo había nombrado caballero—. Piensa que es una crueldad comerse a seres del reino animal.

Fiona enseguida superó el primer desconcierto.

—Bueno —gorjeó—, en ese caso deja en un lado del plato todos los trocitos de animal, querido, y cómete las verduras. Meaghan, supongo que ya habrás avisado a Gerald de que en esta granja se crían ovejas, ¿verdad? ¿Quieres un poco de pan, Gerald? ¿Qué me dices de la mantequilla; te parece bien?

—El pan y la mantequilla me irán estupendamente.

Mientras los tres comían y Gerald iba cambiando de sitio el contenido de su plato, la conversación volvió a centrarse en David. Meaghan quería ver a su padre inmediatamente. Fiona dijo que no serviría de nada que fuera a verlo mientras no recuperase el conocimiento. Viéndolas, Alec se sintió impresionado por lo mucho que madre e hija se parecían. Meaghan también tenía tendencia a ladear la cabeza cuando pensaba en algo. Ambas movían las manos de la misma manera y solían recurrir a los mismos giros verbales. Miró a Gerald, quien estaba tan aburrido que parecía haber caído en una especie de trance hipnótico. Se preguntó qué vería Meaghan en aquel chico. Esa habilidad para dárselas de hombre de mundo aprendida en los ambientes urbanos, quizá, que ella no había conocido allí en el valle. Una cierta petulancia, posiblemente. Pero Alec sospechaba que en Gerald Wilson había más estilo que sustancia.

Meaghan acabó de cenar, echó su silla hacia atrás y se levantó.

—Bueno, si no vamos a ir al hospital esta noche, me parece que nos cambiaremos de ropa y luego bajaremos al pub.

Este anuncio pareció revivir a Gerald, que se levantó también. Precedido por Meaghan, cogió la única maleta que habían traído y Fiona los siguió.

—¿Dónde quieres que nos pongamos? —oyó Alec que preguntaba Meaghan.

—Alec está en la habitación grande, pero las otras dos se encuentran disponibles —respondió Fiona.

Meaghan se echó a reír.

—¡Oh, mamá, no necesitamos dos habitaciones! ¡Gerald y yo somos amantes!

Alec estaba recogiendo la mesa, preguntándose por qué Meaghan no se había ofrecido a lavar los platos, cuando Fiona volvió a entrar y se dejó caer en una silla.

—Dios mío —dijo—. Meaghan se está acostando con esa comadreja.

Alec rió suavemente.

—¡No le veo la gracia!

—Ya sé que no, Fi. Es sólo que me estaba preguntando qué haría yo si se tratase de mi hija. Me parece que no sería capaz de escandalizarme. No si mi hija tuviera los años que tiene Meaghan, quiero decir. Verás, he estado pensando que quizás optaría por hablar con ella para decirle que debería ser un poco más selectiva. Me refiero a que salir con un chico que luce un pendiente en la oreja es un poco...

—Creo que ahora es la última moda —repuso Fiona con expresión lúgubre—. No, lo que no acabo de entender es la desvergüenza con que me habló de ello —añadió, al tiempo que sacudía la cabeza.

—¿Debería sentirse avergonzada, Fi?

—Bueno, ciertamente podría haberse mostrado un poco más circunspecta al respecto.

—Circunspecta. Humm. ¿Contándote alguna mentira, quieres decir? ¿Yendo de puntillas de una habitación a otra en plena noche?

Fiona lo fulminó con la mirada.

—Ya veo que no lo entiendes.

Alec se secó las manos, se acercó a Fiona y la besó en la coronilla. Ella enlazó una de sus largas piernas con los brazos y luego le dio una palmada en el trasero.

—Habrías sido un padre terrible —dijo—, aunque he de admitir que eres bastante buen amante.

—Esa palabra poco discreta... —ironizó Alec.

Fiona se puso rígida en el asiento y se llevó la mano a la boca.

—Oh, Dios; ahora entiendo qué te hizo tanta gracia.

—¿El que tu reacción me haya recordado bastante a la de la sartén cuando acusa a la olla de estar ennegrecida por el fuego, quieres decir?

Ella asintió y no pudo contener la risa.

—No soy la persona más indicada para darle lecciones de moral a Meaghan, ¿verdad?

Alec le apretó el hombro.

—La situación no es del todo comparable. Ellos sólo se

están acostando; nosotros tenemos un problema más gordo.

Fiona volvió a ladear la cabeza y pareció que iba a decir algo, pero entonces oyeron que Meaghan y Gerald venían por la sala de estar.

—¿Dónde están las llaves del coche, mamá? —preguntó Meaghan nada más entrar en la cocina.

—Querida, el pub queda a un kilómetro escaso de la granja; antes nunca necesitaste un coche para llegar allí.

Meaghan puso mala cara.

—Si llaman del hospital —terció Alec—, tu madre podría necesitar un medio de transporte rápido. ¿Qué os parece si os llevo en el coche, y luego volvéis dando un paseo bajo las estrellas?

La sugerencia sólo pareció enfurruñar más a Meaghan.

—Olvídalo —dijo secamente, y dio media vuelta—. Vamos, Gerald.

El joven se estaba mirando lo que aparentemente eran sus mejores zapatos, como si lo horrorizase la perspectiva de tener que ir con ellos por aquellos senderos perdidos de estiércol; pero la siguió obedientemente fuera de la cocina.

Fiona estaba que echaba chispas.

—¡Qué terca es esa chica!

—Esa mujer —la corrigió Alec—. Y si se me permite una pequeña observación...

Fiona lo miró.

—En primer lugar, Gerald y Meaghan no durarán más de un par de meses juntos; están absortos en disputarse el control de la relación. En segundo lugar, yo diría que es lógico que Meaghan sea tan terca. ¿Ella también es sagitario?

Fiona fue hacia él para darle un puñetazo en el brazo, pero Alec la esquivó riendo.

—Bueno —dijo—, ¿qué te parece si nosotros también salimos a dar un paseo? Me iría bien tomar el aire.

—Pero el teléfono...

—Tienes un contestador. Además, creo que la crisis ya ha pasado.

—¿Cuál de ellas?

Él no respondió. Se limitó a tenderle la mano y ella se la cogió. Descolgaron sus chaquetas de los ganchos y salieron fuera. El tiempo había seguido mejorando y la noche era suave, perfumada por las fragancias de la tierra que empieza a calentarse y los primeros brotes. El cielo relucía con un intenso fulgor de estrellas; la Vía Láctea parecía prácticamente fluorescente. Alec siempre había sido un urbanita, pero ahora, cuando contemplaba el cielo nocturno, en el valle no había ninguna luz ambiental que entorpeciera el espectáculo de la bóveda celeste. Llegó a la conclusión de que podía ser muy feliz en el campo galés, y no sólo debido a Fiona.

Habían llegado a la carretera y empezaban a subir por la cuesta cuando unos faros aparecieron detrás de ellos.

—Debe de ser Owen —dijo Fiona. Lo saludó con la mano cuando él se acercó y detuvo su Land Rover. Las ventanillas estaban bajadas.

—Buenas noches, Fiona, Alec. Iba a subir a los pastos de arriba para echarles un último vistazo a las ovejas.

—Siento mucho lo ocurrido, Owen —dijo Fiona.

—Es una pena, señora Edwards; en el fondo David es un alma de Dios, pero la enfermedad lo ha puesto fuera de sí.

—No me refería a mi marido, Owen.

—Oh, eso... Bueno, sí. No me lo esperaba, la verdad, pero da igual. En fin, mejor me pongo en camino antes de que se haga más tarde. Ya voy un poco retrasado.

Fiona dio una palmada en el lado del parachoques.

—Bueno, pues adelante.

—Owen es un buen muchacho —dijo Alec mientras el Land Rover se alejaba rugiendo colina arriba.

—No lo hay mejor. Será un marido estupendo para una chica, si esa chica sabe lo que le conviene.

—Paciencia, Fi.

Ella se volvió hacia él y le apretó la mano.

—Gracias.

Dieron la vuelta y echaron a andar hacia la casa.

—Voy a ver si hay algún mensaje en el contestador —dijo Fiona mientras se quitaban las chaquetas.

Él se disponía a sentarse en una silla de la cocina cuando Fiona lo llamó desde el vestíbulo.

—¿Alec?

A él no le gustó nada el temblor que oyó en su voz. Se apresuró a reunirse con ella.

Una luz verde parpadeaba en el contestador. Un mensaje.

Alec pulsó el *play*. Era el doctor Pryce. Llamaba para decirle a Fiona que David había abierto los ojos. Su marido estaba confuso y no acababa de entender dónde se encontraba. Había llamado a Fiona. Le habían administrado otro sedante suave para que durmiera y su cerebro fuera recuperándose poco a poco. Todavía era demasiado pronto para decir si había sufrido alguna lesión cerebral irreparable, pero el doctor estaba contento con sus progresos.

Fiona se sentó en la silla del vestíbulo y empezó a llorar suavemente. Alec se acuclilló ante ella y le apretó las rodillas. Ella puso las manos sobre las suyas. Pasados unos instantes, Fiona suspiró pesadamente y se enjugó las lágrimas.

—No sé por qué lloro.

Alec guardó silencio unos momentos. Luego dijo:

—Quizá porque te sientes perdida, Fi.

—Tienes razón. No sé lo que estoy haciendo. No sé qué he de esperar.

—Intentaré ayudarte a verlo más claro —dijo él, tirándole suavemente de las manos para que se levantara de la silla. La abrazó—. No tengo palabras para decirte lo mucho que te amo. Quiero pasar contigo cada minuto del resto de mi vida. Quiero que eso te quede absolutamente claro. Me vendré a vivir aquí. Te llevaré lejos de este valle, si eso es lo que quieres. Lo que haga falta.

Le puso las manos en los hombros para que ella lo mirase a la cara.

—¿Lo has entendido?

Fiona asintió sonriendo.

—Sí.

—Pero esa decisión te corresponde a ti. No tengo derecho a insistir. Si lo intentara, echaría a perder lo nuestro. Me quedaré aquí todo el tiempo que quieras. Me iré en cuanto me lo pidas. Pero da igual dónde esté o lo que esté haciendo, siempre te querré con toda mi alma.

Los ojos de Fiona se llenaron de lágrimas.

—No sé cómo decidir —dijo.

—No tendrás que hacerlo. La vida se encargará de decidir por ti.

Fiona lo abrazó muy fuerte y guardaron silencio por unos momentos.

—Meaghan y ese chico volverán a casa dentro de poco. El pub debe de estar a punto de cerrar —dijo ella finalmente.

—Bueno, en ese caso será mejor que no nos encuentren así.

—No, supongo que no. Pero ojalá pudiera meterme en la cama contigo y tenerte entre mis brazos; nunca supe que se pudiera sentir esta clase de amor.

—Yo tampoco.

Ella se puso de puntillas y lo besó.

—Buenas noches, amor mío; he de dejarle una nota a Meaghan explicándole lo de la llamada.

—Buenas noches, Fi.

Alec subió las escaleras y fue a su habitación. Se quitó la ropa dejando que cada prenda cayera al suelo sin molestarse en recogerla y se metió en la cama. El claro de luna formaba un pequeño estanque de claridad sobre la moqueta junto a las puertas vidrieras. Aunque aquella mañana había dormido hasta bastante tarde, Alec se sentía rendido. No habría sabido si era cansancio físico o simplemente nerviosismo.

Seguía con la mirada clavada en el techo cuando oyó a Meaghan y su novio subir la escalera con paso inseguro y soltando risitas quedas. Era evidente que ambos estaban un poco bebidos. Un rato después oyó un grito ahogado en la habitación detrás de la suya, seguido por una especie de suave maullido. Después de haber hecho el amor, Meaghan hacía exactamente el mismo sonido que su madre.

14

16 de abril de 1999

Cuando llegó a Tan y Gadair antes del amanecer, Owen todavía intentaba asimilar las instrucciones recibidas de Fiona la noche anterior. «Me gustaría que te hicieras cargo de todo», le había dicho. No era que el joven dudase de su capacidad para hacer tal cosa; a esas alturas él ya pensaba en la granja como en un ente vivo al que podía comprender casi sin esfuerzo. Había llegado a dominar sus ritmos, se había acostumbrado a sus sorpresas. Owen supuso que en realidad acababa de recibir una especie de ascenso: la granja seguiría siendo de David y Fiona, pero a partir de ahora estaría a cargo de él. Sin embargo, en la voz de Fiona hubo tanto afecto como si de algún modo le estuviera regalando la granja. Pero eso era imposible. No obstante, eso era lo que no acababa de entender y lo tenía perplejo.

Subió colina arriba en dirección a los prados. La granja nunca le parecía más hermosa que en aquellos instantes que precedían al alba. El cielo nocturno empezaba a aclararse y una tenue claridad ribeteaba el borde de la cima del altiplano. Los pájaros despertaban y empezaban a llamarse los unos a los otros. La niebla todavía estaba pegada a la hierba como una suave manta de angora. Owen fue a través de la neblina que se arremolinaba alrededor de sus botas mojadas por la humedad. Aparte de los balidos de las ovejas y los agudos chillidos de los corderos recién nacidos, los sonidos de la tierra parecían curiosamente acallados, como si las colinas todavía no hubieran despertado del todo.

La jornada de un granjero era larga y dura, sí, pero estaba llena de pequeños regalos que no se podían medir en tiempo o dinero, dones que la tierra te iba haciendo cada día. Lo que realmente te enriquecía eran aquellos pequeños regalos, no el dinero que sacabas de su explotación; las granjas de las colinas rara vez podían aspirar a algo más que a ir tirando. Eso suponiendo que llegaran a tanto, claro. Cuando pensaba en sus compañeros del instituto y en la prisa que todos mostraban por dejar el valle para buscarse un empleo «de verdad» en Londres o Cardiff, Owen se sentía como un atavismo de la naturaleza. Pero también sentía pena por ellos: en lo que respectaba a «enriquecerse» creía llevarles una buena delantera. Todo dependía de cómo definieras el ser rico.

Jack apareció desde alguna parte y se puso a trotar junto a él. Owen deambulaba entre el rebaño, murmurándoles a las ovejas y comprobando los progresos de los corderos. Sólo vio a uno que parecía correr peligro de ser ignorado por su madre; tal vez tendría que trasladarlo al redil de los huérfanos en el granero. Los corderos y las ovejas que inicialmente habían quedado recogidos en los cercados de Alec ya los había llevado a los ricos pastos de abajo el día anterior.

A medida que se iba aclarando el cielo, las margaritas esparcidas por la hierba bajo los pies de Owen empezaron a brillar como estrellas caídas. Una vez que hubo acabado sus rondas preliminares, se apoyó en un muro de piedra, con *Jack* hecho un ovillo a sus pies. Bebió un poco del té con leche que su madre le ponía en el termo cada mañana, levantándose antes que él para luego volver a la cama en cuanto Owen se marchaba.

Pensó en cómo había ido a recoger a Meaghan a la estación de tren de Barmouth, en la alegría que había sentido al ver sus negros cabellos agitados por el viento mientras ella bajaba al andén, y luego en la terrible frustración cuando aquel chico del traje negro se había reunido con ella. Meaghan había subido al Land Rover al lado de Owen y lo había cosido a preguntas sobre su padre. Cuando él logró tranquilizarla, Meaghan hizo que la pusiera al día acerca de las últimas novedades del valle. De vez en cuando se acordaba de que su novio iba sentado en el asiento trasero y trataba de que participara en la conversación, pero él no mostraba ningún interés por nada de aquello.

Meaghan y él se conocían desde hacía mucho. Owen era cuatro años mayor que ella, y durante mucho tiempo esa diferencia de edad había parecido un abismo insalvable. Primero, ella era una niña y él un adolescente. Luego ella era una adolescente y él un joven adulto que iba a la universidad. Pero cuando se fueron haciendo mayores, esos cuatro años que los separaban se fueron volviendo cada vez menos significativos. El año anterior, cuando Owen se fue a trabajar a la granja Tan y Gadair y Meaghan estaba a punto de ingresar en la universidad, pasaron más tiempo juntos —o al menos el uno en presencia del otro— que nunca antes. Lo que ella no sabía en aquel entonces, lo que él nunca dejaba traslucir, era que estaba enamorado de ella. Como Meaghan se marchaba a la universidad de Leeds, no parecía que decírselo valiera la pena.

Pero cuanto más se prolongaba la estancia de ella fuera del valle, más fueron creciendo los sentimientos de él. Corpulento y de duras facciones masculinas, Owen tenía un buen número de admiradoras entre las jóvenes de Dolgellau. La facilidad con que sonreía y sus ojos verdes con motitas doradas parecían fascinarlas. Pero con todas las chicas que salía de vez en cuando siempre faltaba algo. Owen no necesitaba decírselo; ellas no tardaban en deducirlo por su cuenta. Había algo que él mantenía a buen recaudo en su interior, algo a lo que ellas no tenían acceso, y tarde o temprano se alejaban, no enfadadas sino decepcionadas y, a decir verdad, sin dejar de tenerle un gran afecto. Varias jóvenes de Dolgellau tenían reservado un lugar especial en sus corazones para Owen Lewis, pero sólo había una que ocupara ese mismo sitio en el suyo.

Miró colina abajo en dirección a la granja y pensó en Meaghan allí con su novio. Owen no lograba entender la atracción que los unía. El chico había permanecido rígidamente sentado en el asiento trasero del Land Rover, vestido con su traje negro de ciudad, y no había abierto la boca durante todo el trayecto hasta la granja. Owen había tenido la sensación de que fingía aburrimiento pero en realidad estaba fijándose en todo, haciendo rápidos cálculos mentales acerca de algo. Dado el estado del padre de Meaghan, no entendía qué razón podía haber tenido ella para traerse consigo a su novio. Era como si quisiera alardear de esa relación, quizá para hacer ver a su madre que el haber ido a cursar estudios en la universidad la había convertido en una auténtica mujer de mundo. Aun así, Owen sabía que Meaghan estaba cortada con el mismo patrón que su madre, y Fiona nunca se hubiese comportado como su hija en aquellos momentos. Fiona sabía ser a la vez una señora y una amiga, y Owen le profesaba un inmenso respeto. Y no le cabía duda de que Meaghan poseía las mismas cualidades que su madre. Las había visto durante años; sabía cómo eran. Y ahora se preguntaba cómo podía ganarse el amor de Meaghan.

Cerró el termo, llamó a *Jack* y se encaminó hacia el granero. Tenía que poner al día los registros en el pequeño despacho de la parte de atrás, y su viejo Land Rover necesitaba que le cambiaran el líquido de la caja de marchas.

Meaghan despertó temprano, como hacía siempre en la granja, y sacó de la cama a su más bien reacio pretendiente para enseñarle el lugar. Se vistió rápidamente con unos tejanos y un suéter, le dijo a Gerald que espabilara y bajó a la cocina. Fiona ya estaba allí, preparando el té, pero dejó de lado esa tarea para ocuparse del café que su hija parecía necesitar ahora que era una chica de ciudad. Meaghan se sentó a la mesa y se puso a hablar de la universidad y de lo brillante que era Gerald mientras su madre trabajaba para atenderla.

Fiona la escuchaba sólo a medias, porque no lograba quitarse de la cabeza la imagen de su hija en una cama con aquel nada atractivo chico. Se preguntó dónde andaría Alec, y pensó que habría decidido permanecer en un segundo plano durante un rato para que ella tuviera ocasión de restablecer el contacto con Meaghan. Tal cosa no fue posible porque, minutos después, el chico entró en la cocina arrastrando los pies y se sentó a la mesa. Vestía el mismo traje negro, como si ésa fuera toda la ropa que hubiese traído consigo, aunque esa mañana faltaba la corbata. Mientras él estaba sentado parpadeando en la soleada cocina, Fiona se preguntó si Gerald se habría levantado alguna vez tan temprano. Se diría que no. Empujó hacia él una taza de café recién hecho. Gerald la rodeó con las manos e inclinó la cabeza sobre la taza humeante como si ésta fuera una reliquia sobre la que se dispusiera a rezar sus oraciones.

—¿Qué planes tienes para esta mañana? —le preguntó a Meaghan.

—Pensaba que íbamos a ver a papá.

—No tan pronto, querida; necesitamos esperar a tener noticias del hospital.

—Bueno, entonces le enseñaré la granja a Gerald.

—Estoy segura de que Gerald quedará fascinado —dijo Fiona, mirando de soslayo a aquel chico sumido en un estado casi catatónico—. ¿Queréis comer algo antes?

Gerald levantó la vista de sus devociones.

Fiona estaba segura de que el chico se disponía a decir que sí, pero Meaghan no le dio tiempo.

—Oh, no. Por la mañana sólo tomamos café, ¿verdad, Gerald?

Meaghan se levantó y el chico, como si unos hilos invisibles tiraran de él, la imitó. Los dos llevaron sus tazas de café a través del cuarto de las botas rumbo al patio.

—Mira si alguna de las botas de agua que tenemos ahí son de tu talla, Gerald —le aconsejó Fiona mientras se iban.

Unos minutos después sonó el teléfono. Fiona corrió al vestíbulo y se encontró con Alec, que bajaba por la escalera.

—Granja Tan y Gadair. Sí, yo misma... Oh, maravilloso; eso sí que es una buena noticia. —Le sonrió a Alec, y luego se le ensombreció el semblante—. ¿Eso ha dicho? Sí, claro que podemos. ¿A las diez? Sí, allí estaremos. Gracias.

Fiona colgó.

—Era la enfermera. David ha despertado y podemos visitarlo. Pero el doctor Pryce quiere hablar conmigo antes de que lo veamos. Me da mala espina.

—No te adelantes a los acontecimientos.

—Tienes razón. Voy a recoger mis cosas. Hay té en la cocina. Me gustaría que me acompañaras, pero entonces Meaghan querrá que ese chico tan odioso venga también, y no aguanto tenerlo cerca. Lo siento.

—Comprendo. Buscaré alguna manera de mantenerlo entretenido. ¿Alguna sugerencia?

Ella rió.

—¿Llevarlo a lo alto de un risco y despeñarlo? No, supongo que eso sería demasiado. ¿Qué tal si lo pones a limpiar esos rediles que hiciste para los corderos?

—Sin duda aceptará encantado.

—¿Te importa ir a buscar a Meaghan y ponerla al corriente?

—Claro que no.

Ella se dio la vuelta para ir a su habitación.

—Fiona.

—¿Qué?

—Buenos días, mi amor.

Fiona sonrió, retrocedió y apoyó la frente en su pecho. Él la rodeó con los brazos y ella lo abrazó fuerte. Guardaron silencio. Finalmente, Alec dio un paso atrás y le puso las manos en los hombros para mirarla a los ojos.

—Ocurra lo que ocurra, Fi, sabremos hacerle frente. Juntos. No estás sola.

—Ya lo sé. Es sólo que estoy muy nerviosa por David.

—Todo se arreglará.

—Sí, claro. Supongo que sí. Gracias, cariño.

Él sonrió.

—Cariño. Sí, creo que lo prefiero a «vieja reliquia».

Ella lo besó rápidamente y se fue.

En la cocina, Alec se sirvió un tazón de té y miró el reloj. Sólo eran las ocho y media; no haría falta que se dieran prisa. Salió fuera a una soleada mañana que olía a tierra mojada y hierba nueva. El Land Rover de Owen estaba aparcado frente al granero. Cruzó el patio. *Jack* salió de detrás del granero y corrió hacia él. No por primera vez, Alec reparó en que algo en la forma y el color de la mandíbula de *Jack* hacía que siempre pareciese estar sonriendo. Le acarició el lomo y supuso que encontraría a Owen detrás del granero, y así fue. El joven estaba en la esquina llena de sol de uno de los cobertizos, bebiendo de su termo con la mirada perdida en los campos. Alec siguió la dirección de los ojos de Owen y vio a Meaghan y Gerald en una pradera llena de corderos que correteaban alegremente. Gerald caminaba con exagerado cuidado y daba cautelosos rodeos alrededor de las ovejas, como si aquellos animales tan asustadizos fueran perros salvajes con fauces erizadas de colmillos.

Owen lo oyó acercarse y se volvió.

—Buenos días, Owen.

—Ese tipo tiene opiniones para todo —replicó el joven, señalando con el termo a la pareja lejana.

—¿Sí? Pues creo que todavía no le he oído pronunciar una frase completa. Pensaba que Meaghan se encargaba de hablar por los dos.

—Oh, sí, tiene muchísimas opiniones sobre cómo habría que llevar la granja. Como si supiera algo de llevar una granja...

Alec le rodeó sus anchos hombros.

—Paciencia, Owen. Meaghan no es tonta. Sospecho que lo que le ocurre es que le encanta que alguien beba los vientos por ella. No tardará en olvidarse de ese chico.

Owen se relajó y sonrió.

—Sí, supongo que sí.

—Hay noticias del hospital. El médico quiere ver a Fiona a las diez. Irá con Meaghan. A mí me ha asignado pasar la mañana aquí entreteniendo al señorito. Fiona ha sugerido que podría invitarlo a limpiar los rediles.

Owen soltó una carcajada.

—¡No creo que eso le haga ninguna gracia!

—No, probablemente no.

Alec se puso dos dedos entre los labios y soltó un largo silbido. Meaghan, Gerald y las ovejas levantaron la cabeza al mismo tiempo. El efecto fue bastante cómico. Alec les hizo señas de que vinieran, y la pareja así lo hizo.

—Nos vemos dentro de un rato, amigo —dijo Alec.

—Estaré en los pastos de arriba; tengo una portilla que reparar antes de que las ovejas vayan allí en verano. —El joven habló con inequívoco tono de propietario.

Alec sonrió. Estaba claro que aquel chico sabría llevar la granja.

Fiona salió de la casa y ya estaba a mitad del patio cuando llegaron Meaghan y Gerald. Les puso al corriente de todo.

—Nada de ponerse nerviosos, ¿de acuerdo, chicos? Sólo serán un par de horas.

Alec vio, fascinado, cómo madre e hija mantenían una rápida negociación sin palabras mediante los ojos. Meaghan miró a Gerald y luego a su madre. Fiona la contemplaba plácidamente. El mensaje no podía estar más claro: Alec no iba a ir al hospital, por mucho que hubiera ayudado a salvarle la vida a David; por consiguiente, Gerald tampoco iría. Meaghan asintió en silencio y Fiona le dio las llaves del coche.

—Conduce tú, querida; sé que te encanta llevar el volante.

Como un hombre desterrado en una isla con caníbales por únicos vecinos, Gerald vio cómo el coche bajaba rápidamente por el camino hasta perderse de vista en la lejanía. Parecía un niño perdido.

—Bueno —dijo Alec con exagerada jovialidad—, podríamos hacer algo útil mientras ellas están fuera, ¿no crees?

—Humm, ¿qué?

—Sígueme. —Alec lo llevó al granero.

Ahora todos los rediles excepto uno, el que contenía a los tres corderos huérfanos, estaban vacíos. Las ovejas y los corderos habían sido llevados a los ricos pastos de abajo.

—Tendrías que haber estado aquí hace un par de días, Gerald. El granero estaba lleno de ovejas y corderos, ya sabes, los más débiles. Era un concierto de balidos. Pero todos eran monísimos, unas auténticas bolitas de pelo. Hacer todos esos rediles fue un trabajo bastante duro, pero luego recompensaba verlos bien calentitos y resguardados.

—¿Has vivido en una granja?

—¿Quién, yo? —Alec se echó a reír—. No. Nací y crecí en Nueva York. Pero supongo que a veces los refranes se equivocan: un perro viejo siempre puede aprender trucos nuevos, o al menos el que te habla ha sido capaz de aprenderlos. En fin,

253

el caso es que ahora hay que limpiar todo esto. Deberíamos terminar antes de la hora de la comida.

Gerald contempló con horror toda aquella paja manchada de estiércol. Alec contuvo la risa.

—Es que hoy no voy vestido para esa clase de cosas —murmuró Gerald finalmente.

—Oh, seguro que encontraremos algo adecuado para que te cambies.

—No, tampoco hace falta.

—¡Así se habla! Admiro a aquellos a quienes no les asusta ensuciarse el traje con un poco de mierda de cordero.

—No; me refería a que mejor voy a dar un paseo por los campos..., si no te importa.

—¿Importarme? Qué va, así podré acaparar toda la diversión. Pero te aseguro que no sabes lo que te pierdes.

—Sí, claro —murmuró Gerald, que ya había empezado a retroceder hacia la puerta.

—Ten cuidado con esas ovejas de ahí fuera, ¿eh, Gerald? Pero el chico ya se había esfumado.

Alec rió entre dientes y empezó a trabajar. A mediodía ya había quitado la paja con el rastrillo, regado el suelo de cemento con la manguera y desmontado los rediles para dejarlos apilados detrás del granero.

En el hospital, Fiona y Meaghan fueron acompañadas a la consulta del doctor Pryce. Él se levantó detrás de su escritorio, las saludó afablemente y les presentó a Gemma Barnes, la asistente social del hospital. Los cuatro se sentaron. Fiona reparó en que además de los diplomas médicos y las certificaciones habituales, las paredes estaban adornadas con fotos de escaladores suspendidos de peligrosos riscos. Enseguida vio que el hombre que aparecía en las fotos era Pryce.

El doctor fue al grano.

—Señora Edwards, su marido es un hombre con suerte. Debo decirle que durante las últimas cuarenta y ocho horas ha habido tres momentos en los que ha estado a las puertas de la muerte. Ahora me gustaría repasar con usted los dos últimos días de su marido. Hay ciertos aspectos que debería conocer con vistas al futuro. ¿Se siente con fuerzas para ello?

Fiona asintió.

—En primer lugar, su marido no estaba inconsciente en lo alto de esa montaña por accidente o debido a algún imprevisto. Subió allí para quitarse la vida.

—¡¿Qué?! —farfulló Meaghan.

Fiona levantó la mano, pero no se volvió hacia su hija.

—Continúe, doctor.

—El nivel de alcohol que el señor Edwards tenía en sangre cuando llegó allí era muy alto, una tasa que por sí sola ya casi sería letal. El hombre que lo encontró... —consultó sus notas—, un tal señor Hudson, informó al equipo de rescate que había habido una tormenta y su marido estaba cubierto de granizo. Si he de serle sincero, no sé cómo logró sobrevivir a todo eso, pero lo hizo.

»El alcohol ingerido le dilató los vasos sanguíneos. Eso ayudó a protegerlo de los estadios más severos de la congelación, pero también aceleró su hipotermia. Curiosamente, justo antes de perder el conocimiento, las víctimas de hipotermia suelen sentir un calor agobiante; eso explicaría por qué la chaqueta de su marido fue encontrada lejos del cuerpo.

»Reanimar a alguien en las condiciones que presentaba el señor Edwards es bastante complicado. Ha de hacerse muy despacio. En el caso de su marido, empezamos por bombearle líquidos calientes al estómago, para que los órganos se fueran caldeando gradualmente. El riesgo de que sufriera fibrilaciones ventriculares todavía era muy elevado y, como le dije anoche, eso ocurrió dos veces.

—¿Sabe qué efectos tendrá todo eso en David? —preguntó Fiona.

—La hipotermia y el cerebro mantienen una relación muy curiosa, señora Edwards. Recientemente se ha descubierto que inducir cierto grado de hipotermia en los casos de trauma o embolia cerebral evita que el cerebro sufra daños posteriores. Pero, entre la hipotermia inicial y la isquemia (la interrupción del suministro de sangre y oxígeno) que padeció durante las fibrilaciones, el cerebro de su marido se ha visto castigado repetidamente y, siento decirlo, eso ha tenido consecuencias negativas.

Aunque ya se las esperaba, las palabras del doctor fueron como un mazazo para Fiona.

—Él está consciente y percibe lo que le rodea, señora Edwards. Creo que la reconocerá y podrá hablar con usted con bastante normalidad. Hasta el momento el principal daño cognitivo parece ser una disminución de lo que, gráficamente, llamaré «capacidad de llegar a destino». Ahora a su marido le cuesta sincronizar los movimientos con el fin que persigue. Si quiere ir al cuarto de baño, por ejemplo, puede que se dirija hacia la ventana y al llegar a ella se sienta muy confuso. Parece haber sufrido ciertos daños en la zona del cerebro que se encarga de controlar esas actividades. Aún no sabemos de qué magnitud; debido a su hipersensibilidad a los productos químicos, hemos optado por limitarle al máximo la libertad de movimientos. Debería usted plantearse buscar a alguien que cuide de él en todo momento, al menos durante un tiempo, si puede permitírselo. Quizá tenga que introducir algunos otros cambios en su vida, pero todavía es pronto para saberlo. Me temo que de ahora en adelante habrá que esperar y ver qué cambios se van presentando.

»En conjunto, su marido se muestra bastante animado, casi alegre; parece creer que ha tenido otro ataque al corazón, y que por eso se encuentra ingresado aquí. No parece recordar lo que intentó hacer, y yo sugeriría que nadie se lo mencione. Saberlo no le sería de ninguna ayuda... Bien, eso es todo. ¿Alguna pregunta?

—Sólo una —dijo Fiona con calma—. ¿Cuándo podrá volver a casa?

—Podría hacerlo hoy mismo, de hecho. Pero me gustaría mantenerlo bajo observación un día más, para que uno de nuestros neurólogos pueda determinar si presenta otra clase de discapacidad. Aparte de eso, y si no se presentan más complicaciones, es libre de regresar a casa.

La señorita Barnes tomó la palabra.

—Ésa es la razón de mi presencia aquí, señora Edwards. Mi trabajo consiste en asegurarme de que tanto usted como su marido contarán con la ayuda que van a necesitar en casa. Ya he hablado con la delegación del Consejo del Condado de Gwynedd en Dolgellau, y mañana enviarán a una asesora asistencial a su casa. Existen varios servicios que prestan asistencia sanitaria a domicilio y quizá quiera usted recurrir a ellos las primeras semanas, hasta que conozcamos el grado de las discapacidades de su marido. Si tiene alguna pregunta acerca de cómo cuidarlo, o si necesita a alguien con quien hablar, llámeme. Es mi trabajo.

Fiona le dio las gracias.

—¿Acabará recuperándose? —preguntó Meaghan.

—No estoy en condiciones de hacer ninguna clase de pronóstico al respecto, señorita Edwards. El cerebro humano es un órgano muy delicado, pero a veces exhibe una notable capacidad de recuperación. He visto a víctimas de aneurismas cerebrales cuyos cerebros se las han arreglado para crear nuevos senderos neurológicos que les permiten llevar a cabo ciertas tareas prescindiendo de las áreas dañadas, una especie de recableado espontáneo. Pero en el caso de su padre no puedo asegurarlo. Además, el señor Edwards ya había tenido serios problemas de salud.

»Su marido tiene el corazón muy débil —dijo a Fiona—; los infartos anteriores le han dejado huella. No puedo asegurar que no vaya a tener más. Un cardiólogo le aconsejaría que redujera al máximo todas las actividades que requieren esfuerzo físico, pero usted ya lo consultará, ¿de acuerdo?

—De acuerdo, doctor —dijo Fiona en voz baja—. Gracias por salvar a mi marido.

—No me lo agradezca a mí, sino a ese señor Hudson.

Pryce se levantó y ellas hicieron otro tanto.

—Por cierto —añadió el doctor—, lo hemos trasladado a una habitación privada. La señora Barnes las acompañará hasta allí.

Fiona volvió a darle las gracias, cogió de la mano a su hija y dijo:

—Vamos a ver a papá.

Alec encontró a Gerald despatarrado en un sillón en la sala de estar de huéspedes, viendo la televisión.

—Necesito comer algo. ¿Y tú?

—No me vendría mal.

En la cocina, Alec rebuscó en la nevera.

—¿Qué comes, matojos aparte?

—Judías, mayormente.

Alec rió.

—Allá tú, amigo. —Encontró un trozo de queso cheddar—. ¿Comes queso?

—Sí. A veces.

—¿A veces incluye ahora?

—Claro.

—¿Cerveza?

—Ajá —dijo Gerald, que estaba claro que tenía serios problemas de urbanidad.

Alec encontró una tabla para trinchar y una barra de pan,

cortó unas rebanadas bien gruesas, vació dos latas de cerveza en un par de jarras de cristal, y empezaron a comer.

—Parece que sabes dónde está todo en esta cocina —comentó Gerald—. ¿Cuánto tiempo llevas aquí?

Alec sonrió, divertido ante lo patoso que era Gerald para sonsacar información. Consideró varias respuestas y optó por la que causaría más impresión.

—Sólo un par de días. Vine a esparcir las cenizas de mi esposa sobre la cima del Cader Idris.

—¿En serio? ¡¿Con lo alta que es esa montaña?!

Alec se limitó a sonreír.

—Fue la última petición que me hizo ella en su lecho de muerte. Habíamos subido allí hace años. Acababa de esparcirlas cuando encontré a David.

Había pillado a Gerald completamente desprevenido, un estado que sospechaba no sería muy frecuente para aquel taimado joven. Se preguntó qué se habría imaginado Gerald para explicar la presencia de Alec en la granja.

—Con David ingresado en el hospital, he estado echando una mano en la casa.

—Ya.

—Y cuéntame —dijo Alec, enviando el balón a su tejado—, ¿cuánto tiempo lleváis juntos tú y Meaghan?

—Unos meses. Nos conocimos en uno de los cursos optativos de la universidad. Ella era diferente de las demás... Tenía mucha clase, ¿sabes? Con eso de que aparenta más edad y su manera de ser... Y —añadió guiñándole el ojo— creo que fui el primero, aunque no te lo creas.

Alec se inclinó sobre la mesa con una sonrisita de conspirador.

—Un buen tanto en el marcador, ¿eh?

—Desde luego.

—Aun así, no estáis teniendo lo que se dice un fin de semana romántico en la campiña, ¿verdad?

—Qué quieres que te diga; anoche tampoco estuvo tan mal —repuso Gerald con un encogimiento de hombros.

Alec lo encontraba despreciable, pero no sólo por su falta de modales; nada más conocerlo ya había intuido que en él todo era pura fachada. No, había algo más, algo que no acababa de precisar.

—¿Y tu familia qué opina de Meaghan?

—¿Mi familia? Ya casi no me queda. Mamá murió hace años; el tabaco acabó con ella. Papá trabaja en la fábrica de cerámicas, allá en Stoke. Pinta flores en los platos y cosas por el estilo. No la conoce. Probablemente intentaría meterle mano en cuanto se la presentase, el muy bastardo. No, yo me he hecho a mí mismo. Dentro de unos años seré director en Colliers.

—Admirable —dijo Alec, y apuró su jarra.

Gerald masticó el último trozo de pan y dijo:

—Eso que le ha pasado a su padre va a complicarle mucho la vida a Meaghan.

—Ha sido de lo más inoportuno, ¿verdad?

Gerald le lanzó una mirada que evolucionó rápidamente de la malicia a la sospecha. Alec supo que el chico acababa de darse cuenta de que había revelado demasiado de sí mismo.

Fiona y Meaghan regresaron a media tarde. Alec estaba dando de comer a los corderos huérfanos cuando las oyó subir por el sendero. Fiona se dirigía con paso cansino hacia la casa cuando Alec se asomó a la puerta del granero. Ella lo vio y lo saludó apáticamente con la mano.

En la cocina, se dejó caer en una silla y miró por la ventana. Alec entró por la puerta cuando Meaghan le ponía la mano en el hombro a su madre y decía:

—Tienes mal aspecto, mamá.

—¿De verdad? Sí, supongo que sí. —Sonrió al ver a Alec.

Gerald apareció también, procedente de otro lugar de la casa.

—¿Habéis comido? —le preguntó Fiona a Alec.

—Hemos comido. ¿Quieres que te prepare algo?

—No, gracias; hicimos un alto en el camino de regreso. —Se levantó de la silla—. Me parece que necesito echarme un rato —dijo, y le rozó el brazo con la mano mientras pasaba junto a él.

—¿Qué tal si bajo al pueblo por provisiones y cocino algo sabroso para la cena? —sugirió él.

—Eso sería muy amable por tu parte, Alec —dijo ella, deteniéndose un instante para mirarlo. Luego salió de la habitación sin decir una palabra más.

Él se quedó mirando la puerta y luego se volvió hacia Gerald.

—Supongo que no comerás pescado.

—No.

—Claro. Bueno, ya pensaré en algo.

El chico se limitó a encogerse de hombros. Alec notó que Meaghan no les prestaba ninguna atención.

—¿Hay algo especial que te apetecería cenar, Meaghan? —preguntó.

—No; el pescado ya me va bien —dijo ella, sin ningún entusiasmo, pero al menos con una sonrisa.

Alec los dejó en la cocina. Ardía en deseos de reunirse con Fiona, pero no se le ocurría cómo hacerlo sin llamar la atención, e intuía que ella necesitaba estar sola un rato. Subió al Golf rojo y condujo hacia el pueblo mientras pensaba en qué a gusto se sentía en la casa de Fiona, en su coche, en su valle.

En Dolgellau, Alec pasó por la carnicería. John estaba detrás del mostrador.

—Señor Lewis, si necesitara unos buenos filetes de salmón fresco, ¿dónde podría encontrarlos?

Lewis sonrió.

—Filetes de salmón, dice; pues no estoy seguro de si tenemos ese tipo de corte. Tenemos toda clase de carne de ternera, cuartos de buey y piernas de cordero, naturalmente. Espere que se lo pregunte a mi hermano. ¡Harold! —llamó volviéndose hacia la cámara frigorífica—. ¿Tenemos filetes de salmón?

—¡Nunca he oído hablar de ellos! —respondió el invisible Harold.

Alec y John rieron. El carnicero se apoyó en el mostrador y le susurró:

—No le mencione a Harold que se lo he dicho yo, pero he oído decir que tienen de esas cosas en la pescadería que hay en el callejón detrás del hotel Royal Ship. Naturalmente, mi hermano y yo nunca hemos puesto los pies en ese antro...

Alec le guiñó el ojo.

—Será un secreto entre nosotros.

En efecto, la pescadería quedaba justo detrás del hotel. Estaba bien iluminada, las baldosas del suelo se veían relucientes y tenía pulcros mostradores de mármol, y ese olor imposiblemente sabroso que tiene el pescado muy fresco. Los pescados, enteros o ya cortados, estaban acompañados por un amplio surtido de mariscos y crustáceos —algunos de los cuales Alec nunca había visto u oído mencionar—, presentados a la manera de obras de arte, sobre lechos de hielo picado ribeteados de ramitos de perejil. Brillaban y relucían como joyas. Al final Alec se decidió por una gran pieza de salmón escocés, prefiriéndola a los filetes individuales, y pagó a la mujer de mejillas sonrosadas que atendía el mostrador. Cruzó la plaza en dirección a la verdulería. La propietaria se acordaba de él.

—¿Qué tal estaba ese limón, caballero?

Alec extendió los brazos.

—Magnífico, señora; perfumó el aire con el intenso aroma de la península Ibérica en cuanto el cuchillo atravesó su dorada piel.

—Oh, ya veo que es usted un bromista —replicó ella—. ¿Qué va a ser hoy?

—Me parece que unas cuantas patatas tempranas, un bulbo de hinojo y... humm... una bolsa de esas habas tan hermosas que veo ahí.

—¿Quiere una bolsa de metro cúbico, o le vale con una normal? —bromeó la propietaria a su vez.

—Me vale con la normal —dijo Alec, al que le encantaba que las tiendas británicas aún siguieran «especializadas»: la carnicería familiar, la pescadería, la verdulería, la panadería, la tienda de quesos. Probablemente tenían los días contados, pues los supermercados no tardarían en engullirlos, pero Alec estaba dispuesto a contribuir en su modesta medida a que siguieran existiendo.

Luego fue a la Cava de los Vinos y eligió tres botellas de un Borgoña francés blanco que estaba de oferta, una parte del cual utilizaría para marinar el pescado. De camino al coche, una tarta de peras le llamó la atención en el escaparate de la pastelería, y entró a comprarla.

Mientras empezaba a subir por Cadair Road en dirección a la granja, pensó en cómo ponerse a cocinar siempre parecía traer un poco de paz en los momentos de crisis. La gente tenía que comer, por muy desgraciada que se sintiera, y el simple acto de compartir los alimentos parecía restablecer la pauta y el equilibrio perturbados por el infortunio o la tragedia.

15

Owen Lewis estaba tendido debajo del viejo Land Rover en el granero. Acababa de sacar el líquido de la caja de cambios cuando oyó voces.

—¡Por Dios, mujer, usa tu imaginación! Tienes que ser un poco creativa.

Owen reconoció la voz.

—De acuerdo, entonces te lo deletrearé —dijo Gerald, lentamente y con tono de condescendencia—. Desde el campo puedes ver hasta el mar de Irlanda, ¿verdad? Y tienes esa montaña condenadamente grande justo detrás. Ahora, imagina que haces desaparecer esos viejos muros de piedra en las laderas por debajo de la montaña. E imagina que en lugar de ellos hay una serie de terrazas; construidas como es debido, cuidado. Y en cada una de ellas, bajando por la ladera de la colina, hileras de caravanas familiares personalizadas, o quizá chalés de madera colocados sobre plataformas elevadas. Docenas de ellos. Podrías tenerlos alquilados por lo menos seis meses al año, quizá más. ¡Piensa en los ingresos que generaría eso! Además, estoy pensando que también tendría que haber un parque para niños, más allá de ese jardín enfrente de la casa. Una auténtica atracción, a los padres les encantaría, ¿entiendes a lo que me refiero? Ahora que lo pienso, hay que eliminar ese dichoso jardín; no es más que un gasto de mantenimiento. Podríamos poner un pequeño zoológico en el que los niños pudieran tocar los animales; ya sabes, ovejas, cabras y demás. Quizás una vaca. Y un poni. Tiene que haber un poni.

—Nunca podríamos hacer eso, Gerald. Mi familia lleva generaciones siendo propietaria de una granja. No concibo estos campos llenos de caravanas y terrazas. Es demasiado... demasiado...

—¿Qué, demasiado clase baja? ¿Me estás diciendo que los obreros de las Midlands no tienen derecho a unas bonitas vacaciones en las montañas? ¿Piensas que este sitio es demasiado bueno para ellos? ¿O es que eres tú la demasiado buena para ellos? Mira, si tu padre todavía no se ha arruinado es gracias al negocio que montó tu madre; esta granja es una auténtica reliquia.

—¡No lo es, papá obtiene beneficios casi todos los años!

—Sí, seguro que los obtiene; gracias a los subsidios del gobierno. ¿Cuánto tiempo crees que van a durar?

—No lo sé. Pero nunca podrás obtener un permiso de construcción del ayuntamiento para ese tipo de cosas.

—No seas boba, chica; un poco de dinero metido en el bolsillo apropiado convence a cualquier ayuntamiento.

Meaghan se quedó atónita.

—Papá y mamá nunca lo permitirán; estoy segura de que no querrán hacer algo así.

—No me hagas reír —se burló Gerald—. En primer lugar, tu viejo ya tiene un pie en el otro barrio. ¿Cuánto tiempo de vida piensas que le queda?

—¡¿Cómo puedes decir eso?! —exclamó Meaghan, pero él siguió hablando.

—¿Y a quién crees que va a dejar la granja? Pues a ti, ¿a quién más? Cuando estemos casados podremos hacer lo que nos dé la gana.

—¿Casarnos? ¿Me estás pidiendo que me case contigo? —repuso Meaghan, confusa, una mezcla de sorpresa y súbito miedo.

Miró a Gerald; era como si una puerta se hubiera abierto de golpe para revelar un siniestro paisaje interior hasta entonces oculto. Meaghan hablaba constantemente de la granja y había creído que el afecto que sentía por ella formaba parte de lo que le gustaba a Gerald en su persona. Pero ahora una realidad diferente empezaba a abrirse paso. Gerald no había dejado de urdir planes desde el primer momento; ella era un medio para alcanzar un fin, una mina de oro. No era de extrañar que se hubiese ofrecido a acompañarla tras la llamada de Fiona. Meaghan había pensado que era un gesto muy considerado por su parte, cuando en realidad Gerald sólo quería levantar un plano del terreno.

—Mamá nunca lo permitiría —insistió, tratando de articular un pensamiento coherente.

Gerald resopló desdeñosamente.

—¿Tu madre? Venga ya, chica. ¡En cuanto el viejo haya estirado la pata, ella se irá corriendo a Estados Unidos con ese nuevo amante que tiene!

—¿De qué estás hablando? —Ahora había pánico en la voz de Meaghan.

Owen salió de debajo del Land Rover.

Gerald miró a Meaghan y se echó a reír.

—¿Pretendes hacerme creer que no has visto cómo lo mira tu madre? ¿Qué pasa, es que eres ciega además de tonta?

—Tú sí que sabes tratar a las damas, ¿verdad, Gerald? —dijo una voz con aplomo desde la puerta del granero.

—¡Owen! —gritó Meaghan.

Gerald se giró en redondo, pero Owen ya había llegado hasta él. Lo agarró por las solapas de la chaqueta, lo levantó en vilo y lo estampó contra la pared de piedra del granero. En voz baja, pero con una furia fría, dijo:

—Un caballero no insulta a su dama. Un caballero no cubre de deshonor a la madre de su dama, ni mancha la reputación de otro caballero. ¡Pero tú qué vas a saber de eso, pequeño canalla!

Gerald colgaba de sus manos como una marioneta, pero era lo bastante inteligente para no abrir la boca.

—O mucho me equivoco o me parece que tu visita a esta granja acaba de concluir —le espetó Owen, mirando a Meaghan en busca de confirmación.

Ella asintió con la cabeza.

Owen lo bajó al suelo, pero no lo soltó.

—Vamos a recoger tus cosas, ¿de acuerdo? Seguro que estará a punto de pasar algún tren.

Empezó a llevar al chico hacia la casa justo cuando Alec apareció con el coche. Meaghan estaba inmóvil como una estatua al lado del granero, los brazos apretados contra los pechos como si estuviera desnuda. Alec detuvo el coche en medio del patio, se hizo cargo de la escena con una mirada y fue hacia ella.

—¿Qué te ocurre, Meaghan? ¿Qué ha sucedido?

La chica no dijo nada. Se limitó a apretar la cara contra el pecho de él. Alec le puso las manos sobre los hombros y se quedó inmóvil. Volvió los ojos hacia la casa y después miró nuevamente a Meaghan.

—¿Te ha hecho daño?

Ella sacudió la cabeza, los ojos en blanco.

—Bueno, en ese caso me parece que hace una tarde estupenda para dar un paseo. ¿Vamos? —La cogió por el codo y echaron a andar hacia el jardín delantero y, desde allí, hacia los campos de más allá. Abriéndole la portilla del cercado para que pasara, Alec le dijo—: ¿Quieres hablar de ello?

Meaghan volvió a sacudir la cabeza, pero esta vez le sonrió con lo que a él le pareció el «gracias» mudo más sincero que había recibido nunca.

Caminaron en silencio durante un rato.

—Señor Hudson...

Él se detuvo. Meaghan tenía los ojos secos pero parecía muy afectada.

—Por favor, llámame Alec.

—Alec. No sé cómo agradecerte todo lo que has hecho. Siento muchísimo haber sido tan grosera contigo ayer. Todo ha cambiado mucho, ¿verdad?

—¿Tú crees, Meaghan? Yo no estoy tan seguro. Dejemos de lado a Gerald por un momento. Antes de esto, tu padre era un inválido. Hoy sigue siéndolo. Puede que ahora necesite más cuidados que antes. Pero yo diría que él querrá que continúes en la universidad, saques buenas notas y hagas que pueda sentirse orgulloso de ti... como creo que ya se siente ahora.

Meaghan se lo quedó mirando.

—¿Cómo has sabido que estaba pensando en dejar los estudios?

—Porque tu madre me ha contado lo unida que estás a tu padre. Eso me parece maravilloso. Pero cuidar de él no es responsabilidad tuya, si me permites decirlo; eso es cosa de tu madre. Lo que tienes que hacer es seguir concentrada en conseguir tus metas. Eso es lo que querría tu padre.

Las primeras lágrimas afloraron a los ojos castaños de Meaghan y sonrió. Apenas sabía nada sobre aquel hombre, salvo que no le costaba ningún esfuerzo confiar en él.

—Gracias, Alec.

Cuando regresaron a la casa media hora después, el Golf rojo había desaparecido. Fiona estaba en la puerta. Madre e hija se miraron. Los ojos de Fiona rebosaban amor.

—Oh, madre, lo siento tanto...

—Calla, querida; Owen me lo ha contado todo. No hay nada por lo que debas pedir disculpas o sentirte avergonzada. Gerald ha sido un error, nada más. Todos los cometemos. Me atrevería a decir que habrá más. Se llama «experiencia». Y algunas son un poco más duras que otras.

Meaghan guardó silencio, tratando de reprimir el llanto y luego, casi visiblemente, encontrando consuelo en la seguridad y la familiaridad de cuanto la rodeaba.

—Voy a darme un baño —anunció con una débil sonrisa. Y entró en la casa.

—¿Té? —ofreció Fiona a Alec.

—A la porra con el té; ¿qué diablos está pasando?

—¿Meaghan no te lo ha contado?

—No.

—Bueno, entonces digamos que ahora el brillante Gerald pertenece al pasado y dejémoslo en eso.

—No me lo vas a contar, ¿verdad?

—Ahora no —dijo Fiona—. Quizá más tarde. No tiene importancia.

Él no insistió.

Poco después oyó que el coche entraba en el patio con un rugido y fue al encuentro de Owen, que estaba sacando las bolsas de la compra del asiento trasero.

—Siento haberlas secuestrado; acababa de sacarle el líquido de los cambios al Land Rover.

—Vale si ha sido por una buena causa. ¿Cuándo pasa el próximo tren?

—Dentro de unas horas —dijo Owen con una amplia sonrisa, y ambos se echaron a reír.

—¿Cenarás con nosotros, Owen?

Owen titubeó.

—No lo sé. Depende de cómo se lo esté tomando Meaghan, supongo.

Alec asintió.

—Ven a echarle un vistazo más tarde.

—Vale. Ahora voy a pasar un rato metido debajo del Land Rover y luego estaré arriba con las ovejas.

—¿Owen?

El joven lo miró.

—No sé qué has hecho exactamente esta tarde, pero gracias.

Owen le hizo una pequeña reverencia y sonrió.

—Ha sido un placer.

Fiona fue a sus habitaciones. Sabía que Meaghan adoraba su gran bañera con patas de garra y que la encontraría allí. Llamó suavemente a la puerta.

—¿Sí? —respondió la joven.

—Soy yo, querida; ¿puedo entrar?

—Claro, mamá.

Fiona la encontró envuelta en burbujas; parecía más su niña pequeña que la mujer adulta en que se había convertido. Se inclinó sobre el borde de la bañera y besó la frente mojada de su hija, y luego se sentó en el taburete cubierto con un albornoz que usaba al salir del baño.

—He pensado que quizá querrías tener un poco de compañía, pero si prefieres estar sola...

—No, mami, quédate. —Meaghan apoyó la cabeza en el borde de la bañera—. La compañía ayuda.

—Siento que las cosas no hayan salido bien entre tú y Gerald.

—Me siento tan estúpida... Él parecía más inteligente y adulto que los otros chicos. Más fuerte, ¿sabes? No paraba de criticarme, pero yo pensaba que era porque tenía mucha más experiencia que yo. No veía las otras cosas; no lo conocía en absoluto.

—Querida, no eres la primera mujer que confunde la arrogancia con la fortaleza, o el sexo con el amor. Desgraciadamente, tampoco serás la última. Es de lo más corriente.

—Lo que quieres decir es que él es de lo más corriente, ¿verdad?

—No, Meaghan, no quiero decir eso. Y ser corriente tampoco es ningún defecto; no tiene nada que ver con la clase. Hay hombres «corrientes» buenos, cariñosos y en los que puedes confiar. Tu padre, por ejemplo. Hasta que enfermó, creo que nunca me había dicho una palabra ofensiva en todos los años que llevábamos casados. Es sólo por su enfermedad que se ha vuelto un poco intratable. Pero sospecho que abusar de los demás de una u otra manera es una forma de vida para Gerald. Tarde o temprano lo habrías descubierto. Me alegro de que haya sido temprano.

—Yo también.

—Habrá otros hombres y estoy segura de que la próxima vez irás con más tiento a la hora de elegir. Hay muchos hombres encantadores, considerados y cariñosos en el mundo.

—Te refieres a hombres como Alec.

Fiona miró a su hija por un instante.

—Sí, como el señor Hudson —dijo finalmente.

—Pero Gerald dijo...

Fiona no la dejó acabar.

—Gerald Wilson, cariño, es un mal bicho, por mucho que lleve traje. Y Alec Hudson es la razón por la que hoy no visto de luto. Desde el... accidente de tu padre, no sé qué habría hecho sin él. Ese hombre, ese desconocido que nos ha sido enviado desde sólo Dios sabe dónde, ha sido la calma en el centro de esta terrible y trágica semana. Nunca podré agradecérselo bastante; siempre estaré en deuda con él. Y tú también deberías estarle agradecida.

—Lo estoy, madre, de verdad. No pretendía...

—Ya sé que no. Ahora me toca a mí pedirte disculpas; me he expresado en un tono más duro de lo que pretendía. —Fiona suspiró—. Mira, después de todo lo ocurrido estos dos últimos días, me gustaría que supieras que te quiero más que nunca. Durante los próximas días vamos a necesitarnos mutuamente. Yo no podré proporcionar a papá la clase de atención extra que necesitará y al mismo tiempo atender a los huéspedes. Haré los arreglos necesarios para que alguien venga a casa y cuide de él. También le he pedido a Owen que se haga cargo de la granja; es un joven excepcional y lo hará muy bien: de hecho, prácticamente ya la lleva solo. Y tú...

—Ya lo sé, mamá. Quieres que vuelva a la universidad. Y lo haré en cuanto hayamos organizado un poco las cosas con papá. Pero estaré aquí en unas horas si me necesitas.

Fiona sonrió.

—Bueno, ahora te dejo seguir con tu baño. Además, Alec no tardará en empezar a preparar la cena, y yo también querría refrescarme un poco.

—¿Mamá?

—¿Sí, cariño?

—Te quiero, y creo que has sido muy valiente.

—Gracias, tesoro. Yo también te quiero, siempre.

Fiona cerró la puerta. «Me pregunto —pensó mientras atravesaba su dormitorio— cuán valiente soy en realidad.»

Cuando Alec entró en la cocina con las bolsas, Fiona no estaba allí; supuso que estaría con su hija. Guardó el pescado y el vino en la nevera y se quedó sentado tomando el té que le había preparado Fiona y mirando por la ventana con expresión ausente. Cuando estaba con Fiona se sentía abrumado por dos emociones que hasta ese momento siempre había considerado opuestas: la excitación y la paz. La emoción de la presencia de Fiona venía envuelta en una capa de sosiego. Era como si ambos hubieran sido hechos para corresponderse a la perfección en todo, pero luego un inventor distraído hubiera guardado a cada uno en un sitio distinto y se hubiera olvidado de ellos. De algún modo, ellos se habían reencontrado y habían encajado perfectamente; no sólo en el acto amoroso, sino a la hora de hablar. Alec nunca había conocido un amor semejante, ni siquiera con Gwynne. Y ahora no sabía qué hacer con él. Desde que Fiona había ido a hablar con el doctor Pryce, Alec sentía como si ella se le estuviera escurriendo entre los dedos. Se esforzaba por equilibrar sus propias necesidades con las de Fiona, sus propios sueños con la terrible realidad que Fiona se veía obligada a afrontar en esos momentos.

—Un penique por tus pensamientos —dijo ella.

Alec se volvió hacia la puerta del comedor y la vio allí, pero no respondió. No se creía capaz de hacerlo sin perder la compostura. Ella se acercó y se abrazaron, respirando lenta y profundamente, como si cada uno hiciera acopio de fuerzas en la presencia del otro.

—Te diré lo que estoy pensando yo —murmuró ella—. Estoy pensando que ha pasado mucho rato desde que almorcé y me muero de hambre.

Él soltó una carcajada nacida de lo más profundo de su ser, una carcajada maravillosa y liberadora. Ahí estaban de nuevo, la excitación y la paz... y la diversión. Se irguió en el asiento.

—Y también estaba pensando —continuó ella— que probablemente has comprado vino y me encantaría tomar una copa.

—Y la tomarás —dijo Alec, el corazón nuevamente rebosante de dicha.

Abrió la nevera, sacó una botella del Macon Blanc y se puso a abrirla.

Fiona lo miró y luego dijo:

—¿Y qué, chef Alec, tenéis pensado para nuestra cena de esta noche?

—*Le plat du jour, madame* —respondió él, afectando acento francés—, es filete de salmón marinado al vino *avec une sauce* de hinojo, con un *petit* acompañamiento de... ejem... bien, algo que voy a hacer con las habas que he comprado en la verdulería.

Fiona no pudo contener la risa. Era la primera vez que lo veía quedarse sin palabras a la hora de hablar de comida.

Él le sirvió una copa de vino y se sentaron el uno enfrente

del otro, el vínculo entre ellos tan íntimo que hubiesen podido estar acostados en la cama.

Entonces Alec hizo la pregunta.

—¿Cómo está David?

En vez de apartar la mirada, como solía hacer cuando necesitaba meditar una respuesta, Fiona lo miró a los ojos.

—Diferente. —Hizo una pausa como para determinar en qué consistía exactamente la diferencia, y luego continuó—: Sabe quién es, quiénes somos y dónde se encuentra. Cree que tuvo otro ataque al corazón. Puede mantener una conversación prácticamente normal, aunque hay momentos en los que parece costarle dar con alguna palabra. Como dijo el doctor Pryce, tiene mermada la capacidad de encontrar el camino para llegar de un sitio al siguiente. Sabe adónde quiere ir, pero sigue la dirección equivocada. Es algo muy raro.

»Y hay otra cosa... —dijo, mirándolo más fijamente a los ojos—. Ahora sonríe demasiado. ¿Me entiendes? Una sonrisa muy dulce pero vacía. Le aparece de pronto cuando no está pensando, diciendo o haciendo nada.

—¿Como un niño?

—Un niño con lesiones cerebrales, quizá.

Alec no dijo nada. Estiró el brazo por encima de la mesa y tomó la mano de Fiona. En la lejanía se oía a las ovejas llamar a sus corderos.

Fiona levantó la cabeza y le sonrió.

—Por otra parte, su ira parece haberse esfumado. Dudo que ahora pueda ser peligroso para nadie, incluido él mismo, pero imagino que todavía tendremos que esperar un tiempo antes de estar seguros de eso.

Guardaron silencio un momento, pensativos.

—Fi —dijo Alec finalmente—, no sé qué hacer para que esto resulte menos terrible.

—¿Decirme que me quieres, quizá?

Él la miró y luego sonrió.

—Completa, absoluta, desesperada, alegre y decididamente para siempre. ¿Te basta con eso?

—De momento sí —dijo ella, devolviéndole la sonrisa—. Bien, si consigo que mi hija deje libre el cuarto de baño, iré a lavarme de encima este día en la bañera. ¿Hay algo que pueda hacer aquí?

—¿Decirme que me quieres?

Fiona se levantó, rodeó la mesa y apretó la cara de Alec contra sus pechos.

—Más de lo que puedes imaginar —susurró.

Le besó la coronilla, hundiendo la cara en su pelo por un instante, y luego se marchó.

Alec fue al fregadero y se puso a raspar las patatas con el cuchillo. Se sentía exhausto, pero cocinar lo reanimaría; siempre lo hacía. El placer que le deparaba preparar un buen plato era inexplicable. Si lo hubiese sabido antes, habría abierto un restaurante, pero ése era un terreno reservado a los hombres jóvenes. Y él ya no era joven. ¿Cuánto tiempo le quedaba por delante, después de todo? ¿Veinticinco años, quizá? Dos tercios de su vida ya habían transcurrido. Con todo su ser, quería pasar lo que le quedase al lado de Fiona.

Estaba lavando el salmón cuando oyó tacones que bajaban por la escalera. Un instante después, Meaghan entró en la cocina. Estaba transformada, la cara radiante y maquillada con esmero. Llevaba un vestido sin mangas abotonado por delante, de un marrón oscuro que armonizaba con sus ojos castaños. Al cuello llevaba un collar de varias sartas de cuentas multicolores de estilo campesino. Alec se asombró de la forma en que tanto madre como hija sabían recuperarse de las crisis.

—¿En qué puedo ayudar? —preguntó Meaghan.

Alec sonrió.

—En primer lugar, vas demasiado elegante para ser mi ayudante de cocina. En segundo lugar, nunca se me ha dado demasiado bien lo de delegar en la cocina; normalmente me divierto demasiado. Pero hay una labor que espero no te hará sudar demasiado. Tengo un excelente borgoña blanco abierto en la nevera; ¿qué te parece si sirves dos copas y me haces compañía? Me gustaría mucho.

—¿Qué, el vino o la compañía?

Alec dejó lo que estaba haciendo, la miró y rió suavemente.

—No cabe duda de que eres hija de tu madre. La respuesta es: ambas cosas.

Meaghan sirvió el vino y le llevó una copa mientras él sacaba la última espina del salmón. Dejó a un lado el reluciente pescado, puso un bulbo de hinojo sobre una tabla de cortar y lo abrió a lo largo sin cortarlo del todo.

—¿Qué es eso? —preguntó Meaghan.

—¿Bromeas?

—No, en serio. ¿Alguna clase de cebolla?

—Bueno, lo parece, sí, pero huele. —Le acercó un trozo a la nariz.

Ella arrugó la nariz.

—Huele como el regaliz.

—Exacto. Es hinojo, también conocido como anís, y existe un licor con sabor a regaliz, el *anisette*, que se hace a partir de sus semillas. Aparte de eso, lo bueno que tiene es que cuando lo pasas por la sartén con mantequilla y un poco de caldo o agua con sal, el intenso sabor inicial a regaliz desaparece y el hinojo se vuelve suave, dorado, dulce y fragante, igual que ocurre con la cebolla española cuando la caramelizas. Queda completamente transformado.

Meaghan siguió de pie junto a él mientras trabajaba.

—¿Cómo sabes todas esas cosas? Quiero decir, ¿cómo aprendiste a cocinar así?

—Aprendí porque me encanta comer.

—A mí también, pero yo no sé cocinar.

—De acuerdo, siéntate y te contaré cómo empecé a aprender a cocinar.

Meaghan lo hizo a la mesa y bebió un sorbo de su copa.

—Hace años, cuando yo tenía dieciséis... Veamos, eso fue en 1843, si no recuerdo mal...

—¡Oh, venga ya!

—Vale, pero mucho antes de que tú nacieras, yo tenía una tía a la que adoraba. De hecho, era prima segunda de mi padre o algo por el estilo, pero yo no tenía ninguna tía, así que la adopté como tal. Era una mujer muy suya: fumaba como un carretero, soltaba improperios como un sargento de marines y bebía como un cosaco. En fin, que no era la clase de figura rectora que mis padres habrían aprobado si hubieran conocido su verdadero carácter... Como tía, yo la encontraba perfecta.

Alec echó el hinojo en una sartén con un poco de mantequilla y dejó que se friera un poco.

—El caso es que cuando cumplí los dieciocho me puse muy enfermo y ella se ofreció para cuidar de mí durante parte de mi convalecencia. Me mudé a su casa por unas semanas y ella decidió darme clases sobre asuntos mundanos. Me enseñó a prepararle los martinis, por ejemplo: empiezas con ginebra muy fría, agitas la botella de vermut sin abrir por encima del borde de la coctelera, remueves el hielo, echas el vermut y añades una aceituna. Me concertó una cita con una hermosa hija de su amiga, pero yo era demasiado tímido para dar el primer paso. Así que un día, después de que se hubiera tomado dos o tres martinis, me dijo: «He decidido revelarte el secreto de cómo atraer a las mujeres, jovencito. Aprende esto y apréndelo bien.» Bueno, te aseguro que fui todo oídos. Lo recordaré hasta mi último día. Me miró sabiamente por encima del borde de su copa, y esto es lo que me dijo: «Aprende a cocinar muy bien unas cuantas cosas, y a planchar a la perfección.»

Meaghan no pudo contener la carcajada.

Alec se volvió hacia ella, una sonrisa en los labios.

—Hasta el momento no me ha fallado.

—¡Eh, espera un momento! No llevas alianza de bodas. ¡Tú estás soltero!

Alec bajó el fuego debajo del hinojo, añadió un poco de agua y sal y cubrió la sartén.

—No siempre lo estuve.

—Oh, cielos; ya he dicho algo que no debía.

—No, no; en absoluto. Es sólo que había subido a la cima de la montaña para esparcir las cenizas de mi ex esposa cuando encontré a tu padre. Ella y yo... Bueno, digamos que fuimos los mejores amigos del mundo.

—No tenía ni idea.

—Bueno, ¿cómo ibas a tenerla? El caso es que la vida continúa para los que seguimos en este mundo, del mismo modo que continuará para ti a pesar de lo sucedido hoy.

—Ya. —Hizo una pausa para recomponerse—. Bueno. ¿Y qué viene después del hinojo?

—Una vez que se ha ablandado, el preparado de hinojo (que es como lo llaman técnicamente los chefs) es reducido a una fina pasta y mezclado con crema de leche para formar una salsa perfecta para el salmón marinado. Pero primero necesitamos preparar el *court bouillon*.

—Vale, ya me has vuelto a pillar: ¿*court bouillon*?

Alec cogió el pescado y lo sostuvo ante ella.

—Contempla este hermoso trozo de salmón, de la mejor calidad escocesa. Nunca se nos ocurriría cocinarlo en agua tal cual, ¿verdad? ¡Naturalmente que no! —declamó—. ¡No; lo que hacemos es marinarlo a fuego lento en un *court bouillon*! —Volvió a adoptar su voz normal—. Que no es más que un caldo hecho con unas cuantas verduras cortadas bien finas, hierbas y vino, pero el francés siempre suena la mar de refinado.

Alec ya tenía preparados los ingredientes: una zanahoria, un poco de cebolla, perejil y un tallo de hinojo. Su cuchillo se convirtió en un rápido borrón cuando empezó a trinchar el perejil.

—Eso asusta un poco —dijo Meaghan mientras el cuchillo volaba sobre la tabla de cortar.

—De hecho, es más seguro que cualquier otra forma de manejar un cuchillo. Ten, ¿quieres probar?

Meaghan se levantó y se acercó a la encimera.

—Tu madre tiene unos cuchillos muy buenos. A éste, con su hoja ancha y su punta afilada, lo llaman cuchillo de chef. Sirve básicamente para cortar y trinchar, pero yo lo utilizo más que ningún otro. Cógelo.

Meaghan lo empuñó como si fuera un martillo.

—No; desplaza la mano un poco hacia delante. Pon el pulgar contra el lado izquierdo del inicio de la hoja y el índice doblado encima del derecho. ¿Ves cómo ahora lo sientes más estable en la mano?

—Humm, más o menos.

—De acuerdo, ahora coges el perejil y lo mantienes apretado hacia abajo con la mano izquierda, pero con los dedos flexionados y el primer nudillo de cada dedo hacia la hoja del cuchillo, incluso rozándola. Eso te protegerá, ¿comprendes? Ahora, en lugar de levantar el cuchillo tan arriba que deje de estar en contacto con la tabla, ve balanceándolo desde la punta hasta la empuñadura a través de las hierbas. Ésa es la razón por la que la hoja es ligeramente curvada, para que pueda mecerse en un movimiento de balanceo. Adelante, inténtalo.

Meaghan así lo hizo, despacio primero y ganando velocidad a medida que se acostumbraba al movimiento.

—¡Qué guay!

Alec sonrió.

—Fin de la primera lección: «Cómo empuñar el cuchillo del chef.»

—¿No hay nada más que cortar? —preguntó Meaghan blandiendo el cuchillo. Era como si acabaran de darle un juguete nuevo.

Alec empujó hacia ella la zanahoria y las hojas de hinojo.

—Si primero cortas la zanahoria unas cuantas veces a lo largo, no estará tan gruesa y resultará más fácil de trocear.

Meaghan puso manos a la obra con tanta concentración como si estuviera tallando un diamante. Luego, iba a empezar con la cebolla cuando Alec la detuvo.

—¿Cómo cortas una cebolla normalmente? —le preguntó.

—Pues primero en rodajas, luego las hago cuadraditos y al final me seco las lágrimas.

—Te haré una sugerencia. Primero corta la cebolla por la mitad en sentido longitudinal, no transversal, hasta el centro igual que con el bulbo de hinojo.

Meaghan así lo hizo.

—Ahora pela la piel de una mitad y, con la punta del cuchillo, haz largos cortes paralelos en sentido longitudinal, sin llegar hasta el núcleo.

Ella siguió sus consejos.

—Ahora dale un cuarto de vuelta a la media cebolla y sostenla igual que hiciste con los trozos de zanahoria, y luego córtala en sentido transversal. Lo que antes requería muchos pasos ahora sólo necesita tres. Además, lloras bastante menos.

—¡Odio cuando la niebla de la cebolla me entra en los ojos!

—La próxima vez contén la respiración. La niebla no te entrará en los ojos, pues llega hasta allí a través de la nariz: la inhalas mientras la cortas. Eso es lo que hace llorar los ojos. Fin de la segunda lección: «El cortado de la cebolla.»

Le quitó el cuchillo de la mano.

—Ahora deja sitio para que el chef pueda cocinar.

Meaghan rió como una colegiala, regresó a la mesa y bebió otro sorbo de vino.

—Gracias, Alec.

—Oh, tampoco ha sido tanto esfuerzo —dijo él por encima del hombro.

—No; me refería a todo. Especialmente el haber salvado a papá.

Alec se volvió hacia ella.

—Cualquier persona hubiese hecho lo mismo, Meaghan.

—O puede que no.

—Supongo que ésa es una de las ventajas que tiene ir cumpliendo años: aprendes cosas. Como cuál es la forma más rápida de cortar una cebolla... —«Y también pierdes cosas», pensó, acordándose de Gwynne y rogando que no le ocurriera lo mismo con Fiona.

Salteó las verduras cortadas bien finas en una sartén con un poco de mantequilla, y luego les añadió vino blanco, una hoja de laurel, sal, pimienta y agua. La mujer joven y el hombre adulto compartieron el espacio callada y amigablemente, la amistad creciendo entre ellos y confiriendo una nueva calidez a la cocina, como si hubiera un fuego en una imaginaria chimenea.

Fiona salió de la bañera, se secó con la toalla de lino y algodón, se echó el albornoz sobre los hombros y se acomodó en la cama, el cuerpo sonrosado por el baño caliente. Apoyó la espalda en las almohadas, subió las piernas y se rodeó las rodillas con los brazos. De pronto algo cayó sordamente sobre el colchón: *Hollín* había saltado a la cama para descansar a su lado.

En esa cama, durante años, Fiona se había sentido terriblemente sola, aunque había sabido soportarlo. En esa misma cama, hacía sólo tres noches, había sido más feliz que nunca en su vida. El amante, el compañero con el que siempre había soñado, había acudido a ella por obra de algún milagro, al fin. Mañana, el marido con el que había estado casada casi un cuarto de siglo volvería a casa, más inválido que sólo unos días atrás. Era como si sus destinos se hubieran ajustado de pronto al de David, como si sólo existiera una cantidad limitada de felicidad en el mundo y, si la tuya se incrementaba, entonces la de otra persona tenía que decrecer.

Esa tarde había soslayado la pregunta de su hija; de hecho, la había cortado cuando Meaghan se disponía a hablar. Owen le había contado lo que había dicho Gerald acerca de ella y Alec; Fiona se preguntó si el motivo por el que Owen estaba tan sonrojado mientras se lo contaba habría sido lo incómodo del tema o la furia que le inspiraba Gerald, y volvió a pensar en el cariño que le había cogido a aquel joven y lo segura que estaba de haber hecho bien al confiarle el control de la granja. Y comprendió que también estaba segura de haber hecho bien al no contarle a su hija la verdad acerca de Alec. Si llegado el momento Meaghan necesitaba saberlo, Fiona se lo contaría. Pero no ahora. Posiblemente nunca. Entre madre e hija no todo podía o debía ser compartido.

Cuando fue a la cocina un rato después, Meaghan reía como una tonta, un poco embriagada después de llevar una hora bebiendo sorbos de vino blanco.

—Bueno —resopló Fiona—, ya veo que le has ofrecido alcohol a mi hija para congraciarte con ella. ¿Existe alguna posibilidad de que puedas hacer lo mismo por mí?

—En la nevera. El chef está demasiado ocupado para hacer horas extras como camarero.

Fiona le sonrió, dio un beso en la mejilla a su hija y sacó la botella de vino casi vacía. Miró a Meaghan y reparó en el esmero con que se había vestido para la cena.

—¿Te has bebido todo este vino?

—¡Madre! ¡Alec ha echado la mitad de la botella en el *court bouillon*!

—¿El qué?

—Ya sabes, verduras cortadas bien finas con hierbas, vino y otras cosas.

Fiona se acercó a Alec.

—¡Conque enseñándole expresiones picantes en francés a

mi hija! ¡Caballero, espero que vuestras intenciones sean honorables!

—Mis intenciones, *madame*, son puramente culinarias —replicó Alec envarándose—. Hemos estado comentando asuntos de cocina y nada más, os lo aseguro.

—Bueno, eso espero —dijo ella, sonriéndole a su hija. Hacía mucho tiempo que no veía tan feliz a Meaghan, y sabía que no era a causa del vino.

—La cena estará lista en unos momentos, *miladies* —anunció Alec—. ¿Puedo sugerir a las damas que pongan la mesa?

Alec tenía esperanzas de que Owen cenara con ellos, pero cuando empezaba a anochecer lo había visto sacar el Land Rover del patio y bajar en dirección a la carretera. Se sentía un poco decepcionado, y también impresionado: Owen tenía un gran sentido de la oportunidad, y sabía que ahora Meaghan necesitaba un poco de tiempo para calmarse. Alec no estaba seguro de si él habría sido capaz de comportarse con tanto tacto cuando tenía la edad de Owen; de todos modos, aquella época quedaba demasiado lejana para que pudiera recordarla.

Fiona iba y venía por la cocina y se sentía reconfortada por que los tres estuviesen juntos. Alec le había dicho que siempre había deseado tener una hija, y ahora él y Meaghan estaban allí, entendiéndose a las mil maravillas. Tuvo que recordarse que ésa no era su verdadera familia. Una vez más, se sintió un poco culpable por estar siendo tan feliz, pero procuró no pensar en ello. Eso tenía que ver únicamente con el momento: ese momento, en esa cocina, en ese anochecer, con esas dos personas, a punto de compartir una magnífica cena. «Aprende a ser feliz con lo que tienes», se dijo.

Meaghan había puesto la mesa mientras Fiona se ocupaba de la vajilla. Alec ya había escurrido las patatas y vuelto a colocar la olla encima del fuego.

—¿No se quemarán?

—No a menos que nos olvidemos de ellas. Unos momentos más al fuego evaporarán la humedad y las dejarán secas y esponjosas.

—¿Esponjosas?

—Ése es el término técnico, sí. —Alec ya había sacado del fuego el salmón y colado el líquido empleado para marinarlo, volviendo a poner el caldo encima del fuego más fuerte de la Aga para darle el hervor final. En el último momento, añadió el hinojo ya casi convertido en puré y una pequeña cantidad de crema de leche, removiéndolo todo constantemente con la cuchara de madera. Luego vertió la salsa encima del salmón, echó sal y un poco de perejil a las patatas y las puso en una fuente de servir. En un cuenco, puso las habas que previamente había hervido con un poco de aceite de oliva y unas gotas de limón. Luego lo llevó todo a la mesa.

—Por el amor de Dios, que alguien me sirva una copa de vino —dijo mientras se secaba la frente con un paño de cocina.

Tomaron asiento.

—Caramba —dijo Meaghan.

Alec levantó su copa.

—Por David, y por que vuelva sano y salvo a este maravilloso hogar.

Las lágrimas acudieron a los ojos de Meaghan. Fiona le sonrió a Alec. Sabía que lo había dicho muy en serio. Él entendía el aprieto en que se hallaban. Alec haría lo que fuese por ella, incluso si le dolía hacerlo, y eso era una heroicidad todavía mayor que lo que había hecho en lo alto de la montaña.

Brindaron, bebieron y empezaron a cenar.

Las dos mujeres tenían mucho apetito y demostraron saber apreciar lo que se les servía. Alec estaba encantado. Hablaron del inicio de la primavera, lo bien que habían ido los partos de las ovejas, las clases de la universidad de Meaghan, los libros que había escrito Alec. La conversación era a la vez trivial e íntima. Finalmente, Alec sacó la tarta de peras del horno en que la había tenido calentándose, pero Meaghan rogó que se la excusara del postre, alegando que estaba llenísima y tenía sueño. Fiona la acompañó hasta la escalera para asegurarse de que se encontraba bien y luego volvió a la cocina. Alec había servido dos delgadas rebanadas de tarta en un par de platos y localizado el jerez. Fiona apagó algunas luces y se quedaron sentados en silencio, contentos simplemente de poder estar el uno en compañía del otro.

Cuando se hubieron acabado las porciones de tarta, Fiona se levantó de la silla.

—¿Té?

—Oh, no creo; sólo serviría para mantenerme despierto.

Ella rodeó la mesa, se subió la falda, pasó una pierna por encima del regazo de Alec y se le sentó encima.

—Entonces, ¿qué me dices de mí?

—Eso sin duda me mantendría despierto, y además me aseguraría una noche de sueño profundo y reparador.

Alec le puso las manos en los hombros y depositó un beso en la pequeña depresión debajo del cuello donde se unían las clavículas, un punto que encontraba irresistible. Lo acarició con la punta de la lengua y luego fue dejando un rastro de pequeños besos a lo largo del lado izquierdo del cuello hasta que se encontró mordisqueándole el lóbulo de la oreja. Ella se volvió y le buscó los labios con los suyos. Fueron unos besos delicados y tiernos. Pasados unos instantes, Alec sintió cómo ambos se relajaban.

—No me dejes nunca —le murmuró ella en el hombro—. Jamás.

Alec la estrechó contra su pecho, pero no dijo nada.

Luego Fiona levantó la cabeza y sonrió.

—Esta noche no podemos estar juntos, pero quiero que sepas que me encantaría.

—A mí también.

—Mmmm. Ya lo noto —musitó ella, sintiendo la dureza del miembro de Alec.

Volvió a besarlo y se levantó de su regazo. Juntos, recogieron la mesa y lavaron los cacharros y sartenes, desplazándose por la cocina con tanta facilidad como si tuvieran años de práctica. Después Fiona apagó las luces y fueron cogidos de la mano hasta el vestíbulo. Ella se puso de puntillas y Alec se inclinó para besarla de nuevo.

—Buenas noches, cariño.

—Buenas noches, Fi.

Se separaron y Alec la vio pasar por la puerta que llevaba a sus habitaciones antes de subir lentamente la escalera en dirección a la suya.

Fiona estaba echada en su cama, emocionalmente exhausta, pero sin poder conciliar el sueño, y pensaba en Dios. Aunque su abuelo había sido sacerdote anglicano, y ella había sido bautizada en su fe, nunca había sido una catecúmena particularmente devota. No era que no creyese; simplemente se había ido distanciando gradualmente de la Iglesia. Le habían enseñado que Dios era su redentor, pero nunca había tenido la sensación de que fuera una presencia activa en su vida. Ahora no podía evitar preguntarse si Él estaría castigándola por haber encontrado la felicidad después de tanto tiempo. Fiona había cometido adulterio y no había sentido ningún remordimiento al cometerlo. Amaba a Alec con todo su ser y sabía, a un nivel más profundo que cualquier catecismo aprendido de memoria, que estaban hechos para estar juntos. Sin embargo, apenas había llegado a esa certeza cuando Dios —o el destino, o algo— había traído el intento de suicidio de David y su consecuente mayor incapacidad. Quizá Dios los estaba castigando a ambos.

16

17 de abril de 1999

Unas voces en el vestíbulo despertaron a Alec. Había dormido hasta más tarde de lo habitual. El cielo estaba cubierto de nubes. Entonces llamaron a su puerta y Fiona asomó la cabeza.

—Meaghan y yo vamos a la iglesia esta mañana, y luego tengo que ir a firmar unos papeles en las oficinas de los servicios municipales de Gwynedd. ¿Quieres acompañarnos?

—Ven aquí —susurró él.

Ella lanzó una rápida mirada por encima del hombro y entró sigilosamente en la habitación. Iba completamente vestida, pero aun así Alec tiró de ella hasta dejarla tendida encima de él, y metió la mano bajo su falda estampada para acariciarle el muslo.

—No hagas eso —murmuró ella con los labios contra su pecho—. ¡Nos van a pillar!

Él la soltó.

—Quiero estar dondequiera que estés tú —dijo—. Dame un momento para afeitarme y enseguida estoy abajo.

Cuando llegó a la cocina, madre e hija ya estaban listas para partir. Meaghan llevaba tejanos, una camiseta negra y la chaqueta de su traje. Alec reparó en que se había puesto los zapatos planos de color negro de su madre y que, a su vez, Fiona llevaba los zapatos de tacón de su hija. Tenía las llaves del coche en la mano y un cárdigan echado sobre los hombros.

—¿Qué ha sido del desayuno en el servicio de alojamiento y desayuno?

—Venga, que tampoco te vas a morir porque un día te quedes sin desayunar —lo riñó Fiona.

Fueron al granero y Fiona le dio las llaves del coche a su hija.

—Alec, tú ve delante con Meaghan; necesitas espacio para estirar las piernas.

Alec habría protestado, pero Fiona ya se había instalado en el asiento trasero. Meaghan sacó el coche marcha atrás, puso la primera y salieron del patio tan deprisa como si los hubiera lanzado una catapulta. Mientras bajaban por el sendero lleno de curvas que llevaba a la carretera, Alec dijo:

—¿Aprendiste a conducir con tu madre?

—¿Cómo lo sabes?

—¡Eh! —dijo Fiona al tiempo que se inclinaba hacia delante y le daba con el puño en el hombro.

—Porque las dos conducís como si fuerais conductoras profesionales, naturalmente —dijo él, frotándose el brazo.

La iglesia de St. Mary resultó una pequeña estructura de piedra con una torrecita cuadrada para el reloj. Se alzaba en una gran explanada herbosa cerca del centro de Dolgellau. Meaghan aparcó el coche y los tres atravesaron un pequeño cementerio lleno de lápidas muy antiguas. Alec se preguntó si los feligreses de aquella congregación simplemente habían dejado de morirse en los últimos siglos.

Entraron en la iglesia por una puerta lateral y vieron que el santuario estaba vacío.

Alec se inclinó hacia Fiona:

—Me parece que esperaré aquí atrás.

Ella asintió y las dos mujeres echaron a andar por el pasillo central y se instalaron en un banco cerca del altar.

Alec siempre se había sentido oprimido, más que reconfortado, en las iglesias. Se consideraba cristiano e intentaba vivir según los principios de la fe, pero los aspectos más cotidianos de ésta le resultaban bastante indiferentes. Ahora, sin embargo, lo impresionó la etérea austeridad de St. Mary. Cogió el boletín de la parroquia de una pila en una mesa al lado de la puerta y se enteró de que, si bien la iglesia actual databa de 1716, había sido edificada sobre unos cimientos originarios del siglo XII.

Se sentó en un banco del fondo y miró alrededor. Los gruesos muros estaban recubiertos de escayola y apenas tenían adornos. Se hallaban punteados por largas cristaleras encima de las que discurrían gruesos arcos redondos. El techo de la nave, que consistía en una bóveda surcada de vigas, estaba sustentado no por capiteles de piedra, sino por estrechos pilares de madera que parecían demasiado delicados para sostener tanto peso. Alec no sabía gran cosa acerca de la fe anglicana; siempre la había tenido por una versión del catolicismo en la que los sacerdotes estaban autorizados a contraer matrimonio. Pero aquella iglesia tan austera no lucía ninguno de los elaborados aderezos propios del catolicismo; podría haber pasado fácilmente por una de esas casas de oración en las que suelen reunirse los cuáqueros.

Alec se preguntó si Fiona sería una persona muy religiosa y cayó en la cuenta de la gran cantidad de cosas que ignoraba acerca de ella. Meaghan estaba sentada con la cabeza baja, pero su madre, con los codos en la repisa del banco de delante y la barbilla apoyada en las manos, sólo miraba fijamente el altar. Pasados unos minutos, Meaghan levantó la vista y le tocó el brazo a su madre. Ésta respondió dando un respingo. Se levantó inmediatamente, salió al pasillo y cogió de la mano a su hija. Mientras venían por la larga nave hacia donde las esperaba Alec, éste pudo ver que Fiona había estado llorando.

Fuera, el tiempo había mejorado. Ahora se veían retazos de cielo azul entre nubes que pasaban velozmente. Volvieron a atravesar el cementerio en dirección al coche, subieron y fueron hacia el centro de la ciudad.

—He estado pensando que no me necesitaréis para nada en los servicios municipales —dijo Alec—, y tengo tanta hambre que me mareo. ¿Por qué no me dejáis en la cafetería? Podéis recogerme allí cuando hayáis acabado.

—Buena idea —dijo Fiona—. Me temo que no hemos cuidado muy bien de ti esta mañana.

Él sonrió.

—St. Mary me ha encantado, de verdad. Pero ahora me encantaría comerme un buen bollo.

Se detuvieron enfrente del Cubreteteras, Alec bajó del coche y Meaghan se alejó con un rugido del motor. Como la otra vez, el establecimiento estaba repleto. Pero Brandith se apresuró a ir hacia él, lo llevó a una mesa y también tomó asiento.

—Oh, señor Hudson, ya sabemos lo del accidente del pobre David. Terrible, realmente. Pero gracias a Dios estaba usted en la montaña y dio con él. ¿Cómo está?

Alec se preguntó cuánto habría tardado en circular la noticia. Minutos probablemente.

—Se está recuperando bastante bien, Brandith; debería volver a casa hoy mismo.

—Fiona ha de estar muy aliviada. Bueno, ¿qué le puedo servir esta mañana?

—Una tetera y uno de esos magníficos bollos, por favor.

Brandith se levantó inmediatamente y otra de las señoras que atendían a la clientela no tardó en servirle el pedido. Alec se sirvió una taza de té y volvió a examinar el boletín de la parroquia. Era la habitual mezcolanza de comunicaciones, programas de actos, breves menciones de bodas y funerales, así como anuncios puestos por los feligreses de la parroquia. A su izquierda oyó que alguien susurraba «Ese señor de ahí es el americano que le salvó la vida a David Edwards, ¿sabes?». Alec levantó los ojos y vio que una gran parte de la clientela del establecimiento lo estaba mirando. De pronto Brandith volvió a su mesa y se dejó caer en el otro asiento.

—Dígale a nuestra Fiona —murmuró mientras Alec comía su bollo— que a partir de ahora todos vamos a cuidar de ella. Ya he hablado con unas cuantas personas para que vayan a llevarle comida esta tarde, y alguien irá a visitarla cada día para ver cómo se encuentra.

—Es muy amable por su parte, Brandith, pero no sé si...

—Ni una palabra más —dijo ella al tiempo que levantaba la mano—. En Dolgellau todos queremos mucho a Fi y David; tenemos el deber de ayudarlos en la medida de lo posible. Y usted, bueno, supongo que ahora que ya ha hecho lo que lo trajo aquí regresará a Estados Unidos.

—Bueno, yo...

—Pero sepa que siempre será usted bienvenido en este pueblo, señor Hudson; nosotros nunca olvidamos a las personas que de verdad nos importan.

Brandith irradiaba afecto vecinal, pero de pronto Alec sintió que se ahogaba. Miró el reloj de pared al fondo del establecimiento, apuró su taza de té y se levantó.

—De verdad que lo siento, Brandith, pero había perdido la noción del tiempo y ya llego tarde. Perdón por salir corriendo de esta manera. ¿Bastará con esto para cubrir la cuenta?

Brandith se levantó también, miró el dinero que Alec acababa de depositar en la mesa y asintió con la cabeza. Mientras él prácticamente corría hacia la puerta, la oyó decir:

—¡No deje de venir a vernos la próxima vez que esté en Gales!

Alec la saludó con la mano mientras salía a la calle.

Llegó a la esquina, se apoyó contra una oscura pared de piedra de pizarra y respiró hondo. Mientras se recuperaba, comprendió que no era el hecho de que todos en aquella pequeña población lo supieran todo acerca de todos lo que lo había puesto tan nervioso, ni el que estuvieran tan decididos a ayudar a Fiona y David, sus vecinos en apuros. Eso era reconfortante e iba más allá de cuanto él había conocido nunca. No, lo que lo había hecho salir huyendo del establecimiento de Brandith era la súbita revelación de que no había lugar para él en aquel cálido abrazo comunal. La gente le estaba agradecida, deseaban que todo le fuese bien en la vida y querían que volviera a visitarlos en el futuro, pero ahora esperaban que siguiera su camino.

Eso lo dejó atónito. Él y Fiona encajaban con tanta facilidad, de una manera tan natural y al mismo tiempo tan apasionada que nunca se le había ocurrido que tal vez no hubiera cabida para él en el mundo de Fiona, que podía ser una fuente de escándalo, que su presencia en la vida de Fiona podía erosionar las reconfortantes certezas que la hacían sentir parte de aquel valle que tanto amaba.

Un claxon lo sobresaltó. Alzó la mirada y vio que Meaghan acababa de detener el coche rojo junto al bordillo. Alec ni siquiera había advertido su llegada. Subió al asiento del pasajero. Fiona se inclinó hacia delante mientras Meaghan apartaba el coche de la acera y preguntó:

—¿Te encuentras bien? Se te veía un poco como el típico turista perdido en la plaza.

—Supongo que lo parecía. —La imagen lo envolvió como un sudario. Preguntó cómo les había ido en los servicios municipales.

—La asistente social del hospital ya les había informado sobre el estado de David. Tenían todo el papeleo preparado. Ya nos conocen, con los problemas de salud de David. Los de asistencia domiciliaria enviarán a una asesora dentro de un par de horas para que determine las necesidades de David. La gente siempre se está quejando de lo engorrosa que es la burocracia municipal, pero esta mañana no la hemos padecido en absoluto, ¿verdad, Meaghan?

Su hija mantuvo los ojos fijos en la carretera pero sonrió.

—Bueno, supongo que también habrá influido el que la nueva jefa de ese departamento sea otra de las primas lejanas de papá... Eso podría explicar por qué estaba ahí en sábado.

Alec sonrió, también, pero interiormente torció el gesto. Era otro ejemplo del pueblo entrando en acción para cuidar de uno de los suyos... y de la situación de marginalidad que le correspondía ocupar a él en tanto que extranjero.

Cuando llegaron a la granja, Owen los estaba esperando con impaciencia.

—Espero que no le importará, señora Edwards... —empezó mientras ellos bajaban del coche.

—¡¿Owen?! —le espetó Fiona, poniéndose en jarras.

—Perdón... Fiona. En fin, el caso es que me había tomado la libertad de prepararme un poco de té y entonces sonó el teléfono. Pensé que podías ser tú, así que contesté.

—¿Y...?

—Bueno, era del hospital. Dijeron que podías ir a recoger a David. Espero no haberme excedido en mis atribuciones...

—¡Por el amor de Dios, Owen! —bromeó Fiona—. Te pedí que te hicieras cargo de la granja, y no creo que contestar al teléfono pueda considerarse una transgresión.

Owen sonrió y se volvió hacia su hija.

—Buenas tardes, Meaghan; ¿cómo te encuentras hoy?

Meaghan había seguido con la mirada aquel afectuoso cruce de palabras entre su madre y el joven. Tenía la cabeza ladeada, como hacía su madre cuando reflexionaba sobre algo. Una leve sonrisa cobró vida en sus labios. Comprendió, no con un súbito destello de revelación sino poco a poco, como una marea que avanza lentamente sobre una playa, que Owen Lewis era precisamente la clase de hombre «bueno, sólido y cariñoso» del que le había hablado su madre la noche pasada.

—Muy bien, Owen. ¿Cómo están las ovejas?

—Ahora mismo iba a darles el biberón a algunos huérfanos. ¿Te gustaría venir?

Meaghan miró a su madre, la vio asentir casi imperceptiblemente, y dijo:

—Sí. Me gustaría.

Fiona se encaminó hacia la casa y Alec la siguió. En cuanto hubieron cruzado el umbral, la atrajo hacia sí y la besó ardorosamente hasta que los dos se quedaron sin aire.

Fiona pensó que las lágrimas que veía en los ojos de él eran de felicidad.

El teléfono del vestíbulo empezó a sonar. Fiona titubeó un instante y se apartó de Alec para contestar. Cuando volvió unos minutos después, parecía un poco preocupada.

—¿Qué pasa, Fi?

—Era la asesora de la asistencia domiciliaria; estará aquí dentro de una hora —dijo, el entrecejo fruncido—. Me temo que esto va a ser un problema —añadió—. Meaghan y yo tenemos que ir a Aberystwyth a recoger a David. El coche sólo tiene cabida para cuatro ocupantes y, si se diera el caso de que necesitáramos la ayuda de una tercera persona, creo que ésta debería ser Owen. David lo conoce, mientras que tu presencia podría confundirlo.

Una vez más, Alec sintió que el mundo lo apartaba con su peso.

Fiona vio cómo se le ensombrecía el rostro.

—Te ruego que lo entiendas, cariño. Sé que es injusto, pero por favor entiéndelo.

Pero no era que Alec no lo entendiese, sino que no quería entenderlo. Esa mente serena, despejada y racional suya en la que había confiado durante décadas coincidía completamente con lo expuesto por Fiona. Pero su corazón había decidido declararse en rebeldía.

—Pues claro que lo entiendo.

—Además, necesito que haya alguien aquí cuando llegue la asesora. ¿Querrías llevarla a la vivienda de David, enseñársela y tomar nota de sus sugerencias?

—Fi, ni siquiera sé dónde queda ese sitio.

Ella lo miró y de pronto cayó en la cuenta de todo lo que aún ignoraban de sus respectivas vidas. No bastaba con la pasión. Sólo la cotidianidad podía hacer que llegaran a conocerse. Ella anhelaba esa cotidianidad, la certidumbre que irradiaba de la presencia de Alec, el sosiego que da compartir el paso del tiempo con otra persona.

—Claro que no. Ven, te enseñaré el camino.

Lo llevó más allá del granero y sus cobertizos hasta un sendero de hierba que corría entre muretes de piedra, y le explicó que el antiguo henil estaba pasando el risco más alejado hacia el oeste, cerca del linde occidental de la granja. Mientras volvían a la casa, hicieron un alto en el granero donde los corderos huérfanos estaban recogidos. Al entrar oyeron la risa de Meaghan. Sostenía dos biberones, a cada uno de los cuales estaba unido un cordero que insistía en tener hambre. Los corderos se lanzaban sobre los biberones con la misma ávida falta de miramientos que aplicaban a sus madres. Owen estaba apoyado en el redil y sonreía. La escena debería haber complacido a Fiona, pero la llenó de una melancólica tristeza: ¿por qué ella y Alec no se habrían conocido cuando tenían las edades de Owen y Meaghan? Por un instante pensó en la vida que habrían podido compartir, pero enseguida se recompuso.

—Owen, Meaghan y yo vamos a recoger a David —dijo—. ¿Querrías acompañarnos?

Owen miró a Alec, y Fiona lo advirtió.

297

—Alec se quedará aquí para atender a la asesora de la asistencia domiciliaria del ayuntamiento.

—Claro que sí, Fiona —contestó el joven.

—Gracias, Owen. —Y sin dirigirse a nadie en particular, quizás hablando consigo misma, añadió—: Bueno, es hora de ponernos en marcha. —Y salió del granero.

17

Alec vio cómo el coche desaparecía sendero abajo. Tardarían una hora en llegar a Aberystwyth y otra hora en hacer el trayecto de vuelta. A eso habría que sumarle lo que tardaran en vestir a David con la ropa que le llevaba Fiona, rellenar el papeleo del hospital y transportarlo hasta el coche. David estaría muy débil, pero, por mucho rato que tardaran en todo aquello, Alec sabía que en cuestión de horas sus vidas habrían cambiado. Todavía estaba por ver en qué aspectos, pero ahora sentía un vacío en la boca del estómago, y no era hambre. Era miedo. Nunca había habido muchas cosas a las que tuviera miedo, ya por seguridad en sí mismo o por estupidez, daba igual. Tal vez por ambos motivos. Pero desde la muerte de Gwynne había algo que sí temía: perder aquello que había llegado a valorar. Y precisamente eso sentía en ese momento.

Acababa de entrar en la cocina cuando el crujido de unos neumáticos en la gravilla lo arrancó de sus cavilaciones. Fue hasta la puerta principal y abrió cuando una mujer regordeta de edad indeterminada y pelo corto que empezaba a encanecer se disponía a llamar.

—Buenas tardes. ¿La asesora del servicio de asistencia domiciliaria?

—La misma. Emma Jones —respondió al tiempo que le tendía la mano—. ¿Y usted es...?

—Alec Hudson, un amigo de la familia. Han ido a recoger a David... el señor Edwards, al hospital de Aberystwyth. La señora Edwards me pidió que le enseñara el lugar.

Salió al porche, lo que desconcertó un poco a la señorita Jones.

—Oh, imagino que no lo sabe, pero David no vive aquí en la casa.

—Ya —dijo la señorita Jones, inclinándose para rebuscar en un maletín rebosante. Sacó una gruesa carpeta—. Creo recordar que padece hipersensibilidad a los productos químicos, ¿no es así?

—Exacto. David dispone de un alojamiento independiente. La acompañaré hasta allí.

Mientras subían en el coche por el sendero lleno de baches de la granja, la señorita Jones asintió con expresión pensativa y murmuró:

—Sí, ya veo cuál va a ser el problema.

—¿Problema?

—Verá, normalmente no recibimos solicitudes de asistencia domiciliaria intensiva a menos que el paciente tenga una edad muy avanzada. Al principio me sorprendió un poco cuando vi lo joven que es el señor Edwards. Pero ahora lo entiendo. La esposa no podría estar pendiente de él en todo momento viviendo tan lejos.

—Imagino que no —estuvo de acuerdo Alec mientras se detenían delante del henil renovado.

El edificio de piedra, de estructura sencilla y muy antiguo, tenía un tejado de dos aguas, pero tanto las ventanas de roble como las tejas eran nuevas. Cuando él y la señorita Jones entraron, ambos se sorprendieron de lo moderno que era el interior y lo cómodo que parecía todo el espacio. Ella dejó su maletín encima de la mesa y paseó una mirada aprobadora por el lugar.

—No me importaría vivir aquí —dijo.

Adosada a la pared de la derecha había una pequeña cocina de acero inoxidable y una mesa de pino con dos sillas. A la izquierda estaba la zona de estar, con dos sillones de cuero delante de una chimenea de piedra que también tenía todo el aspecto de ser nueva. Uno de los sillones estaba encarado hacia un televisor. Al fondo, en lo que a Alec le pareció un anexo reciente, estaban el dormitorio y el cuarto de baño. Los suelos eran de tablones bastos, pero dos alfombras suavizaban el efecto. La austera, casi escandinava simplicidad de la decoración obedecía a la hipersensibilidad a los productos químicos que padecía David. Y todo estaba absolutamente impecable.

—Antes de este accidente —explicó Alec—, David aún podía hacer parte del trabajo de la granja. Su mujer le traía las comidas. Ahora, bueno, todavía no sabemos exactamente qué será capaz de hacer en el futuro.

—El señor Edwards ha sufrido ciertas lesiones cerebrales —dijo ella, examinando una carpeta.

—Sí. Según tengo entendido, tiene problemas de falta de coordinación en los movimientos. También tengo entendido que se ha vuelto un poco...

—Infantil —dijo la señorita Jones—. Eso pone aquí. No habrá que dejarlo solo en ningún momento, quizá tienda a actuar de manera impulsiva. Su dificultad para orientarse puede acarrear serios problemas a la señora Edwards, particularmente si su marido vive solo aquí arriba.

—Sí, de eso se trata —dijo Alec, que se sentía un poco raro actuando como abogado de David.

—El servicio de asistencia domiciliaria se creó precisamente para solucionar esta clase de situaciones —respondió ella cerrando el expediente.

Volvió a guardarlo en el maletín y llevó a cabo un rápido recorrido del lugar. Prestó especial atención a los cajones de la cocina, abriendo cada uno e inspeccionando su contenido. Alec comprendió que en el informe del hospital tenía que constar el intento de suicidio, y que la señorita Jones estaba buscando cosas que David pudiera usar para hacerse daño.

—Bueno, me parece que ya hemos acabado —dijo finalmente.

De camino a la casa, le dijo que redactaría un informe y que no había ningún impedimento para que una persona del servicio empezara a cuidar de David inmediatamente.

—No obstante, tardaremos un día en asignar a alguien y él no estará atendido las veinticuatro horas del día; el ayuntamiento no puede permitírselo. La señora Edwards deberá pagar una parte proporcional de la asistencia que le proporcionemos, calculada en función de sus recursos. También podría solicitar alguna clase de asistencia privada; le dejaré una lista de teléfonos y direcciones. Todo sería menos complicado si no fuera por culpa de la sensibilidad del paciente a los productos químicos.

—Estoy seguro de que el señor Edwards sería de la misma opinión que usted.

—Oh, cielos —se apresuró a decir la señorita Jones—, lo siento. No es lo que quería decir...

Alec le sonrió.

—Descuide, señorita Jones. Imagino que tendrá que pasar cierto tiempo antes de que la gente del valle pueda hablar de este asunto sin ponerse nerviosa. Es una situación muy difícil para toda la familia.

Mientras él bajaba del coche, la señorita Jones, aparentemente todavía un poco preocupada, dijo:

—Le prometo que haré todo lo que esté en mi mano.

Alec se inclinó sobre la ventanilla.

—Estoy seguro de que lo hará.

De nuevo en la cocina, encontró una manzana en la nevera. Iba a darle el primer bocado cuando se le ocurrió una idea. Alec atravesó la cocina hasta el pequeño escritorio que Fiona usaba como despacho y encontró papel, cinta adhesiva y un rotulador. Luego volvió sendero arriba en dirección a la casa de David.

Fiona se alegró de haberle pedido a Owen que las acompañara. David había necesitado la ayuda del joven mientras iba con paso inseguro por los pasillos del hospital camino del coche. Estaba animado y contento de volver a casa, pero todavía no tenía muy claro cómo había ido a parar al hospital. Estaba claro que había olvidado por completo todos los acontecimientos que lo habían llevado a las puertas de la muerte en la montaña. Eso era una gran suerte, pensó Fiona. David tenía la mente lo bastante clara como para preguntarle a Meaghan por qué no estaba en la universidad, pero ya lo había preguntado en tres ocasiones, como si no lograse retener la explicación después de oírla. De la misma manera, le había preguntado varias veces a Owen cómo estaban pariendo las ovejas. Era como si, en la villa repleta de estancias que era su mente, algunas habitaciones tuvieran la ventana abierta y la información escapase volando nada más llegar.

Cuando Alec hubo acabado en la vivienda de David, decidió dar un paseo. El cielo brillaba con un intenso azul sobre el mar de Irlanda, y no hacía ni pizca de frío. Alec fue de pradera en pradera, a través de un confeti de caléndulas amarillas y margaritas inglesas de tenues tonos rosados. Después de haber cruzado varias puertas de hierro oxidado en los distintos cercados, llegó a las ya más abruptas laderas del Cadair Idris y fue en dirección este rodeando sus escarpados riscos, para acabar llegando al lago Llyn y Gadair, cuyas plácidas aguas reflejaban el resplandor azul del cielo. Alec se sentó en una roca junto a la orilla y pensó en su primera ascensión más allá del lago, con la carga física y emocional de las cenizas de Gwynne sobre la espalda. Y en la segunda, corriendo penosamente ladera arriba para salvar a David. Alec no era supersticioso, pero una parte de él se preguntó si el espíritu travieso de Gwynne no habría urdido aquella sucesión de acontecimientos para introducir un poco de agitación en su vida. Bueno, de ser así, Gwynne se había salido con la suya: ahora el corazón de Alec era un torbellino de emociones encontradas.

Finalmente, se levantó de la roca e inició el camino de regreso a la granja. Las últimas claridades del día empezaban a disiparse. Dentro de una hora habría oscurecido.

Fiona abrió la puerta de la vivienda de su marido mientras Meaghan y Owen lo ayudaban a bajar del coche. Cuando los tres entraron, Fiona estaba en el fregadero, los brazos apoyados en el borde y la cabeza inclinada hacia abajo. Meaghan supo que su madre estaba llorando. Entonces recorrió la vivienda con la mirada y comprendió. Un fuego ardía alegremente en el hogar y pegadas a las paredes con cinta adhesiva en sitios estratégicos había mensajes escritos con grandes letras acompañados de flechas que indicaban la dirección a seguir: «lavabo», «cocina», «dormitorio» y «puerta principal». Meaghan fue hacia su madre y Owen se hizo cargo de David.

—Bueno, henos aquí, por fin en casa, ¿eh, David? Seguro que estás contento de regresar. Aquí tienes tu asiento favorito, junto al fuego. ¿Por qué no descansas un momento?

David se dejó caer en el asiento como si fuera de plomo. El trayecto en coche lo había dejado exhausto, pero lo reconfortaba volver a su entorno familiar. Vio los mensajes pegados a las paredes y los leyó, aunque no acabó de entender por qué estaban allí. Pensó que quizá lo entendería más tarde. O mañana. Estaba muy cansado.

Owen se acercó a Fiona, le puso la mano en el hombro, inclinó la cabeza y le susurró:

—Tranquila, Fiona. Todos pondremos nuestro granito de arena. David no será un prisionero aquí.

Pero el dolor no tenía relación con eso. Lo que se había abierto paso a través del muro protector que Fiona había levantado aquella mañana para mostrarse tranquila y eficiente en el hospital mientras le devolvían a su marido, era la pura bondad inherente en aquellos sencillos carteles indicadores. Eso, y el hecho de que enseguida había reconocido la letra y sabía que habían sido escritos por la misma mano que escribió ese poema que tanto había llegado a significar para ella. La mano de Alec.

David parecía alegremente fascinado por las llamas que bailaban en el hogar.

—¿Qué te parece si me quedo aquí con papá hasta que sea la hora de cenar, mamá? —dijo Meaghan—. Veremos la televisión. ¿Por qué no te tomas un rato para descansar?

—Sí. Buena idea, hija. Owen, ¿serías tan amable de conducir tú?

El joven se despidió de Meaghan con una inclinación de la cabeza, rodeó los hombros de Fiona y se la llevó fuera. Ella se apoyó en él con expresión de gratitud.

—No sé qué haría sin ti, Owen —dijo mientras él conducía con cuidado por el largo sendero cubierto de hierba—. Me gustaría explicarte lo mucho que significas para mí, para nosotros, pero no quiero hacer que te sientas incómodo.

Owen la miró y, por primera vez que ella recordase, no había ni rastro de timidez en su rostro.

—No hace falta que me lo diga, señora Edwards; lo entiendo. Cuidaré de usted, de Meaghan y de esta granja todo el tiempo que me permita hacerlo.

—Eso podría ser siempre, Owen.

—No voy a ir a ninguna parte, señora.

—Fiona.

—Fiona.

—¿Owen?

—¿Sí, señora... Fiona?

—¿Amas a Meaghan?

—Sí, la amo.

Ella suspiró y sonrió.

—Ya me lo parecía. Esperemos que ella llegue a la misma conclusión.

—Todavía le queda cierto trecho por recorrer, creo.

—Puede que sí. Pero no te des por vencido, Owen. Nunca hay que renunciar al amor.

Él metió el coche en el granero y se detuvo al lado de su Land Rover.

—¿Me quedo con David esta noche, Fiona?

—No, cariño, vete a casa con tu madre. Yo cuidaré de él. Pero sí que estaría muy bien que vinieras a primera hora de la mañana.

—Aquí estaré, y llámame si surge algún contratiempo.

—Gracias, Owen; estaremos bien.

Fiona cruzó el patio hacia la casa.

«Nunca hay que renunciar al amor», le había dicho a Owen. Se preguntó si ella sería capaz de seguir su propio consejo. Y aún más importante, se preguntó si ese consejo encerraba algún significado para ella. ¿Cuál era el amor al que no debía renunciar en su caso? ¿Era su comentario un consejo de que tuviera fidelidad, pasión o paciencia? La fidelidad de Fiona vivía en una parte de su corazón, su pasión en otra. ¿Cuál de ellas requería su paciencia? Se dio cuenta de que había considerado la cuestión de la fidelidad como algo relacionado con David, pero ¿y la fidelidad con el amor que sentía por Alec? ¿Y la pasión? A lo largo de su vida le habían enseñado —su abuelo, el rector, su madre, la esposa del marino— que la pasión era transitoria, que el verdadero amor estaba hecho de paciencia y de constancia ante la adversidad, de los pequeños consuelos de lo cotidiano. Pero, pese a toda la cotidianidad que ella y su marido habían compartido —a lo largo de casi un cuarto de siglo—, Fiona nunca había sentido a David como su compañero vital, mucho menos su amante. Cohabitaban. Eran socios en una empresa. De cuando en cuando —muy de cuando en cuando— copulaban, pero eso había sido hacía mucho. Los aspectos más reconfortantes de la relación, o lo poco que quedaba de ellos, tenían que ver sobre todo con la rutina, el educar a su hija y aquel valle conmovedoramente hermoso.

Y ahora su marido estaba doblemente inválido; limitado no sólo por los efectos del envenenamiento, sino también por un cerebro ligeramente trastornado. Durante el regreso a casa hubo momentos en que David parecía completamente normal. Y entonces de pronto una sonrisa le surgía en el rostro y se quedaba congelada allí, como si alguien —¿el mismo David?— hubiera apretado el botón de «pausa». Entonces, pasado un momento, el botón dejaba de surtir efecto y David volvía a mostrarse como un ser animado.

Entró en la cocina, esperando encontrar a Alec allí. Ésa era la visión que tenía de su hogar ahora: Alec en la cocina preparando algo delicioso. La cocina parecía haberse convertido en el hábitat natural de su amado.

Pero él no estaba allí.

—¡¿Alec?!

—Estoy aquí —dijo a sus espaldas mientras sacudía los pies para quitarse el barro de las botas.

Fiona se lanzó a sus brazos. Él la sintió temblar y la estrechó contra su pecho.

—¿Fi? ¿Va todo bien?

—Es sólo que... Sí, no pasa nada. Es sólo que... que te quiero.

Se adentraron en la cocina torpemente, dos cuerpos que intentaban moverse como uno solo. Había una olla puesta al fuego y dos bolsas de polietileno sobre la mesa de pino. Alec se acercó a la olla y levantó la tapa.

—Sopa. Verduras y judías, todo muy sustancioso.

—Y pan recién horneado de la panadería —se admiró Fiona, rebuscando en una de las bolsas—. Y lonchas de jamón y una porción de queso... Y también un pastel... —dijo mirando en la otra bolsa—. De Brandith, si no me equivoco.

—Sí, Brandith dijo que haría correr la voz. La gente del pueblo os quiere mucho, Fi, tanto a ti como a David. Harían lo que fuese por vosotros. —Una vez más, la familia, la comunidad—. Al menos —continuó, obligándose a sonreír—, no pasarás hambre.

A Fiona no le pasó inadvertido el «tanto a ti como a David», pero no sabía qué responder. Lo que hizo fue atravesar la cocina, levantar la tapa de la olla, apretarse contra Alec, olfatear y suspirar «Humm». Era ambiguo, lo sabía, pero no se sentía capaz de nada mejor.

Luego esparció unas cuantas gotas de agua sobre el pan de grano entero que había quedado olvidado encima de la mesa y lo metió en uno de los hornos de la Aga para que acabara de cocerse. Después fue al comedor, abrió una puerta del aparador junto a la mesa y sacó una de las botellas de jerez que normalmente distribuía en pequeñas licoreras para las habitaciones de los huéspedes. Sirvió una generosa ración en dos copas de vino y volvió a la cocina. Ambos se sentaron a la mesa.

—Dentro de un rato, cariño —empezó ella—, llevaré esa olla de sopa y parte del resto de comida a la vivienda de David.

Alec asintió.

—Meaghan y yo cenaremos allí y veremos cómo se las arregla. Luego mandaré a Meaghan a acostarse y esta noche me quedaré allí. Hay una cama plegable en su armario. No es que me apetezca, Alec, pero tengo que hacerlo. ¿Comprendes?

Él volvió a asentir.

Se quedaron sentados en silencio, bebiendo jerez. Alec

quería preguntarle por David, quería cogerla de la mano, pero no hizo ninguna de las dos cosas. Fiona contemplaba su copa con la mirada vacía, los hombros encorvados, el pelo casi ocultándole la cara.

—La señorita Jones, la asesora del servicio de asistencia domiciliaria, dijo que mañana quizá ya tendríamos a alguien aquí —informó Alec—. David no estará atendido las veinticuatro horas del día, pero también dejó una lista de servicios de asistencia privada.

Fiona asintió.

—Gracias por haberte ocupado de eso. —Alzó la mirada hacia él con lágrimas en los ojos—. Y gracias por haber escrito esos carteles. Fue todo un detalle por tu parte.

—Trataba de ser previsor. Es una mala costumbre que tengo.

—Ser previsor... —repitió Fiona—. Ignoro lo que nos espera. Bastante tengo con tratar de abarcar el momento presente.

Lo miró con un rostro tan vacío de toda expresión que él pensó en viejas fotos de las trincheras de la Primera Guerra Mundial: caras inexpresivas, trastornadas por la tragedia.

—Hace veintidós años juré que permanecería junto a David tanto en la enfermedad como en la salud. Puede que nunca haya estado realmente enamorada de él (no lo sé, de verdad), pero ahora David me necesita más que nunca. Tengo el deber de cuidar de él. He de hacerlo. Lo prometí ante Dios.

—Eso lo sé desde que encontré a David en la cima de la montaña, Fi.

—Pero no quiero perderte, Alec. No quiero perdernos. Podemos mantener nuestro amor, ¿verdad? Protegerlo, ¿sí? ¡Por favor, cariño, dime que podemos! Que ya se nos ocurrirá algo. —Había desesperación en su voz.

Alec le cogió la mano y se la apretó suavemente.

—Es lo que quiero yo también; sólo que no estoy seguro de cómo hacerlo.

Fiona rompió a llorar en silencio, con la cabeza inclinada sobre la mesa.

Alec se arrodilló a su lado y le secó las lágrimas con la punta de los dedos, acariciándole las mejillas. Después dijo:

—Vamos, cariño; te ayudaré a llevar la comida al coche.

Ella asintió. Se levantó y vertió varios cucharones de sopa en un pequeño cazo para que después David pudiera calentársela, y también apartó un poco de pan y queso.

Había anochecido y cuando cruzaron el patio hacia el coche, vieron que el cielo estaba inundado de estrellas. Alec dejó la olla en el suelo del asiento del pasajero. Luego fue hacia el lado del conductor y estrechó a Fiona, apretándola cariñosamente contra su pecho mientras le acariciaba el pelo.

Fiona se pegó a él, como si intentara que los dos cuerpos se fundieran en un solo ser, por fin completo. Al cabo se apartó y se sentó al volante.

—¿Estarás bien? —preguntó él.

Fiona asintió.

—Sí. David se está portando muy bien. Dócil y tranquilo. Casi da gusto verlo así, de hecho.

—Pues entonces en marcha. Llámame si me necesitas.

—Siempre te necesito, Alec.

Él se inclinó para besarla, y luego se incorporó y cerró la puerta del coche.

Se quedó inmóvil en la oscuridad durante un rato después de que ella se hubiera ido. *Jack* apareció de alguna parte y se sentó a su lado, jadeando suavemente. Una astilla de luna había subido en el cielo, iluminándolo todavía más de lo que ya estaba. La mole del Cadair Idris se elevaba, negra y silenciosa, al sur. Alec volvió a pensar en Gwynne, en el amor y la pérdida. Finalmente, se inclinó sobre el perro y le acarició la cabeza.

—¿Vamos a comer algo, *Jackie*?

18

18 de abril de 1999

Owen llegó a la vivienda de David a la mañana siguiente cuando estaba saliendo el sol. Traía leche fresca para el té y unos cuantos bollos que su madre había hecho para Fiona la noche anterior. Lo sorprendió ver a Meaghan dormida en el sillón habitual de su padre. Fiona estaba saliendo del cuarto de baño, ya vestida.

—¿Cómo está David? —preguntó Owen en voz baja.

—Todavía duerme. Agotado, supongo.

—No hace falta que habléis en susurros —farfulló Meaghan desde el otro extremo de la habitación—. Estoy despierta.

—Y con todo el cuerpo tieso, imagino —dijo Fiona—. ¿Por qué no has dormido en casa?

—Estoy bien, madre —fue todo lo que dijo Meaghan mientras se levantaba del sillón para desperezarse. Se había puesto como camisón una de las camisas de franela de su padre. No era lo bastante larga para servir como vestido, y la verdad era que no ocultaba gran cosa. Owen miró sus esbeltas piernas y su cara adormilada y se apresuró a darse la vuelta.

—Quizá no estaría de más que te pusieras algo decente, querida —la riñó Fiona.

—¡Oh, madre! ¡Pero si no es más que Owen, por el amor de Dios!

Owen la miró con una sonrisa sardónica. Fiona le dio una palmadita en la espalda.

—Bueno —dijo—, ¿qué exquisiteces nos has traído?

Entonces se oyó movimiento en el cuarto de baño y un instante después apareció David, en calzoncillos y camiseta.

—¡Buenos días a todo el mundo! —dijo alegremente mientras iba hacia la puerta principal.

—¿Adónde vas? —preguntó Fiona.

—Pues al cuarto de baño, ya que lo preguntas.

—Está ahí atrás, querido, al lado de tu dormitorio. ¿Ves el letrero?

David miró alrededor, ligeramente confuso pero sin dejar de sonreír. Vio el letrero.

—¡Ah! Pues sí, ahí está.

Fiona lo siguió de cerca.

—Te dejaré la ropa encima de la cama, ¿vale?

—Gracias, reina. Eres muy amable —respondió él mientras cerraba la puerta del cuarto de baño.

Fiona miró a los demás y se encogió de hombros.

Poco después tuvo que interceptar a su marido cuando éste salió del cuarto de baño y puso rumbo a la sala de estar.

—¿La ropa? —le preguntó.

—Claro, claro; se me ha ido de la cabeza por un momento.

Cuando David estuvo vestido, él y Fiona se sentaron a la pequeña mesa mientras Meaghan servía el té y Owen disponía un par de platos con bollos.

—Bueno, muchacho —dijo David entre bocado y bocado—, ¿cómo están pariendo las ovejas?

—Ya casi han acabado, señor, y el índice de mortalidad ha sido bastante bajo.

—Mejor, mejor. ¿Huérfanos?

—Sólo unos cuantos. Los he puesto en un redil dentro del granero y Meaghan y yo los estamos alimentando a base de biberones. En cuanto a las ovejas y el resto de los corderos, los he llevado a los pastos de primavera. Con el calorcito que está haciendo este año, la hierba crece muy deprisa.

Madre e hija se miraron y sonrieron. De momento todo iba bien.

David se levantó de pronto.

—Bueno, pongamos manos a la obra, muchacho. No está bien holgazanear demasiado. —Fue hacia la puerta, salió fuera y enfiló el sendero de gravilla—. ¡Ay! ¡Maldita sea! —exclamó de pronto. Desanduvo lo andado y se encontró a Fiona en la puerta con sus botas de trabajo en la mano.

—¿El calzado, David?

—Eso.

Unos minutos después, Owen y David iban por el campo con el propósito de inspeccionar las ovejas. Fiona se dispuso a limpiar la vivienda, pero Meaghan intervino.

—Ya lo haré yo, mamá. Al menos me ayudará a sentirme útil.

Fiona la abrazó.

—Gracias por haberte quedado aquí anoche, cielo. Sé que lo hiciste por mí, y te lo agradezco.

—Bueno, no sabía cómo podía reaccionar papá...

—Lo sé. Yo tampoco lo sabía. Fue maravilloso tenerte aquí. Afortunadamente, a partir de mañana dispondremos de ayuda profesional.

—¿Qué es lo que corre más prisa mientras tanto? ¿Esperamos a algún huésped? ¿Necesitas que vaya a hacer la compra?

—No; les he dicho a los del Patronato de Turismo que no me envíen a nadie y he telefoneado a todos los que tenían reservas. En cuanto a la compra, tengo un poco de pollo en el congelador. Ya pensaré en algo para cenar.

—Querrás decir que nuestro chef residente pensará en algo.

—Sí. Bueno, y ahora será mejor que vaya a ver si necesita algo. ¿Puedo llevarme el coche?

—Claro, mamá. Volveré a pie en cuanto haya terminado de limpiar.

Fiona cogió la olla vacía y la llevó al coche. Alcanzó a ver que Owen le abría la portilla de un cercado a David en unos pastos lejanos. Se preguntó cómo andaría de fuerzas su marido.

De nuevo en casa, metió el coche en el granero y llevó la olla a la cocina, esperando encontrar a Alec. Pero no estaba allí. Fiona miró el reloj y sonrió. ¡Casi las ocho y media y todavía en la cama! Cruzó la planta baja y subió la escalera de puntillas, pensando en entrar en la habitación de Alec con sigilo y sorprenderlo.

Pero la cama estaba vacía, y había sido hecha con esmero.

—¿Alec? —Miró en su cuarto de baño. Vacío.

Se giró en redondo hacia el rincón en que Alec dejaba su mochila. La mochila no estaba allí.

—¡¿Alec?!... Oh, Dios mío... ¡No! —dijo con una exclamación ahogada, y corrió escalera abajo—. ¡¡¡Alec!!!

Contra toda esperanza, anhelando un milagro, Fiona irrumpió en sus habitaciones privadas queriendo creer que encontraría a Alec dormido en su cama. *Hollín* levantó la cabeza desde su sitio habitual, pero por lo demás la ignoró. En su cama, en lugar de Alec, había un sobre con el nombre de ella escrito con una letra que Fiona reconoció nada más verla.

—¡No! —gritó—. ¡¡¡No, no, no!!!

Cogió el sobre y salió corriendo. Cuando llegó al vestíbulo vio que su agenda de teléfonos estaba abierta. Miró la página y vio el número del servicio de taxis de Dolgellau, el que ella usaba para sus huéspedes.

Fiona marcó el número frenéticamente y la operadora contestó sin demora.

—¿Han recogido a un huésped en la granja Tan y Gadair esta mañana? —inquirió sin más con voz temblorosa.

—Un momento, señora —repuso la operadora con tono monótono.

Fiona miró la carta que sostenía y vio que le temblaba la mano. El control que podía ejercer sobre ella era tan escaso que la carta habría podido estar en la mano de otra persona.

La voz volvió a la línea.

—Sí, en efecto, señora. Un señor. A las siete de la mañana. Lo llevamos a Barmouth para coger el primer tren.

Fiona se sintió mareada. Miró el auricular y colgó muy despacio.

Fue a la cocina dando traspiés, se dejó caer en una silla y miró el sobre. Rasgó la solapa y desplegó la carta.

Queridísima Fiona:

Antes solía pensar que ver morir a Gwynne había sido mi experiencia más difícil. Ver cómo la vida se escapa poco a poco de alguien a quien amas y ser completamente impotente para impedirlo —¡de hecho, rezar para que la muerte llegue rápidamente!— es terrible. Sin embargo, estaba equivocado. Lo más difícil y terrible que me ha tocado vivir es decirte esto: no podemos continuar.

Me he pasado la mayor parte de la noche junto a la ventana, contemplando el cielo. Supongo que buscaba una respuesta allí, en las constelaciones; una respuesta distinta de la que mi corazón sabía era la correcta.

En este valle, en esta granja al pie de la montaña, no hay sitio para mí; excepto, espero, en tu corazón. Sé que tú lo sabes; lo he visto en tus ojos los dos últimos días. Tienes una familia a la que no pertenezco. No hay espacio para mí aquí, amor mío. Tú y tu familia formáis parte de una comunidad estrechamente unida. No podríamos seguir adelante como hasta ahora sin causar mucho daño: a ti, a David, a Meaghan, a toda la urdimbre de la vida que llevas aquí. Te amo y te necesito con una intensidad y una pasión tan poderosas que me asombran. Cuando te deje, sé que el poder de ese amor me destrozará. Pero no tengo elección: quedarme aquí te deshonraría y deshonraría a las personas que amas, y con el tiempo te causaría un conflicto y un dolor todavía más grandes. No puedo hacerte eso, por mucho que te necesite.

No pienses que esto significa que renuncio a nuestro amor. Somos, y siempre seremos, dos almas unidas, dos seres vinculados por nuestros corazones, un hombre y una mujer que viajarían a través de la eternidad juntos si las constelaciones de nuestras vidas pudieran ser alteradas.

Dicen que el batir de las alas de una mariposa puede alterar el curso de la humanidad, y lo creo. Creo que tú y yo nos encontramos por una razón, Fiona, y creo que volveremos a encontrarnos. Hasta entonces, piensa en mí cuando mires la estrella Polar —la única certeza fija e inmutable en un universo que nunca deja de girar— y yo pensaré en ti. Sabrás, con todo tu corazón, que el amor que siento por ti sigue igual de firme e intenso. Acuérdate de lo que dijiste en el pueblo el otro día: soy fácil de localizar; lo único que has de hacer es mirar hacia arriba.

Te amo, ahora y siempre.

ALEC

De algún modo Fiona se encontró junto a la ventana de la cocina, como si quedarse de pie allí lo suficiente pudiera hacer que un destello azul marino volviese a aparecer como había hecho sólo una semana atrás. Pero no fue así. Fiona imaginó que una fisura subía lentamente por el sendero, partiendo primero la granja y luego la casa, y después su corazón, en dos mitades. Se llevó la mano al pecho como para mantenerlo entero, fue con andares de sonámbula hasta sus habitaciones, guardó la carta en un cajón, se hizo un ovillo en la cama y lloró.

Una hora más tarde, Meaghan la encontró allí, dormida. No había ni rastro de Alec Hudson. Pensó que su madre quizá se lo explicaría.

Pero naturalmente no se lo explicó.

Epílogo

18 de diciembre de 2005

Una eternidad pareció transcurrir en un solo instante.

Fiona sintió las cálidas manos de Alec rodeándole la cara.

Cuando volvió a abrir los ojos, él estaba arrodillado ante ella sobre las losas de piedra del suelo del vestíbulo.

—Fiona, santo Dios, lo siento mucho —dijo él, las facciones demudadas por la pena.

—Alec —susurró ella.

Alec Hudson se incorporó, haciendo una mueca de dolor mientras lo hacía, y tiró suavemente de sus manos hasta ponerla en pie. La estrechó entre sus brazos y Fiona apoyó la cabeza en su pecho, grande y plano, como había hecho antes, hacía tanto tiempo.

Y se puso a llorar en silencio.

Permanecieron en esa postura durante largo rato. Fiona tenía la extraña sensación de que sus cuerpos se estaban fusionando. El pecho de Alec subía y bajaba con espasmos irregulares, y ella comprendió que él también estaba llorando.

Al final, Fiona se apartó y lo miró a los ojos. Alec había envejecido bastante. Claro que, pensó entonces, quizás ella también había envejecido más de lo esperado. Profundas arrugas surcaban su rostro, pero sus ojos azules todavía brillaban como dos luceros. Su cuerpo seguía firme, tal como ella lo recordaba.

—¿Quieres sentarte? —preguntó, porque de pronto no sabía qué hacer ni decir.

—No, Fiona. Lo que quiero es besarte.

Ella sonrió. Él se inclinó y sus labios se encontraron. Los besos de Alec eran tan tiernos y dulces como los recordaba, y Fiona se entregó por completo a aquella anhelada vivencia. Luego, como antes, lo apretó más contra su cuerpo al tiempo que lo estrechaba entre sus brazos.

En la cocina, una puerta se cerró con estrépito y una voz femenina maldijo el mal tiempo que estaban teniendo últimamente. Unos instantes después, la mujer entró con paso decidido en el comedor y se quedó helada por lo que vio en el vestíbulo.

—¿Madre? —balbuceó, mirándola boquiabierta.

Fiona se volvió hacia su hija.

La mujer, joven y embarazada, los miró en silencio un instante, sin saber qué decir, y luego se acercó a ellos.

El hombre sonrió.

—Hola, Meaghan.

En una perfecta imitación de su madre, Meaghan se llevó una mano a los labios, la incredulidad desorbitándole los ojos, mientras con la otra mano buscaba con torpeza el respaldo de una silla para sentarse pesadamente.

Pasado un instante, Meaghan bajó la mano y dijo simplemente:

—Estabais enamorados.

—Corrección —dijo Fiona—: estamos enamorados.

Meaghan pareció recuperarse un poco, respiró hondo y fue capaz de bromear:

—No te dejes engañar por ese abrazo, Alec; así es como da la bienvenida a todos nuestros huéspedes ahora. —Una chis-

Alec sacó su cartera de un bolsillo, la abrió, extrajo un papel doblado y se lo tendió.

Ella lo desdobló y lo reconoció de inmediato. Era una pequeña noticia que había aparecido en el boletín parroquial de St. Mary:

Meaghan Dorothy Edwards y Owen Thomas Lewis, ambos vecinos de Dolgellau, contrajeron matrimonio el 12 de junio de 2004 en la iglesia de St. Mary. El novio es hijo de Anna Llewellyn Lewis y del difunto Raymond Lewis. La novia es hija de Fiona Potter Edwards y del difunto David Edwards. Los recién casados residirán en la granja Tan y Gadair.

—¿Cómo? —preguntó Fiona.

—Estoy suscrito.

—¡Pero ya casi hace un año de eso!

—Lo sé. Y David murió dos meses antes de que ellos se casaran. Leí su necrológica en el boletín, pero no quise faltar al decoro poniéndome en contacto contigo enseguida. Preferí que transcurriera un poco de tiempo.

Fiona se apoyó contra uno de los postes de la cama, cruzó las piernas y lo miró a los ojos.

—Su problema, señor mío, es que siempre está usted demasiado pendiente de lo correcto y respetable. ¡Eso nos ha costado un año entero que podríamos haber pasado juntos!

Él no fue capaz de sostenerle la mirada.

—Tras mi marcha no sabía si querrías volver a verme alguna vez.

Fiona le sonrió al amor de su vida.

—Dudo que haya hombre más tonto que tú en todo el planeta.

—Gracias.

Hubo un largo silencio durante el que ambos se miraron sonriendo como un par de tontos.

Luego Fiona se puso seria.

—¿Para cuánto tiempo has venido?

Alec la miró, con los años de anhelo grabados en sus facciones.

—¿Cuánto tiempo me dejarás quedar? —repuso en voz baja.

Fiona se arrojó a sus brazos.

—Todo el que quieras —dijo, apretando su menudo cuerpo contra el de él—. Aquí seguimos la política de no rechazar ningún huésped.

—¿Qué te parecería siempre?

Fiona lo miró.

—Me parece que podría arreglarse —dijo con una risita.

Se abrazaron y permanecieron callados un rato mientras cada uno asimilaba lo que acababan de confesarse. Entonces Fiona se sentó abruptamente en la cama.

—¿Qué narices has estado haciendo todo este tiempo? —le preguntó.

Alec se levantó de la cama, desnudo, y se agachó sobre su chaqueta deportiva para hurgar en los bolsillos.

—¿Qué buscas ahora? —Fiona se maravilló de lo en forma que estaba todavía el cuerpo de Alec.

—Tu regalo de cumpleaños, naturalmente —murmuró él—. ¡Ah!

Volvió a erguirse, regresó a la cama y le entregó un pequeño paquete.

Fiona deshizo el envoltorio y encontró un delgado librito. Le dio la vuelta y miró la cubierta. En la portada tenía una faja publicitaria: «¡El superventas nacional!» La ilustración era una foto de lo que parecía una ladera en suave pendiente, que descendía y luego volvía a subir. Fiona iba a coger sus gafas para leer cuando se dio cuenta de que la foto era el primer plano de la espalda de una mujer. El libro se titulaba *Hambre de piel*. El autor, Alec Hudson. Fiona abrió el ejemplar y vio que era un poemario. El poema que daba título al volumen, el que ella había leído hacía años, aparecía en primer lugar. Había muchos más. Fiona se disponía a cerrar el libro cuando sus dedos encontraron la página de la dedicatoria. Contenía sólo cuatro palabras:

Para Fi,
por siempre.

Las lágrimas volvieron a aflorarle. Fiona pensó que debían de haber estado almacenadas en algún sitio durante todos esos años vacíos y se preguntó si dejarían de manar alguna vez.

Alec la tomó entre sus brazos.

—Me alegra poder decir que ésa no ha sido la reacción de la mayoría de las personas que lo han leído.

La sintió reír a través de las lágrimas.

—¿Va acerca de nosotros? —preguntó, sorbiendo aire por la nariz mientras agitaba el libro.

—Podría si quisiéramos.

Fiona se enjugó las lágrimas y se levantó de la cama.

—Ponte algo de ropa, tonto maravilloso; Meaghan me ha preparado una exquisita cena de cumpleaños, y estás invitado.

—¿Te importa si antes me aseo un poco?

—Claro que no, pero nada de entretenerse.

Y tras esas palabras salió de la habitación, el libro apretado contra su pecho.

Alec se bañó en la familiar bañera de patas en forma de garras, se afeitó y se puso ropa limpia. Alguien había traído su maleta mientras estaba dormido.

Deliciosos aromas exóticos flotaron en el aire mientras iba hacia la cocina. Cuando entró en ella, vio a Fiona y Meaghan cogidas del brazo. Inclinado sobre la Aga, removiendo una gran olla que burbujeaba suavemente encima del fuego, estaba Owen Lewis.

Owen se dio la vuelta y, al verlo, corrió a propinarle un abrazo de oso. Alec se puso tan contento que por un momento le temblaron las rodillas.

—Owen —dijo, manteniendo el abrazo unos instantes más—, cuánto me alegro por ti y por Meaghan.

El muchacho retrocedió un paso y le puso las manos en los hombros.

—Bienvenido a casa, amigo —dijo.

Alec se sentó a la mesa y paseó la mirada por aquella cocina en la que tanto había pensado a lo largo de los años: las vigas del techo, el suelo de piedra caliza, los armarios de madera pintados de color crema, la enorme cocina Aga. Pocas cosas habían cambiado. Fiona rodeó la mesa por detrás de él y le pasó los dedos por el pelo.

—La cena estará lista en unos momentos —dijo Meaghan, ocupando el sitio de Owen delante de la Aga.

—¿Te traigo algo mientras tanto? —le ofreció Owen.

—¿Este establecimiento tiene algún vino decente?

Owen fue a la nevera y sacó una botella de Chardonnay.

—Es australiano. ¿Va bien?

Alec frunció el ceño.

—¿Contiene alcohol?

Owen puso cara de preocupación.

—Humm, supongo que sí.

—¡Entonces va muy bien! —exclamó Alec, y los cuatro rieron mientras Owen le servía una copa. El agasajado se puso en pie, levantó su copa en un brindis por la hija de Fiona y, con una amplia sonrisa, dijo—: ¡Por los nuevos comienzos!

A Meaghan le temblaron los labios y los ojos se le humedecieron. Cogió la copa de vino de su marido, tocó con ella la de Alec, bebió un sorbito y dijo:

—¡Por todos nosotros, Alec, por todos!

Había preparado una caldereta de pescado al estilo mediterráneo, acompañada con marisco y verduras sazonadas con azafrán.

—La culpa es tuya —riñó a Alec—. ¡Tú fuiste el que me indujo a empezar a cocinar!

—¿Eso hice? Oh, qué bien —dijo él mientras Meaghan servía los platos de caldereta.

—Pues yo no estoy tan seguro de que fuese una buena idea —terció Owen, dándose palmaditas en el estómago. Había engordado un par de kilos—. ¡A este paso pronto no sabremos cuál de los dos va a tener un bebé!

La cena fue todo un acontecimiento festivo, con muchas risas, bastantes historias y un empeño general por ponerse al día después de tanto tiempo. Cuando hubieron acabado, Alec se levantó para recoger los platos.

—Nunca aprenderás, ¿verdad? —lo riñó Fiona mientras le apartaba las manos con un par de cachetes.

—Eso me recuerda... —dijo Owen, levantándose súbitamente de la silla.

Salió por la puerta de atrás y regresó pasados unos instantes con una gran caja de cartón. La puso sobre la mesa y quitó la tapa para revelar un pastel de cumpleaños con una triple capa de chocolate oscuro y el número «50» perfilado con crema de mantequilla.

—Lo ha hecho Brandith —explicó—. También pensábamos añadir todas las velitas, pero...

—Tantas velitas habrían infringido la normativa contra incendios —dijo Alec.

—¡Pero bueno! —chilló Fiona, con las manos en las caderas—. ¡Mira quién habla!

—¡Pues estoy hecho un chaval! —replicó Alec—. ¡Nunca me he sentido más joven!

Fiona se inclinó y le susurró al oído:

—Ya veremos si opinas lo mismo en cuanto estemos solos.

Alec enarcó una ceja y Fiona contuvo la risa mientras Meaghan empezaba a repartir las porciones del pastel de cumpleaños.

Estaba exquisito. Alec se enteró de que Brandith había ampliado sus actividades y ahora también incluían un servicio de *catering*.

Alec se levantó de la mesa en cuanto hubo acabado su porción y aceptó una taza de café de manos de Meaghan.

—Hace un rato se me ocurrió una idea mientras estaba en la bañera...

Los demás lo miraron expectantes.

—Dados tus obvios talentos culinarios, Meaghan, ¿has considerado la posibilidad de ofrecer no sólo alojamiento y desayuno, sino también cena? Después de todo, tampoco es que en Dolgellau haya muchos sitios donde elegir. Podrías ofrecer un menú de quizá tres platos, incluyendo vino a un precio razonable.

Madre e hija se miraron.

—Precisamente estuvimos hablando de ello la semana pasada —dijo Meaghan.

—Bueno —dijo Alec—, en ese caso quisiera solicitar el puesto de ayudante de cocina.

Meaghan se lo quedó mirando boquiabierta. Luego le tendió la mano y Alec se apresuró a estrechársela.

—¡Hecho! —dijo ella—. ¿Cuándo puedes empezar?

—Un momento —repuso Alec poniéndose serio—, antes está la pequeña cuestión del sueldo.

Fiona le pasó los brazos por los hombros.

—Consiste en comida, alojamiento y todas las comodidades domésticas, igual que antes —dijo.

Alec miró a Meaghan, a Owen y finalmente a Fiona. Fingió estar considerando la oferta con detenimiento. Luego se volvió hacia Fiona, le tomó la cara entre las manos, la besó y dijo:

—¡Trato hecho! —Y añadió—: Bien, ¿dónde están los puros y el coñac?

—¿Puros? —dijo Owen y soltó una carcajada.

Alec se dejó caer en su silla.

—Es increíble el extremo de negligencia a que ha llegado este establecimiento. —Y se irguió—. Fi, ¿todavía tienes jerez para huéspedes?

—Por supuesto que tengo... o debería decir tenemos, dado que ahora Meaghan también participa en el negocio.

—¿Serías tan amable de traer un poco?

—¿Por qué?

—Llámame tradicionalista.

Meaghan y Owen recogieron la mesa y Fiona volvió trayendo una bandeja con una licorera y cuatro copitas. Alec las llenó, echando sólo un dedo en la de Meaghan.

—¿Más brindis? —preguntó Fiona.

—Quizá —dijo Alec con una sonrisa.

Se quedó de pie junto al asiento de Fiona, metió la mano en el bolsillo y sacó un estuche tan pequeño que podía sostenerlo en la palma. Tenía un montón de años y estaba forrado con un terciopelo cuyo pálido azul original se había aclarado todavía más con el paso del tiempo. Las palabras «Tiffany & Co.» estaban grabadas en relieve con letras plateadas sobre la tapa. Alec se arrodilló ante Fiona y le puso el pequeño estuche en la mano.

—Lo que hay dentro perteneció a mi madre —musitó—. Y después a Gwynne. Me gustaría que ahora fuera tuyo, Fiona, si quieres aceptarlo.

Ella contempló el estuche y trató de controlar el temblor de sus manos. Levantó la tapa, que giraba sobre una pequeña bisagra. Dentro, reluciendo con intenso fulgor encima de una minúscula almohadilla de seda, había un diamante engarzado en una sencilla alianza de oro.

Fiona se quedó mirándolo un momento y luego miró a Alec, una sonrisa en los labios y las primeras lágrimas en los ojos, con la cabeza ladeada.

—Veo que has ido directo al grano...

—No nos quedan muchos años para andarnos con prolegómenos —susurró él.

—Claro que sí, Alec; tenemos todo el resto de nuestras vidas.

Agradecimientos

Un lector que me conoce bien me preguntó si esta novela contaba una historia real. La respuesta es no. Y sí.

No: este libro es una obra de ficción, lo que significa que es hijo de la imaginación y del corazón. Los personajes y acontecimientos descritos en sus páginas son creaciones; no existen en ningún otro lugar.

Sí: la historia es real; tan fiel al espíritu de sí misma como he conseguido plasmarla, porque tiene vida propia y sus propias verdades.

A la hora de contar estas verdades, he recurrido a muchos generosos asesores, a los que quiero expresar mi más profunda gratitud. En las cuestiones referentes a la cultura y las costumbres galesas, estoy en deuda con Jane Evans, del ayuntamiento de Gwynedd en Dolgellau, Gales del Norte; Helen Davies, del departamento regional galés de la Asociación Nacional de Ovejeros; Nick Dawson, el siempre servicial jefe del Equipo de Búsqueda y Rescate de Aberdovey; Jessica Gould, del Jardín Botánico Nacional de Gales; Kevin Owen, consejero de política agrícola de la Unión Nacional de Granjeros de Gales; Andy Simpson, encargado de prensa del Servicio de Rescate en Alta Montaña de Inglaterra y Gales; David Williams, jefe de guardabosques del Parque Nacional de Snowdonia; y con Dafydd Lewis sobre todo lo referente al idioma galés. En cuestiones médicas, mi agradecimiento a Tom Horbein, médico, montañero y amigo; William J. Powers y Maurizio Corbetta, profesores de neurología de la Facultad de Medicina de la Universidad de Washington; y la Pesticide Action Network del Reino Unido para los detalles sobre el envenenamiento causado por el «baño de las ovejas». Si existen errores de hecho o de interpretación, son exclusivamente míos.

También estoy en deuda con amistades de ambos lados del Atlántico que leyeron el manuscrito original y demostraron que en su próxima reencarnación deberían dedicarse a la crítica literaria, especialmente Cindy Buck, Claire Booth, Martin Mann, Hilary McCorry, Kate Pflaumer y Lawrence Rosenfeld. También quiero dar las gracias a la comunidad de escritores y queridos amigos que se reúne casi cada tarde de viernes en el restaurante Ponti de Seattle, así como a todas las camareras que tienen la paciencia de aguantarnos; difícilmente cabría imaginar un mejor grupo de colaboradores.

Además, un merecido reconocimiento y un caluroso apretón de manos a dos almas maravillosas: Richard Abate, mi agente, que ha sabido estar a mi lado en los peores momentos, y Shaye Areheart, mi editora y directora de publicaciones, y una de las personas más encantadoras que he tenido el placer de conocer.

Finalmente, y en lo que me toca más de cerca, gracias a las personas que hacen que la vida merezca ser vivida: Hazel, Nancy, Tom, Eric, Ardith, Baker y, naturalmente, Dianna; musa, compañera, amiga, amante y extraordinaria editora.